국민훈장

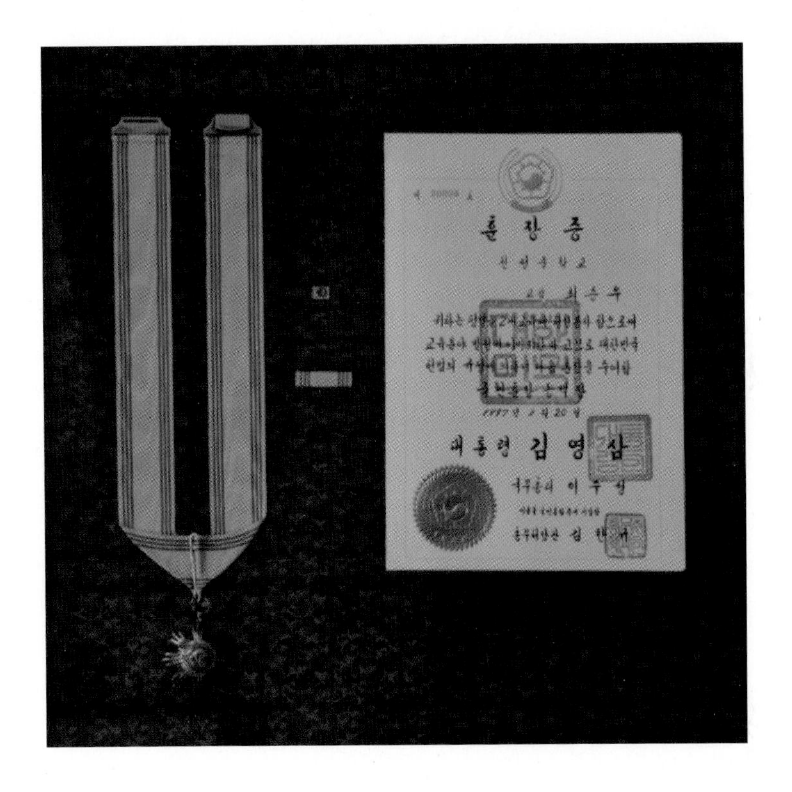
훈 장 증

대통령 김 영 삼

국무총리 이 수 성

1997. 2. 28.
국민훈장 동백장

저자의 사회활동 및 수상이력

*우표: 전국 우표전시회 장관상 9회, 우정 사업 본부장상 4회 수상.
TJB 방송국 "우표의 모든 것" 프로그램에 출연.

*서예: 서예 초대작가 및 심사위원 / 심사위원장 역임.

*문인화: (사)한국예술문화단체 총연합회 주최 서울국제비엔날레에서
대한민국 서화 명인 특별작가상 수상.

*도자기: 국제 미술작가협회 도자기 여러 차례 출품,
도자기 부문 초대작가 위촉.

*수석: 한국수석회 전국 탐석대회 심사위원 역임.

*산악회: 홍도 사진 콘테스트에서 금상 수상.

*수지침: 저자의 소논문 "수명의 불치병 사례"가 여러 잡지에 실림.

*예절: 3~1급 자격시험 심사위원, 예절교육 협회 수석
부이사장/학회장 역임. 효 실천 운동본부 강사 및 충청체신청
우취 강사로 특강 173회.

*풍수지리: 한국예절대학원 및 한국예절협회에서 강사로 활동.

*사진: 천안사랑전국공모전 및 국제미술대전에서 금상 수상.

*웅변: 유관순열사 추모 웅변대회 심사위원 역임.

*향토문화: 천안 향토문화 연구회원 추대.

*글짓기: 천안우체국 전국 어린이 글짓기 공모전 심사위원 역임.

*종합: 국민훈장 동백장.
문교부장관 및 문화관광부장관 표창장.
유엔 사회봉사 표창장.
필리핀 관광부장관 감사패.
2022 천안시민의 상 수상 - 교육 학술부문.

천안시민의 상 - 교육학술부문

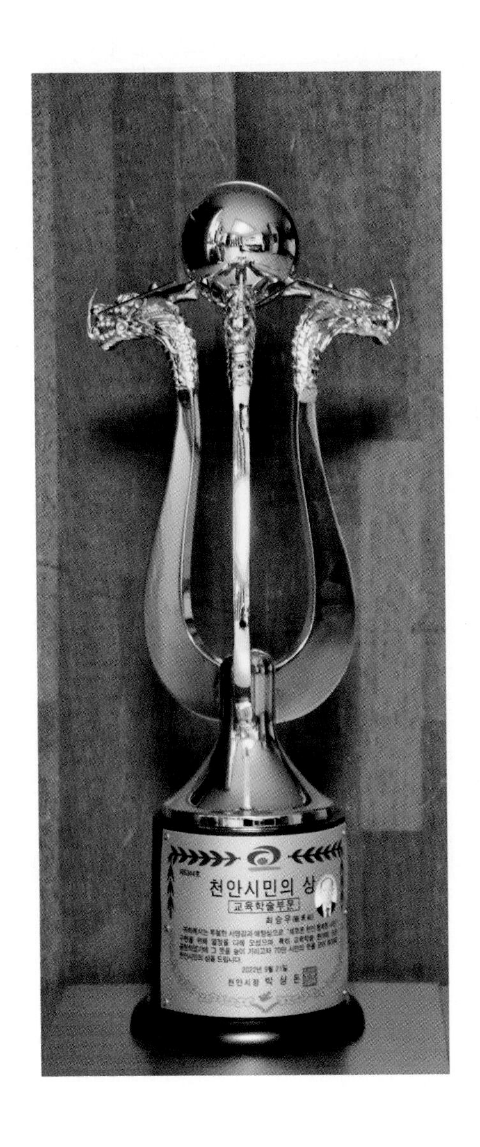

표창장

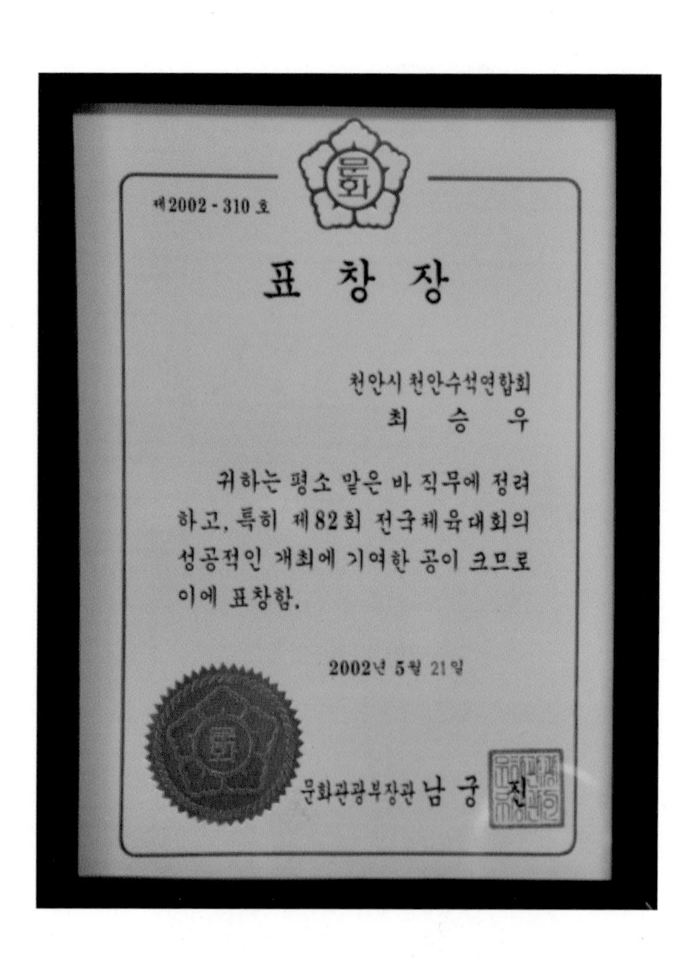
제2002 - 310 호

표 창 장

천안시 천안수석연합회
최 승 우

귀하는 평소 맡은 바 직무에 정려하고, 특히 제82회 전국체육대회의 성공적인 개최에 기여한 공이 크므로 이에 표창함.

2002년 5월 21일

문화관광부장관 남 궁 진

2002. 5. 21.
문화관광부장관 표창장

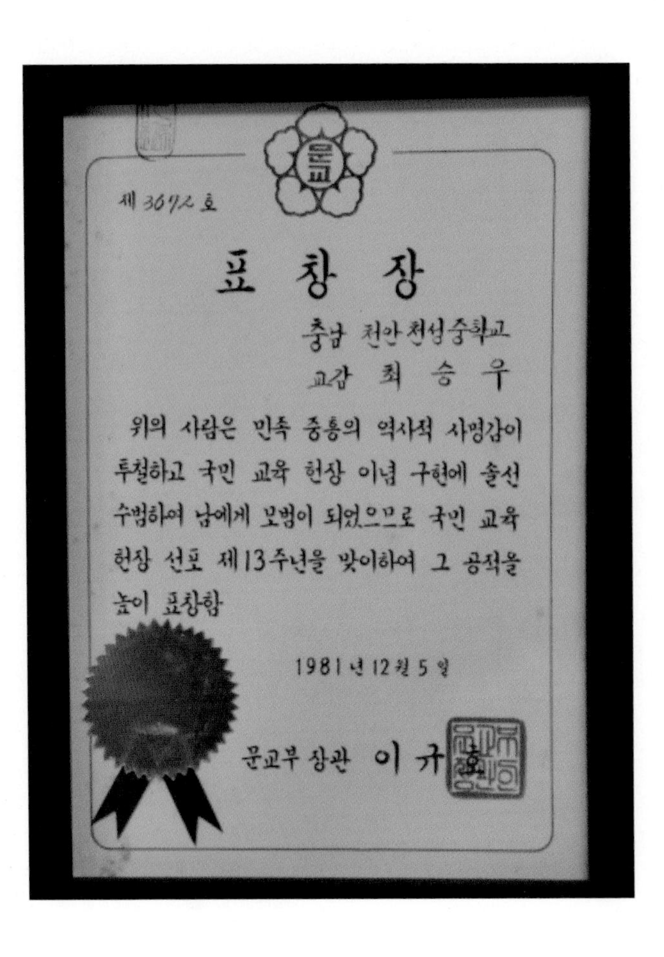

제 3072 호

표 창 장

충남 천안천성중학교

교감 최 승 우

위의 사람은 민족 중흥의 역사적 사명감이 투철하고 국민 교육 헌장 이념 구현에 솔선 수범하여 남에게 모범이 되었으므로 국민 교육 헌장 선포 제13주년을 맞이하여 그 공적을 높이 표창함

1981 년 12 월 5 일

문교부 장관 이 규 호

1981. 12. 5.

문교부장관 표창장

상패

2021
스포츠조선 자랑스러운 혁신한국인 & 파워브랜드 대상

제2023-71호

특별작가상

(대한민국서화명인)　　　성명 :　최승우

귀하는 한국서예미술예총특별작가연합회가 주최하고
사단법인 한국예술문화단체총연합회와
사단법인 한국예술문화원
사단법인 한국예술협회
사단법인 한국미술협회가 후원하는
서울국제비엔날레전에서 특별작가로
선정되었기에 이 상장을 드리며 서울국제비엔날레에
자문위원으로 위촉되며 대한민국서예문인화원로
총연합회 정회원으로 임명합니다.

2023년 5월 3일

韓國書藝美術藝總
特別作家聯合會
總會長 李興男

2023. 5. 3
한국서예미술예총특별작가연합회
사단법인 한국예술총연합회
대한민국 명인증과 특별작가상

체육부 장관 수여 올림픽 기장증 외 2점

감 사 패

고문 최 승 우

귀하는 1988년 9월 9일부터 15일까지 단국대학교 천안캠퍼스에서 개최된 서울올림픽스포츠과학학술대회를 성공리에 마칠수 있도록 최선을 다하였기에 그 고마운 뜻을 이 패에 담아 드립니다.

1988년 9월 15일

서울올림픽스포츠과학학술대회조직위원회
위원장 장 충 식

올림픽 특별 회원증

최 승 우

귀하의 고귀한 봉사정신은 88 서울 올림픽을 성공적으로 치룰수 있도록 우리의 주변을 밝고 활기차게 이끌어 주시므로 우리 범민족올림픽 추진중앙협의회는 귀하를 올림픽 특별회원으로 모십니다

1981 년 [illegible] 월 [illegible] 일

범민족올림픽추진중앙협의회
추진본부장 문 태

제 호

올림픽기장증

기 장 명: 참 여 장
성 명: 최 승 우
생년월일: 1931. 11. 11

위 사람에게 제24회 서울올림픽대회 올림픽기장을 수여함.

1988. [illegible]

체 육 부 장관

특이한 알루미늄 우표

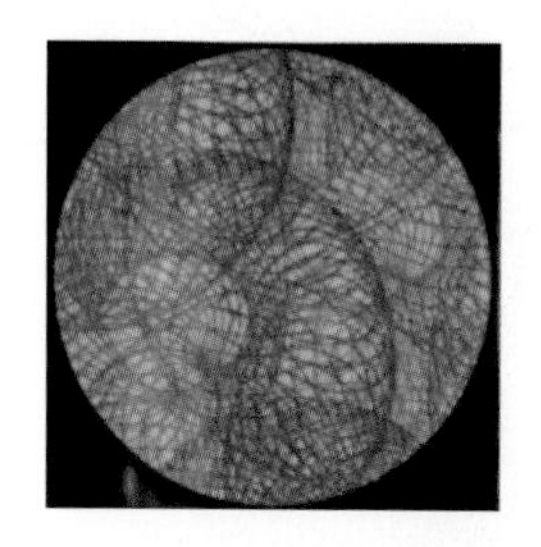

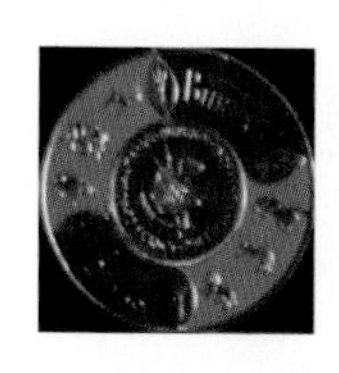

문인화

2021. 9. 29.
전국공모대전
초대작가 초청전
“석류” 33×68cm

2022. 9. 30.
신사임당미술대전
초대작가
“장미꽃” 70×135cm

서예

애친자불감악인(愛親者不敢惡人)
"부모를 사랑하는 자는 감히 남에게 나쁜짓을 하지 않고"

경친자불감만인(敬親者不敢慢人)
"어버이를 공경하는 자는 감히 남에게 거만하게 굴지 않는다."

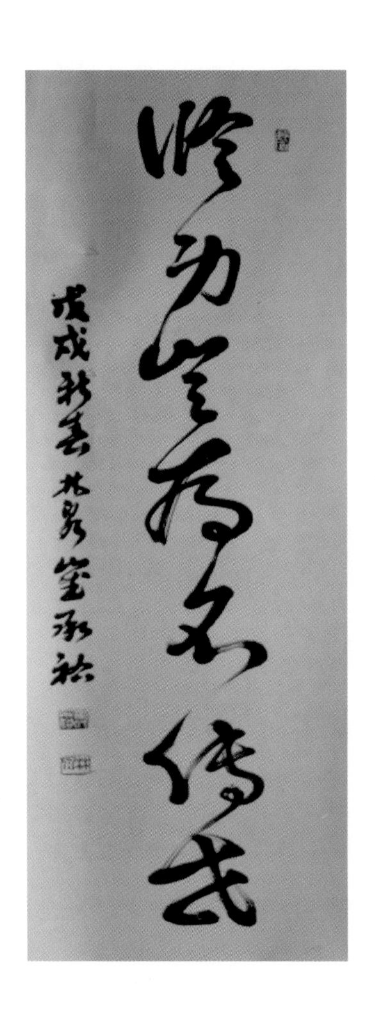

수신개위명전세(修身豈爲名傳世)
"자기몸을 닦는 것이 어찌 세상에 이름을 전하기 위함이랴."

수석

“청천강” 29×15×6cm

2011년 10월 이회창 한나라당 총재와 함께

좌로부터 송암 박재호 회장, 저자,
이황복 회장, 이회창 총재

가족사진

배워서 남주는
인생을 살다

배워서 남주는 인생을 살다

최승우 지음

행복우물

배워서 남주는 인생을 살다

초판발행 | 2023년 11월 25일
지은이 최승우
펴낸이 최대석
펴낸곳 행복우물
편집 박은하
마케팅 최연
본사주소 경기도 가평군 가평읍 경반안로 115
전화 031-581-0491
팩스 031-581-0492
홈페이지 www.happypress.co.kr
본사이메일 danielcds@naver.com
출판등록 제307-2006-14호
등록일 2006년 10월 27일
서울사무소 서울시 중구 삼일대로 343 위워크8층
서울사무소이메일 book@happypress.co.kr
ISBN 979-11-91384-80-2(03810)
정가 20,000원

추천사 1

"한국문화예술 발전과 사회봉사에 끼치신 큰 업적에 감사드리며…."

평소에 존경하는 임천 최승우 선생께서 자서전을 발간하신다니 진심으로 축하를 드립니다.

저 보다 우뚝한 인생을 살으신 임천 선생의 자서전에 추천사를 몇 자 쓸 수 있는 행운을 가졌으니 이 사람도 보통 이상의 복락을 누린 것이 분명합니다. 이번에 자손들의 권유로 인하여 자서전을 발간하게 된 것은 선생의 집념어린 활동의 결정(結晶)을 모아 후손과 후학들에게 물려줄 수 있는 호기라고 생각됩니다.

임천 선생께서 93세의 고령에도 불구하고 이러한 작업을 하게 된 것은 우리 고유의 멋과 정서를 함양하는데 일조해 보려는 신념의 소산이 아닌가 생각됩니다. 또한 조상의 얼을 되찾아 자기의 인품 형성과 인격 수양을 높혀 의리(義理)와 지절(志節)을 생명처럼 지녀온 선인들의 정신을 본받으려는 뜻일 것입니다.

우리들은 일생을 살아가는 동안 수많은 계획을 세워 보지만 생각에 머무르게 되는 것이 허다합니다. 임천 선생께서 이러한 작업을 실천으로 옮긴 일은 결코 쉬운 일이 아니므로 높이 평가되어야 하며 아낌없는 격려와 찬사를 보내야 합니다.

이 사람은 57년간 문화예술 활동을 함께 해온 터라 임천 선생의 문화예술 분야에 대한 공적에 대해 몇 자 추천드리지 않을 수 없습니다.

임천 선생께서는 교직 생활 중에도 이미 수많은 후학들에게 우리 문화예술에 대한 중요성을 강조하시어 우리 국민의 내면에 정신적 기둥이 되는 문화예술 발전에 크게 기여 공헌하시었습니다. 또한 교단을 떠나신 후에도 끊임없이 문화예술 분야의 발전에 지대한 관심을 가지시고 각종 문화예술단체의 간부를 역임하셨고 수많은 수상(受賞)을 하셨으며 심사위원을 역임하셨습니다.

특히 2021년에는 아세아 미술계의 최고 영예인 2021 아세아 미술상대상을 수상하셨습니다. 또한 사회봉사 부문에도 수십년 동안 헌신적으로 봉사하는 모범을 보이셔서 천안시민의 상도 수상하셨습니다.

이러한 임천 선생의 지나온 삶의 역사를 몇 자의 글로써 표출해 내기는 힘들기에 본 자서전을 통하여 그의 참모습을 그려 볼 수 있다고 생각되어 감히 여러분에게 본 자서전을 탐독(耽讀)하시기를 추천드립니다.

아무쪼록 임천 선생께서 예(藝)와 학(學)이 서로 어우러진 지인(至人)으로서 더욱 발전하시기를 빌며 선생의 만수무강을 기원합니다.

- 강신웅 (ICA 국제문화협회, 한국문화예술연구회 회장)

추천사 2

"예절과 함께했던 아름다운 삶, 존경합니다!…."

노자는 도덕경의 상선약수(上善渃水)에서 "최고의 선(善)은 물과 같다."며 만물을 이롭게 하는 물의 성질을 최고의 이상적인 경지로 삼았습니다.

의(義)로운 저자 최승우 학회장님의 시처럼 아름답고 순수한 삶의 진솔함과 예절 바른 인생의 모습을 책에서 만납니다.

난초의 향기가 물씬 풍기는 아름다운 모습을 보여주신 최승우 선생님은 자신의 삶 속에서 매순간 열정과 사랑으로 최선을 다 하신 분입니다. 93세의 연세에도 늘 베품과 나눔의 열정으로 생활하신 상선약수(上善若水)의 산 증인이십니다. 그런 모습은 후학들로부터 존경받아 마땅합니다.

선생님은 "사람의 향기는 만 리까지 퍼진다."는 '인향만리(人香萬里)'의 모습을 몸소 보여주셨습니다. 또한 "덕은 외롭지 않으며 항상 이웃이 있게 마련이다."라는 덕불고 필유린(德不孤必有隣) 고사성어의 증거를 삶의 곳곳에서 보여주셨습니다. 그 증거가 차고 넘치지만, 무엇보다도 저는 최승우 선생님께서 한국예절교육협회의 학회장님으로 묵묵히, 본인을 드러내지 않고 활동해주신 것이야 말로 가장 큰 증거라고 감히 단언하겠습니다.

협회원들 모두가 성장하고 발전할 수 있도록 선생님께서는 풍수지리 및 예절 함 싸기 부분에서도 늘 열정적으로 강의를 해주셨습니다. 또한 협회원들이 서로를 의지하며 앞으로 나아갈 수 있도록 매 해마다 문인화와 서예작품을 30점씩 협찬해주셨습니다. 물심양면으로 도와주신 은혜와 은덕은 우리 협회원들의 가슴 속에 길이길이 기억될 것입니다.

지역사회 발전을 위하여 헌신하신 공로로 받으신 '2022년 천안시민의 상'은 선생님뿐만이 아니라, 저희 회원들 모두에게도 크나 큰 영광이었습니다. 선생님은 협회원들과 함께 협회의 큰 희망이시고 자랑이었습니다.

최승우 학회장님, 존경합니다. 뜻하신 일 모두 건승하시고 날마다 기쁨과 행복으로 강령하시길 기원합니다. 감사합니다.

– 심상숙 (사단법인 한국예절교육협회 이사장)

추천사 3

"웰다잉과 함께 하는 새로운 인생 2막을 기대하며…."

순간순간이 모여서 영원이 된다고 합니다. 한 사람이 이 세상에 와서 하루하루 살아가는 것들이 모여서 한 개인의 역사를 만들게 되고, 그것이 시대의 증언이 될 수 있다고 생각합니다.

최승우 선생님의 90여 년의 여정은 몇 세대가 겪어도 감당하기 어려운 일들의 연속이었습니다. 소설로 표현한다고 해도 어마 무시한 사건들, 마치 대하드라마를 보는 것 같습니다. 또 그 많은 사건들을 아주 세밀하게 기억하시고 표현하실 수 있는 선생님의 기억력에 감탄할 수밖에 없습니다.

저자는 일제시대의 서러움, 6·25전쟁의 비참함을 몸으로 체험하며, 전쟁 중에도 공부를 하셨고, 교직 생활을 통하여 우리나라의 미래 인재를 양성하는데 헌신하셨습니다. 이런 소중한 경험은 인생 후배들이 타산지석으로 꼼꼼히 읽어 볼 가치가 충분히 있다고 생각합니다.

소년에서 청년의 시기를 넘어 낭만과 사랑을 풋풋하게 표현하셨으며 교직 생활의 보람과 애환도 아주 진솔하게 적어 주셨습니다. 이글을 읽는 내내 정말 한 인격의 내면을 들여다보는 듯한 감정을 느낄 수 있어 행복했습니다. 일상의 책임과 의무는 최선을 다해 수행하시면서도 우표수집, 서예, 문인화, 수석, 후손들을 위한 예절교육에 혼신의 힘을 다하셨습니다.

저는 또 한편으로는 경이로움을 느끼지 않을 수 없었습니다. 과연, "이런 삶이 한 개인의 역사 가운데 가능할까?"라는 의구심이 들었던 것입니다. 분명 이 책은 시대적, 역사적으로도 좋은 자료가 될 수 있다고 생각합니다. 아울러 교육적으로도 훌륭한 가치가 있다고 믿어 의심치 않습니다.

이 책은 그동안 저자가 살아오면서 담고자 했던 그의 철학과, 퇴직 후 제2의 인생을 기록한 작품으로 큰 가치가 있습니다. 많은 독자들이 이 책을 통해 암울했던 일제 강점기와 6·25전쟁의 시대적 교훈을 얻을 수 있는 시간이 되길 바라며 이 책을 추천합니다.

- 최영숙 (대한웰다잉협회 회장, 전 백석대 교수)

추천사 4

"배워서 남주는 인생의 깊은 의미를 생각하며…."

저는 2023년 4월 최승우 선생님의 자서전을 코칭해 달라는 부탁을 받았습니다. 그후 삶의 기록 초안 자료를 보았습니다. A4용지 260페이지에 이르는 두툼한 자료를 읽어 보며 많은 감동을 받았습니다.

지금 이 시대 치욕적인 일제시대와 비극의 6·25전쟁을 실제로 겪은 사람은 많지 않습니다. 더구나 그 시대를 체험적으로 기록한 사람은 더욱 희귀합니다. 그런 의미에서 이 책은 마지막 시니어의 마지막 기록이라 할 수 있으며, 일제와 6·25전쟁을 겪지 않은 우리에게 유비무환의 교훈을 주는 소중한 책이라고 할 수 있습니다.

저자는 6·25전쟁 중에 중·고등학교를 다니고 전쟁 후 폐허의 땅에서 한양공대 중등교원양성소를 졸업하고 정규 중학교도 아닌 고등공민학교에서 쌀 한 가마니 값의 봉급으로 교직 생활을 하며 미래의 인재를 양성하기 위해 투철한 사명감으로 헌신했습니다. 저자는 『배워서 남주는 인생을 살다』라는 목표로 인생 후배들에게 삶의 모범적인 모습을 보여 주었습니다.

미국의 정치가이자 과학자인 벤자민 플랭클린은 가난한 양초제조업자의 15번째 아들로 태어나 『플랭클린 자서전』을 이 세상의 젊은이들에게 남겨 주었습니다. 조선 시대 류성룡은 임진왜란의 처참한 비극적인 모습을 『징비록』으로 남겨 후손들에게 비극을 다시 겪지 않도록 했습니다. 다산 정약용 선생은 조선 후기 사회의 부패한 모습을 보고 유배지 강진에서 『목민심서』를 써서 지방의 공직자들에게 백성들을 위하여 깨끗한 정치를 하도록 촉구하였습니다.

저는 최승우 선생님이 90여 년 살아 왔던 삶의 모습을 정리한 『배워서 남주는 인생을 살다』를 여러분에게 몇 가지 이유로 추천하고자 합니다.

첫 번째로 최승우 선생님은 비참한 일제 시대와 비극의 6·25 전쟁을 실제로 겪은 마지막 증인이라 할 수 있습니다. 지금 이 시대의 젊은이들은 일제 시대와 6·25전쟁의 비참함을 전혀 알지 못합니다. 인생 선배들의 고난을 거의 이해하지 못하여 안타까운 심정에서 유비무환을 생각하며 이 책을 읽어 보시길 권하고 싶습니다.

두 번째로 저자는 우표, 서예, 수석, 문인화, 도자기, 수지침, 풍수지리, 예절, 컴퓨터, 사진, 웅변, 글짓기 등 다양한 취미 생활을 하면서 실력을 연마하여 전문가의 수준으로 완성하였습니다. 각 분야에서 여러 가지 상을 수상하였고 명강사로 이름을 날리고 각종 경연대회에서 심사위원으로 활동하기도 했습니다. 다양한 분야에서 활동하다 보니 약간의 수입이 발생하기도 했습니다만, 강의료는 거의 다 주고 오는 경우가 많았습니다. 인생 2막을 맞이하고 있는 분들에게 자신의 취미를 저자와 같이 전문화하여 국가와 사회에 다양한 봉사활동의 기회를 만들어 보시기를 권하고 싶습니다.

세 번째로 저자는 쌀 한 가마 값의 박봉에도 불구하고 가정과 학교에서 자녀들과 교사들에게 스스로 강직하고 청렴결백한 모습을 보여주셨습니다. 성환 동성권장중학교에 중학교 월급의 반도 안되는 봉급을 받으며 전교생에게 교과서를 무상 지급하셨고, 천성중학교에서 보이스카우트 활동으로 23년 봉사를 하는 등, 평생을 봉사활동을 하며 살아오신 분이십니다. 어려움에 처해 있는 학생들에게 장학금을 지원해 주시고, 지역사회에 불우한 사람들에게도 도움을 주신 훌륭한 분입니다.

최승우 선생님은 인간의 한계를 뛰어넘는 인생을 살아오신 분이십니다. 이렇게 훌륭한 분의 일생 기록을 읽는다는 것은 그야말로 큰 행운이라고 생각되어 감히 독자 여러분들에게 일독을 권합니다.

- 이강일 (작가, 자서전쓰기 지도사, 경기신학교 교수)

목차

추천사...

책을 시작하며...

제1부, 배우는 삶(1931 ~ 1959)

제2부, 가르치는 삶(1960 ~ 1997)

제3부, 더 많은 배움과 나눔(1998 ~ 2023)

제1부
배우는 삶
(1931~1959)

"일제강점기를 거쳐 6.25한국전쟁의 시기까지,
나는 그 격동의 시기를 오로지 배우겠다는 일념 하나로
굳세게 살아왔다. 그리고 그 때의 노력 덕분에 나는
평생 동안 훌륭한 교사로 활동할 수 있었다."

(1) 나의 탄생

나는 1931년 11월 10일, 음력으로는 8월 23일에 아버지 최천봉(崔天鳳) 님과 어머니 조(趙) 씨 사이에서 태어났다. 위로 누님이 둘, 형님이 셋, 그 밑으로 내가 있었고 맨 마지막이 여동생이었다.

어머니의 이름을 모르고 성만 아는 것은, 당시만 해도 우리의 어머니들은 성만 있고 이름은 없는 경우가 대부분이었다. 그래서 시집을 오면 호칭은 이름이 아닌 청양댁, 서산댁, 멱골댁 등등, 시집오기 전에 살던 동네의 이름을 따서 불렀다. 현재는 상상조차도 할 수 없는 일이었으나 당시는 모두 그게 당연한 것인 줄로 알고 살았다. 밥도 여인네들은 남자들과 한 상에서 먹지 못하였다. 대개 남자들의 식사가 끝나고 상을 물린 후에 부엌에서 따로 먹곤 하였다. 지금 돌이켜보면, 한 사람의 인격체로 존중받지 못하고 그냥 그렇게 살다 가신 우리의 어머니들을 생각할 때, 참으로 부끄러운 마음이 들 뿐이다.

어머니는 가끔 나에게 당신이 나를 임신했을 때의 이

야기를 들려주곤 하셨다. 동네 건너편에 남산이라는 야트막한 야산이 있고 그 산의 중턱에 꽤 큰 남산바위라는 바위가 있었는데, 그 바위 뒤에서 주둥이로 눈밭을 파헤치면서 꿀꿀거리고 있는 돼지를 한 마리 끌고 오는 꿈을 꾸셨다고 했다. 그러면서, "태몽으로 돼지꿈을 꾸었으니 너는 이 다음에 재물 복이 있을 것이다."라는 말씀을 자주 하시곤 했다. 그래서 나는 살면서 돈을 벌거나 일이 잘 풀리거나 하면 그것이 항상 어머니의 태몽 때문이라는 생각을 하곤 했다.

나의 고향은 충남 천안군 직산면 군동리 135번지로 전형적인 농촌 마을이다. 현재의 천안시 직산읍이다. 내가 태어난 집은 가운데에 부엌이 있고 양 옆으로 방이 하나씩 있는 초가집이었다고 한다. 조금 더 커서 세 살이 되었을 때에는 마루가 한 칸, 방이 두 칸짜리 조금 더 큰 집으로 이사하였다고 들었다.

그 후 해방이 되고 이장이 야반도주하면서 그가 살던 집을 우리가 사서 살게 되었다. 자세한 내막은 잘 모르지만 동네 어른들의 이야기로는, 그 도망친 이장이 일제에 아주 적극적으로 협조를 하였다고 했다. 그래서 해방이 되자 신변에 위협을 느껴서 밤중에 몰래 도망쳤다는 것이다.

이장이 살다가 떠난 그 집은, 당시 그 동네에서 제일 큰 규모의 집이었다. 대청마루가 세 칸에 양 옆으로 미닫

이 방이 있고, 건넌방에 사랑채까지 있었다. 거기에다 곳간이 두 칸에 외양간도 있었고, 집안에 우물도 있었다. 집 앞으로 내다보면 남산이 보이고 뒷 창문을 열면 국민학교가 보였다. 나는 이 곳에서 국민학교와 중, 고등학교, 그리고 한양공대 중등교원양성소를 다닐 때까지 살았다.

어렸을 때의 기억으로, 아버지께서 나를 동네 사람들에게 칭찬하시던 일이 생각난다. 아버지는 나를 많이 사랑하셔서 동네 친구들을 만날 때면 으레, "우리 아들은 아주 똑똑해서 말을 잘 알아듣는다."거나 "어려운 심부름을 시켜도 단 한 번도 실수를 한 적이 없다."고 자랑하시곤 했다. 그런 말씀을 하실 때면 나도 모르게 어깨가 으쓱해 질 때가 많이 있었다.

서두에 내가 태어난 날을 1931년 11월 10일이라고 했지만, 사실 나는 내가 실제로 태어난 날을 정확히 모른다. 내가 태어날 당시인 1930년대에는 어려서 첫돌을 넘기지 못하고 죽는 경우가 허다하였기에, 출생신고를 아이가 태어난 지 1년 ~ 2년이 지난 다음에 하는 것이 보통이었다. 나의 경우도 출생신고를 늦게 하였다는 이야기를 부모님으로부터 들었다.

(2) 여동생의 죽음

우리 동네에 있는 우물물은 물이 짜기에 빨래를 하면 때가 잘 빠지지를 않는다. 그래서 동네 여자들은 빨래를 하려면 빨랫감을 머리에 이고 5리(2㎞) 정도 떨어진 진양천이라는 개울까지 가서 빨래를 해야만 했다. 빨래를 하면서 먼저 빤 것은 둑에 널어 말리고, 나중에 빤 것은 미처 말릴 시간이 없으므로 물기만 짜내고 광주리에 이고 와서 동네에서 말렸다. 동네와 진양천 냇가까지 먼 거리를 물이 흠뻑 먹은 빨래를 머리에 이고 오기는 여간 힘든 게 아니었다. 그래서 형들이나 아버지들이 빨래가 끝날 때 쯤 해서 지게를 지고 가서 가져오는 일이 많았다. 한겨울에는 빨래를 하는 여자들이건 지게에 지고 오는 남자들이건 모두가 손발이 꽁꽁 어는 고통을 겪어야만 했다.

내가 다섯 살 정도였을 때의 일이라고 기억된다. 늦은 가을이나 초겨울 쯤 되었을 것이다. 아침부터 집 앞의 감나무에서 까치가 유난히도 울어대던 날이었다. 그날을 기억하는 것은, 아버지께서 까치가 울어대는 것이 시끄럽다며 손사래를 치던 광경이 아직도 눈에 선해서이다.

식구들이 모두 나가고 집에는 어머니와 나, 그리고 여동생, 이렇게 셋 뿐이었다. 어머니는 나에게 동생 잘 보고 집 잘 지키고 있으라고 하시곤 빨랫감을 이고 진양천으로 가셨다. 아침에 울어대던 까치들이 또 다시 와서 감나무에서 시끄럽게 울어댔다. 나는 그때 막 말을 배우려는 두 살짜리 막내 여동생에게 "저게 까치라는 새야."라며 새 이름을 가르쳐 주었고, 여동생은 말을 제대로 하지도 못하면서 '까치'라는 말을 하려고 입을 옹알거렸다.

점심때가 조금 지나서 어머니가 빨래를 마치고 빨래광주리를 이고 집으로 오셨다. 나는 동생과 집을 보고 있다가 어머니가 오셨으니 "때는 이때다." 하고 친구와 놀 생각에 집을 뛰쳐나갔다. 아이들과 놀고 싶은 생각에 좀이 쑤셨던 터라 총알 같이 뛰어나갔던 것이다.

사고는 정말 어처구니없이 터졌다. 여동생이 어머니가 빨래를 너는 사이에 빨래 대야 옆에 놓아둔 양잿물을 먹는 것으로 생각하고 집어 삼킨 것이었다. 당시만 해도 지금과 같은 품질 좋은 세제가 없던 때였다. 때를 빼고 빨래를 깨끗이 하려면 양잿물을 써야만 했다. 양잿물은 세척력이 좋다는 장점이 있지만, 아주 소량만 먹어도 그대로 죽는 아주 치명적인 독극물이다. 오죽하면 "공짜라면 양잿물도 먹는다."라는 속담까지 생겼을까. 그 말은 공짜라면 죽을 줄도 모르고 먹는다는 말이다. 양잿물은 그 모양이 하얀 사탕같이 생겼다. 아마 요즘 시중에서 파는 흰색 계통의 아이스케이크 같은 것이 그것과 모양이 비슷하지 않을까 싶다.

안타깝게도 여동생은 그것을 맛있는 과자라고 생각했던 모양이었다. 원체 먹을 것이 귀하던 때였으니까 반짝반짝 빛나는 양잿물이 오죽 탐스럽게 보였을까. 여동생은 양잿물을 먹은 지 하루를 넘기지 못하고 저 세상으로 떠났다. 엄마가 빨래를 다 널 때까지 만이라도 내가 친구와 놀 생각을 하지 않았더라면 그런 일은 생기지 않았을 텐데……. 후회해도 소용없는, 정말 너무나도 순간적으로 일어난 일이었다.

그날 밤 아버지 친구들이 와서 창호지로 동생의 시신을 싸서 지게를 지고 관정리의 뒷산에 매장을 하고 오셨다. 그 후로 나는 어머니가 우시는 모습을 수시로 보았다. 밭 매다가도 둑에 앉아서 하염없이 먼 산을 바라보면서 눈물을 흘리셨다. 특히 빨래를 하고 돌아오면서 우는 모습을 자주 보이셨던 기억이 난다.

참으로 이상한 일이었다. 당시 막 걸음을 옮기며 아장아장 걷던 두 살짜리 여동생이 어떻게 마당 한가운데 우물 근처까지 내려와서 양잿물을 그렇게나 순식간에 집어 삼켰는지 도저히 이해할 수가 없다. 여동생의 팔자는 그렇게 아주 짧은 순간만 세상에서 살다 가기로 정해져 있었던 것일까? 정말 옛날 어른들의 말씀처럼 삼신할미가 사람이 세상에서 살다 갈 시간을 미리 다 정해놓은 것일까?

그래서 나는 여동생의 사건이 일어난 지 거의 90년이 지난 요즘도 아침에 까치가 울면 무언가 안 좋은 일이 일어나지나 않을까 하는 생각에 마음이 불안하다. 남들은 아침에 까치가 울면 그날은 좋은 일이 일어난다고 하건만, 나의 경우는 정반대이다.

가끔씩은 이런 엉뚱한 생각도 해 본다. 죽으면 하늘나라에서 여동생을 만나려나? 천국에서 우리 둘이 만날 때는 어떤 모습으로 만나게 될까? 두 살짜리 여동생과 구십도 훨씬 넘은 노인네의 모습으로 만나려나? 아니면 다섯 살과 두 살짜리 오누이의 해맑은 모습으로 만나려나?

(3) 종기로 고생하다

내가 일곱 살 때 허벅지에 종기가 났다. 여러 가지 가정요법으로 약을 써도 효과가 없었다. 당시 약이라는 게 거의 다가 민간요법이거나 한약을 다려 먹는 정도였다. 그런데 아무리 약을 먹어도 종기가 낫지 않아 걸어 다니기가 너무 힘들었다. 그래서 어머니는 나를 데리고 서양식 병원을 가기로 했다. 직산에는 한의원만 한 군데 있을 뿐이고 서양병원을 가려면 성환까지 가야 하는데, 그러려면 버스를 타야만 했다. 천안에서 출발하여 직산 - 성환 - 입장 - 진천 - 천안을 왕복하는 버스로 하루에 두세 차례 다녔던 것으로 기억된다.

버스를 타기 위해 우리는 아침 일찍 한 시간 정도를 걸어서 사거리 자동차 정거장까지 가서 버스가 올 때까지 한참을 기다려야만 했다. 요즘 같이 시간에 철저한 때가 아니었기 때문에, 만약 아침 버스 한 대를 놓치면 오후에나 다시 탈 수 있기 때문에, 버스 도착 예정 시간보다 한 시간 정도 일찍 나와서 기다리는 것은 보통이었다.

버스가 오면 사람들이 많아서 서로 밀치는 가운데 간신히 올라탔다. 당시는 자동차라는 것들이 지금처럼 휘발유나 디젤로 가는 게 아니었고, 거의 다가 목탄 차였다. 민간인들이 쓸 수 있는 기름은 거의 없던 시기였다. 여름이면 땀으로 범벅이 되어 땀 냄새가 진동하고, 겨울이면 난방이 전혀 없으니 덜덜 떨면서 가야하는 형편이었지만, 그래도 버스를 타고 갈 수 있다는 것만도 그저 감지덕지 할 뿐이었다.

목탄차의 원리는 숯이나 나무를 태워서 거기서 나오는 가스를 이용하여 자동차를 움직이는 방식이다. 그러다보니 요즘의 휘발유나 디젤을 이용하는 차와는 비교할 수 없을 정도로 힘이 부족했다. 버스를 타고 조금 가면 경사가 심한 당고개를 지나가야 하는데, 힘이 없어 올라가지 못 하고 서는 경우가 많이 있었다. 그럴 때면 운전사와 조수는 사람들에게 버스에서 내려 차를 밀라고 했다. 모두가 힘을 합쳐 끙끙거리며 차를 밀어 간신히 언덕을 올라가면 사람들은 서둘러서 차에 다시 올라타는 것이다.

이렇게 고생고생 해서 버스를 타고 성환에서 내려서 또 한참을 걸어가야만 성환병원에 도착할 수 있었다. 지금도 잊히지 않는 것은 병원에 도착하면 나던 진한 소독약 냄새였다. 조그만 병원에 사람들은 미어터지니 병원에서 진료를 받으려면 또 한참을 기다려야만 했다. 그렇게 하여 치료를 받고 집에 오면 저녁나절이 되는 것이다.

아침 일찍 일어나서 식구들이 먹을 밥을 짓고 밥상을 다 차려놓고 나서 나를 데리고 하루 종일 병원을 다니고, 저녁에는 또다시 식구들의 저녁밥을 준비하시던 어머니였다. 나의 아픈 다리가 다 나을 때까지 단 한 번도 거른 적 없이 나를 데리고 다니시던 어머니였다. 어머니의 사랑이란 이렇도록 눈물겨운 것인가. 나는 어머니의 지극정성 덕분에 아픈 다리가 깨끗이 아물어서 정상적으로 생활할 수 있었다.

이 추억을 떠올릴 때면 나는 어머니의 '한없는 사랑'에 절로 눈시울이 붉어진다. 또 한편으로는 아직도 목탄차를 타고 다닌다는 북한 주민들의 열악한 형편이 생각나 마음이 울적하기도 하다.

(4) 물에 빠져 죽을 뻔한 이야기

아홉 살 때의 일로 기억된다. 직산면 산직촌이라는 이웃 동네에 금방앗간이 있었는데 방앗간 근처에 제법 커다란 물웅덩이가 있었다. 사금이 나온다고 하여 돌을 마구 긁어낸 곳에 비가 오면 물이 고여 웅덩이가 되었다.

나는 여름이면 동네 아이들과 그곳에서 수영을 하곤 했다. 한번은 셋째 형과 수영을 하러 갔다. 그런데 조금 안쪽으로 개헤엄을 쳐서 가 멈추어 보니 발이 땅에 닿지 않는것이 아닌가!. 자연스레 생긴 웅덩이가 아니고 금을 채취한 곳에 생긴 웅덩이다 보니 바닥이 평평하지 않았던 것이다. 아홉 살짜리가 무슨 힘이 있겠는가. 물이 입과 코로 들어가 힘이 다 빠져버려 허우적대던 나는 죽기 바로 직전까지 갔다. 근처에서 쳐다보던 작은 형도 나이가 12살이니 키가 작아 나를 구해 줄 수가 없었다.

바로 그때 이동복 선생님이란 분이 그 근처에서 수영을 하다가 한 아이가 물에 빠져 허우적대고 또 다른 아이는 "사람 살려."라고 소리쳐대자 곧바로 나를 끌어내어 주셨다.

그 시절에 이동복 선생님은 다른 학교에서 근무하시다 직산국민학교로 막 부임하셨던 차였다. 선생님은 얼마 후에 다시 다른 학교로 전근 가셨다가 나중에는 직산국민학교 교장 선생님으로 오셨다. 지금은 돌아가셔서 안 계시지만 나는 그 때의 고마움을 평생 잊을 수가 없다. 지면으로나마 생명의 은인이신 이동복 선생님께 감사의 인사를 드리고 싶다. 그때 깨달은 교훈은 이것이다. 즉, "위험은 예고가 없다."는 사실 말이다. 위험은 언제 어떻게 다가올지 모르기에 항상 조심을 해야 한다.

(5) 직산보통학교 입학

1940년 나는 10살의 나이에 직산보통학교에 입학했다. 지금의 초등학교는 일제가 통치할 때부터 내가 입학할 때인 1940년까지는 '보통학교'라는 호칭으로 불리다가, 1941년에 '국민학교법'이 생겨서 그때부터 '국민학교'라고 불리게 되었다.

입학식을 4월 1일에 하였는데 인근 부락의 아이들이 엄마들의 손에 이끌리어 학교로 왔다. 수백 명의 아이들이 학교 운동장에 정렬되어 있는 가운데, 맨 처음 단상에 올라가서 짤막하게 연설을 하는 사람은 일본인 교장이었다. 선생님들이 모두 열두어 분 계셨던 것으로 기억되는데, 교장 선생님 한 분만을 제외하고는 모두가 다 우리나라 선생님들이었다.

아이들은 코를 질질 흘리기도 했지만 그래도 제일 좋은 옷으로 입고 가슴에는 손수건을 달았다. 1학년 각 반 담임선생님들이 자기 반 아이들을 호루라기로 인솔하여 반으로 데리고 들어갔다. 키가 작은 아이부터 앞자리에 앉혀 자리를 배정해주고 출석번호를 알려주셨다. 학부모들은 교실까지 따라와서 아이들의 자리를 확인한 후, 선생님으로부터 다음 날 아이가 학교에 올 때 가지고 올 준비물을 확인한 후 아이들과 함께 집으로 돌아왔다.

당시 아이들은 거의 다 여덟 살에 입학했는데, 나는 열 살에 입학을 했다. 보통학교 시절에 가장 친했던 친구들은 양주홍, 김상운, 라상호였는데, 그중 양주홍 친구의 집에서 많이 놀았던 기억이 난다.

직산보통학교 1학년 때 학교 앞에서 큰형님의 친구가 양복점을 하고 있었는데, 하루는 큰형님이 국방색 담요로 내게 오버코트를 맞추어 주셨다. 당시 보통 사람들은 솜바지 저고리를 입고 다니던 시절이었고, 그것도 옷이 귀해서 큰형 것을 작은 형이 입고, 또 헤진 곳을 깁고 덧대서 동생이 입던 시절이었으니, 담요로 만든 오버코트는 요즘으로 치면 최고급 브랜드의 코트, 그 이상이었다.

내가 그 코트를 입고 학교에 가면 친구들이 내게 와서 만져보기도 하고 부러운 눈으로 바라보기도 했다. 그 옷은 내가 1년을 입고 다니다가 할아버지 장례를 치루고 나서 사촌 동생 선홍이에게 선물로 주었다. 사촌 누님들이 "어쩌면 마음씨가 그리 고우냐."고 나를 귀여워해 주었다. 친척 어른들도 "이 다음에 크게 될 아이"라며 머리를 쓰다듬어 주기도 하셨다.

(6) 고구마와 벤또에 관한 추억

보통학교를 다닐 때는 대동아전쟁(태평양전쟁) 중이었기에 항상 식량이 부족했다.

해방 직전에 학생들이 운동장 뒤 쪽에 땅을 파서 두렁을 쌓고 고구마를 심었다. 학생들은 김을 매는 등, 농사에 공부하는 것 이상의 정성을 들였다. 가을에 고구마를 캐는데 탐스럽게도 주렁주렁 많이 달렸다. 원체 먹을 것이 부족하고 또 한참 먹을 때인지라 우리들은 고구마를 캐면서 날 것으로 많이 먹었다. 선생님 몰래 밭에서 이제 막 캐낸 고구마를 먹는 맛은 "둘이 먹다가 하나가 죽어도 모를 맛"이었다.

그런데 선생님들이 우리들이 심고 농사지은 고구마를 상인들에게 팔았다. 그리고 그 돈은 어떻게 사용되었는지 학생들은 모른다. 고구마 농사는 학생들이 했는데 판매 수입은 선생님들이 어떻게 사용했는지도 모르게 사라졌으니 당시는 많이 섭섭하기도 했다. 한참 세월이 흐른 후에 그때 일을 떠올리면서 "아마도 학교 운영비가 모자라니 거기에 보태어 쓰시지 않았을까?" 하며 좋은 쪽으로 생각을 해 보았다.

겨울에 세 시간 수업이 끝나면 석탄 난로 위에 벤또(요즘의 도시락)를 두 줄로 높이 올려놓아 따뜻하게 데운다. 이때 벤또가 타지 않게 중간쯤에 올려놓는 것이 제일 좋다. 그래서 벤또를 올려놓을 때에는 학생들 사이에 한바탕 눈치싸움이 벌어진다. 당시는 쇠를 먹어도 녹일 만큼 식욕이 왕성하던 때라서 벤또 맛이 그렇게 좋을 수가 없었다. 꽁보리밥만 싸 오는 학생들이 거의 다였지만, 개중에 일부 잘 사는 집 아이들은 쌀밥에 계란말이를 싸 오기도 했다. 반찬도 거의 다가 무장아찌나 김치를 싸 왔다. 당시의 벤또는 양철로 만들은 것에 칸막이도 제대로 돼 있지 않아서 반찬 국물이 옆의 밥에 다 섞이곤 하였다. 그래도 점심시간에 여럿이 함께 모여서 반찬을 꺼내 놓고 서로 나누어 먹으며 모두가 즐거워하곤 하던 때였다.

학교 수업이 끝나고 담임선생님의 "책보 싸!" 하는 말씀이 그렇게 반가울 수가 없었다. "책보 싸."라는 말은 곧 수업이 끝났다는 말이었다. 그러면 아이들은 서로 뒤질세라 부리나케 책보를 싼다. 당시는 가방이 없고 책 5~6권과 필통, 그리고 벤또를 보자기에 싼다. 요즘의 추석 때 과일 바구니를 보자기로 싼 것을 생각하면 가장 이해가 빠를 것이다. 그것을 둘러메고 집으로 뛰어간다.

한 반 60명의 아이들 중, 남자아이 30명과 여자아이 30명의 책보 메는 방식이 사뭇 다르다. 남자아이들은 책보를 어깨 위에서 허리께로 묶는데 반해, 여자아이들은 허리에 가로로 묶는다. 그렇게 책보를 메고 뛰어가면 책보 속에서 연필이 필통과 부딪쳐서 나는 소리, 벤또 속에서 숟가락, 젓가락이 부딪치는 소리가 마치 음악의 장단처럼 들리곤 한다. 참으로 힘들고 배고프던 시절이었지만, 어렸을 때의 추억인지라 지금 돌이켜보면 마냥 그립기만 하다.

(7) 모심기

나는 국민학교를 졸업하고 아버지의 농사일을 많이 도왔다. 봄이 되면 둘째 형님과 함께 마차로 퇴비를 실어 나르면서 논에 뿌리기도 했다.

농사일은 이런 식으로 진행된다. 3월 중순이 되면 둘째 형님과 함께 퇴비를 마차로 실어와 논에 뿌리기 시작하고, 4월 초순에 못자리를 만든다. 못자리는 대략 가로는 1m가 조금 넘게 하고 세로는 논의 길이에 맞춘다. 이때 삽으로 흙을 파서 끌어 올려 두렁을 만든다.

볍씨를 며칠 동안 물에 자작자작 하게 담가 놓았다가 건져서 집의 따뜻한 방안에 이불을 덮어두면 볍씨에 싹이 튼다. 그렇게 싹이 튼 볍씨를 논두렁에 뿌린다.

5월 중순에 모심기 적당한 날을 정하고 일꾼들에게 "어느 날 어느 논에 모 심어 달라."고 약속을 한다. 맨 첫 번째 일은 모를 찌는 일이다. "모를 찐다."는 것은 볍씨를 뿌려서 조금 자란 모를 뽑는 일을 말한다. 새벽 일찍 아침 식사를 마치고 모두 지게를 짊어지고 논으로 간다. 모찌는 일은 허리를 구부리고 작업해야 해서 조금만 하면 허리가 끊어지게 아프다. 그것도 조금 하다보면 요령이 생겨서 왼 팔꿈치를 왼발 무릎에 대고 모를 찌면 허리가 약간은 덜 아프다.

모를 얼추 찔 때쯤에 큰형수님과 동네 여자들이 새참을 이고서 논까지 온다. 여자들의 고생도 이만저만이 아니다. 밥을 하고 반찬을 하는 것도 힘들지만, 그것을 광주리에 이고서 논까지 5리, 즉 2km 거리를 걸어오는 것이다. 그것도 젖먹이가 있으면 그 아이를 허리에 둘러업고 와야 하니, 당시 여자들의 고생이 어느 정도였는지는 요즘 여자들은 가늠조차도 힘들 것이다.

밥을 내왔다고 해서 곧바로 달려들어 먹는 게 아니다. 거기에도 절차가 따른다. 먹기 전에 "고시레!" 하고 외치며 차려놓은 밥상에서 밥을 한 술 떠서 논 쪽으로 던지고 나야 식사를 할 수 있다. 논에 있는 지신(地神)에게 제사를 드리는 것이다. 식사를 마친 후 어른들은 담배를 한 대씩 피우는데, 그 사이에 논둑에 드러누워 잠깐 눈을 붙이는 사람도 있다. 모를 찐 것을 가까운 곳은 집어 던지고, 먼 곳은 지게에 짊어지고 가서 군데군데 놓는다. 요즘 마트에 가면 부추를 단으로 묶어 놓은 것이 있는데, 그것이 꼭 그 옛날의 모 찐 것과 흡사하다.

찐 모를 논에 군데군데 던져 놓으면, 그 다음엔 본격적인 모심기 작업이 시작된다. 먼저 두 사람이 양쪽에서 못줄을 잡고 당기면 사람들은 못줄에 맞게 일 열로 서서 못줄 눈에 맞추어 모를 심는다. 다들 일어나면 "오라이!" 하고 못줄을 심을 다음 자리로 옮긴다. 그 거리는 논에 따라 다르지만 대략 20 ~ 30cm 정도 된다. 오후 3시 경이 되면 또 한 차례 새참이 나온다.

이렇게 해서 한 논에 모심기가 다 끝나면 그 다음에는 다른 논으로 옮겨 간다. 해가 넘어갈 때 쯤 해서야 다들 집으로 돌아온다. 하루 일을 마치고 집으로 올 때가 제일 기분이 좋다. 모를 다 심어서 뿌듯한 기분도 들지만, 내일 아침까지는 편히 쉴 수 있다는 생각에 더욱 기분이 좋은 것이다.

모심기를 하는 날이면, 남자들은 육체노동을 해서 힘이 들지만, 여자들도 하루에 네 번의 식사를 준비하느라고, 그야말로 녹초가 된다. 새벽에 소가 먹을 여물을 쑤는 것까지 계산한다면, 무려 다섯 번의 식사를 준비해야 되는 셈이다. 즉, 아침 소여물, 아침 식사, 오전 새참, 오후 새참, 저녁, 이렇게 다섯 번이다. 그뿐인가? 그중 두 번은 5리건 10리건, 그 먼 곳까지 밥, 반찬, 국을 머리에 이고 운반해야 하는 것이다.

위에서 말한 소여물이란 물에 지푸라기와 쌀겨를 섞어서 국처럼 끓여 소가 먹기 좋게 만들어 주는 것이다. 요즘은 어떤 축산농가에서도 그렇게 정성들여 소여물을 쑤어주는 곳은 없다. 그런 의미에서 본다면 옛날 우리 조상들의 가축 사랑은 요즘 사람들보다 몇 배나 더 지극했다는 생각이 든다.

(8) 김매기

모 심기를 하고나서 20일 정도 지나면 1차 비료를 주고 김매기를 한다. 김매기는 호미로 논바닥을 파서 좌우로 뒤집어 놓는 것을 말한다. 오른손으로 호미를 잡고 왼손으로는 호미로 판 흙을 잡고 양옆으로 옮겨 놓는다. 팔의 힘도 많이 들지만 어깨와 허리도 많이 아프다. 일꾼은 대략 400평에 한 명 정도 사람을 사면 된다. 물론 나도 함께 김매기를 했다.

1차 김매기를 마치고 또 20일 정도가 지나면 2차로 김매기를 해주어야 한다. 이때는 비료도 주어야 한다. 3차는 대개 7월 중순에 하는데, 이때는 호미 없이 손으로 논에 있는 풀을 뜯어내는 것이다. 김매기보다는 한결 수월하다. 이 때 쯤이면 제법 자란 벼를 바라보는 재미가 쏠쏠하다. 무럭무럭 벼가 자라는 것을 보면 신기하기도 하고 그렇게 잘 자라주는 것이 고맙게 느껴지기까지 한다. 옛날 말씀 중에 "자연은 거짓말을 하지 않는다."는 말을 실제로 경험하는 순간이다.

그 다음에 하는 일은 피 뽑기다. 피 뽑기는 9월 초순까지 하는데 이때는 벼도 패어있고 피도 패어있다. 피는 이삭이 아주 잘고 잎이 넓어서 벼와는 확연하게 다르다. 피를 뽑는 이유는, 피가 벼에게 갈 영양분을 가로채기 때문이다.

요즘은 피를 그냥 다 버리지만, 일제강점기에는, 그리고 그 후 1950년대까지는 피를 식용으로 먹기도 했다. 그러나 피는 영양분이 거의 없어, 먹으나 마나 하다고 어른들이 말씀하시는 것을 자주 들은 기억이 난다. 그 옛날 속담에 "피죽도 못 먹은 놈 같다."라는 말이 있다. 이 말은 영양이 부족하여 비실비실하거나 마른 사람을 일컫는 말로, "피로 끓인 죽조차도 못 먹었으니 오죽하랴."는 비아냥인 셈이다.

(9) 물푸기와 벼베기

우리 논은 옛날에 왜놈들이 사금을 캐 먹은 자리라서 논바닥에 모래가 많아 물이 빨리 마르곤 했다 그래서 논 귀퉁이에 작은 샘을 파고 자주 물을 퍼 올려서 농사를 지었다. 아버지나 형님들이 수시로 물을 펐는데, 나도 자주 거들었다. 물푸기는 얇은 판자로 만든 커다란 사각형 두레박 네 모퉁이에 끈을 매고, 양쪽에서 두 사람이 끈을 잡고 물을 퍼서 논으로 물을 옮기는 작업이다. 허리를 구부렸다 폈다 하면서 일을 해야 하기에 조금만 해도 허리가 몹시 아프다. 나도 아버지와 형님을 도와 물을 많이 퍼보았기에 그 고통을 알 수가 있다.

10월 중순 쯤 날짜를 잡고 두 마지기에 한 명 꼴로 일꾼을 얻어 놓는다. 여기서 마지기(두락지: 斗落地)라는 말은 한 말의 씨앗을 뿌릴 만한 논의 넓이 혹은 수확량으로, 벼 4가마를 수확할 수 있는 면적을 일컫는다. 지방마다 차이가 있는데 사고 팔 때 혹은 임대차할 때 거래단위로 쓰인다. 보통 논의 경우에는 200평을 한 마지기로 하지만, 평야지대에서는 논 300평을 한 마지기로 하기도 한다.

그날 아침 식사를 마치고 지게와 낫, 숫돌을 준비하고 논으로 간다. 벼를 벨 때에 벼 잎이 팔뚝을 스치면 쓰라리고 아프다. 그런데도 벼가 누렇게 익어있는 것을 보면 "안 먹어도 배부르다."는 말이 있듯이, 흐뭇하기만 하다.

벼를 베는 대로 바로 한 단씩 묶어 놓는다. 벤 벼를 한 다발씩 묶어 논두렁에 한 줄로 좌우 엇갈리게 세워 놓고 한 열흘 정도가 지나면 다시 좌우로 뒤집어 세운다.

(10) 탈곡

옛날에는 탈곡기에 탈곡을 했다. 탈곡을 할 때 한 사람은 옆에서 벼를 집어주고 나머지 한 사람은 돌아가는 탈곡기에 벼를 턴다. 당시의 탈곡기라는 기계가 전기로 작동하는 것이 아닌 발로 밟아서 하는 것이기 때문에, 탈곡기를 밟으며 벼를 터는 사람이 제일 힘들게 마련이다. 따라서 수시로 교대를 해주어야 한다.

탈곡한 벼를 넉가래로 높이 던지면 바람에 의해 먼지가 날아가게 한다. 한참 동안 그렇게 해서 깨끗한 벼는 짚으로 만든 가마니나 섬에 담는다. 만약에 바람이 불지 않을 때에는 풍구를 이용하는데, 한 사람은 풍구를 돌리고 한 사람은 체에다 벼를 담아서 풍구 앞에서 양손으로 흔들어 내려가며 검불(지푸라기)을 날려 버린다. 이때에도 일꾼들에게 새참과 저녁까지 대접을 한다. 이날은 특히 수확하는 날이라고 해서 고기와 막걸리도 준비해서 잘 먹게 해야 한다. 얼마 간 농사를 지으며 집안일을 도와주다보니 그 어려움은 말로 표현할 수 없을 만큼의 고통의 연속이었다.

나는 다시 공부를 시작해서 앞날을 개척해야겠다고 굳게 결심을 한 후, 창피함을 무릅쓰고 1948년에 직산국민학교에 찾아가서, “6학년 청강생으로 배울 수 없겠습니까?”라고 문의하였다. 선생님은 “네가 그렇게 공부를 하겠다는데 누가 말리겠느냐?”며 쾌히 허락을 해주셨다. 1년을 꿇었던 터라 한 살 어린 동생들과 함께 공부한다는 것이 여간 부끄러운 일이 아니었지만, 다행스럽게도 반장을 맡고 있던 김영옥이 친절하게 대해 주어 그럭저럭 잘 적응해 나갈 수 있었다.

이왕 공부하러 왔으니 그때부터 이를 악물고 공부를 열심히 했다. 한번은 국어 공부를 하는데 단어를 몰라서 애를 먹었던 일이 있었다. 그래서 국어사전을 사야겠다고 생각하고 10리도 넘는 길을 걸어서 성환의 서점에서 사가지고 온 기억이 지금도 생생하다.

(11) 정미 그리고 벼 짚의 용도

이렇게 하여 추수가 다 끝나면 맨 마지막 단계는 정미소에 가서 쌀을 도정하는 일이다. 방앗간의 기계에 벼 알곡을 쏟아 부어 그 껍질을 벗기는 작업을 도정작업 혹은 정미작업이라고 한다. 방앗간에 가지고 가면 얼마 안 있어 기계의 한쪽으로는 하얀 쌀이 쏟아져 나오고 다른 쪽으로는 벼 껍질이 쏟아져 나온다. 쌀은 쌀 대로 담고 겨는 겨 대로 쌓아 놓는다. 수확량의 거의 대부분을 일제가 공출하여 가던 때였으니, 그저 그림의 떡일 뿐이었지만, 이렇게 하얀 쌀을 구경한다는 것만으로도 감격에 겨웠던 시절이었다.

그런데 여기서 당시의 상황에서 꼭 기억해야 할 일이 있다. 무엇인가 하면 바로 벼 짚(지푸라기)의 용도에 관해서이다. 옛 속담에 "물에 빠진 놈이 지푸라기라도 잡는다."라는 말이 있다. 물에 빠져서 죽기 일보 직전까지 가면 나무토막은 물론이고 지푸라기조차도 잡으려고 허우적댄다는 말로, 상황의 급박함을 표현하는 말이기도 하고, 지푸라기가 아주 하찮은 것임을 나타내는 말이기도 하다. 이렇듯 하찮은 지푸라기가 당시의 농촌에서는 거의 전 분야에 걸쳐서 아주 요긴하게 사용되었다는 점이다.

지푸라기는 벼를 베고 나서 곡식 낟알을 털어낸 벼의 줄기이다. 그것을 볏단으로 묶어서 집 뒤에 낫가리로 쌓아 놓는다. 보통은 집 뒷마당에 쌓아 놓는데, 마당이 좁으면 논에다 쌓아 놓기도 한다. 그런데 이렇게 쌓아 놓은 벼 짚단의 용도가 가히 무궁무진하다는 것이다.

먼저, 벼 짚단을 엮게 서로 이어서 초가집의 지붕으로 쓴다. 초가집 지붕은 2년에 한 번 정도로 갈아주지 않으면 썩어서 냄새가 날 뿐만 아니라 지붕에서 물이 새는 문제도 있다. 또 지붕이 오래되면 지붕의 이엉(지푸라기) 속에 벌레들이 생기는 문제도 있다. 이렇게 지붕갈이를 한 초가집은 멀리서 보면 마치 노란색 크레파스 칠을 한 것처럼 예쁘다.

두 번째의 용도는 지푸라기로 밧줄, 가마니 섬, 짚신을 만드는 것이다. 우리 할아버지, 아버지들은 밤이면 사랑방에 앉아서 새끼를 꼬았다. 당시는 현재와 같은 비닐 끈이 없을 때였으므로 시골에서 밧줄은 일상생활의 거의 전 분야에 걸쳐서 사용되었다. 내가 어렸을 때는 일제가 우리나라를 강제로 점령하고 있을 때였기에, 그들은 가마니를 공출했다. 즉, 강제로 빼앗아 간 것이다. 나의 기억에도 아저씨나 동네 어른들께서 저녁이면 가마니를 짠다고 밤늦게까지 일을 하셨던 생각이 난다.

어른들의 수고는 그것으로 끝이 아니었다. 당시는 고무신도 아주 귀할 때였으므로 보통 사람들은 짚신을 신고 다녔다. 새끼를 얇게 꼬아 짚신을 만드는 것도 모두 어른들의 몫이었다.

세 번째의 용도는 지푸라기를 꼬아서 멍석이나 방석, 또는 똬리 같은 일용품을 만든다는 것이다. 잘 만들은 멍석은 한여름 밤이면 밖에서 저녁을 먹는 식탁이 되기도 하고 밤에는 밤하늘의 별을 바라보며 도란도란 이야기를 나누는 장소가 되기도 한다. 또한 지푸라기로 만든 똬리는 어머니나 누이가 우물에 가서 물을 길어오거나 개울에서 빨래를 할 때면 이고 다니는 광주리의 받침이 되기도 한다. 맨 머리에 광주리를 인다면 얼마나 머리가 아플 것인가. 그래서 우리의 어머니들은 동그랗게 말아놓은 똬리나 수건을 그런 충격 완화 용도로 썼던 것이다.

네 번째의 용도는 짚을 가지고 비옷을 만들어 입는 것이다. 내가 어렸을 때만 해도 비가 오면 비를 피할 수단이 마땅치 않았다. 대나무 살로 우산대를 만들고 거기에 기름종이를 붙인 '지우산'이라고 부르는 우산이 있었지만 그것은 구하기가 힘들었다. 그래서 보통 가정에서는 짚을 엮어서 그것을 옷처럼 입고 다녔다. '도롱이'라고 부르는 것으로 나도 비가 올 때면 도롱이를 입고 친구 집에도 놀러가고 했던 기억이 있다.

다섯 번째의 용도는 소중한 건축자재로의 쓰임새이다. 지금은 흔해빠진 것이 시멘트이지만, 일제강점기 당시만 해도 시멘트는 군대에서나 쓸까, 민간에서는 그런 고급 자재를 구경조차 할 수 없었다.

그래서 보통 집을 질 때는 목재를 사용하거나 흙벽돌을 사용하였다. 그것조차도 어려운 사람들은 기둥만 나무로 대충 세워 놓고는 거기에 수수깡 대를 얼기설기 엮어맨 후, 그 사이 사이를 진흙으로 발랐다. 그런 집은 그저 눈, 비나 바람을 막을 정도 밖에는 되지 않았지만, 그래도 없는 사람들에게는 그런 집조차도 그저 감지덕지할 뿐이었다.

진흙을 벽돌로 만들려면 지푸라기가 필수적이다. 그것이 없이 벽돌을 만들면, 바싹 마른 벽돌이 그냥 부스러져 버리는 문제가 발생한다. 그런데 진흙과 지푸라기를 적절히 섞어서 벽돌을 만들면 지푸라기가 일종의 철근 역할을 하는 것이다. 위에서 말한 옥수수 대에 흙을 붙여서 벽을 만드는 원리와도 유사하다.

여섯 번째의 용도는, 그것을 불쏘시개로 쓰는 것이다. 마른 짚은 불만 붙이면 그냥 훨훨 탄다. 당시만 해도 밥을 짓거나 난방을 할 때면 아궁이에 불을 넣어야 했다. 그런데 나무에 불을 붙이기는 쉽지 않다. 그래서 먼저 지푸라기를 조금 넣고 그 불길 다음에 나무를 넣는 것이다.

이렇게 좋은 용도로 쓰이는 짚이지만 초가집에 한 번 불이 나면 아무것도 남지 않고 홀랑 다 타버리는 문제도 있었다.

일곱 번째 용도는 소의 사료로 이용하는 것이다. 새벽이면 어머니는 볏단을 가지고 와서 가마솥에 넣고 끓인다. 한참을 끓이면 맛있는 소여물이 되는 것이다. 그것을 소에게 갖다 주면 소는 그야말로 환장을 하고 먹는다. 요즘으로 치면 소에게 우리가 먹는 야채수프를 주는 격이니 이 얼마나 친환경적이고 동물을 사랑하는 선조들의 마음인가. 그러나 요즘은 그렇게 소여물을 쑤어주는 축산 농가는 없다. 비용도 비용이려니와 시간이 많이 걸리기 때문에 그냥 사료를 줄 뿐이다.

이 밖에도 지푸라기의 용도는 그야말로 끝이 없지만, 그 이야기는 이쯤에서 마무리 한다.

(12) 양당리 할아버지 돌아가시다

직산면 양당리 마을에 작은 아버지 댁에 할아버지가 계셨다. 80대의 할아버지가 면사무소에 볼 일이 있어 가시면 면사무소 직원들은 물론 면장님까지 나와서, "노인장님 먼 데서 어떻게 오셨느냐?"고 정중하게 고개를 숙이며 인사를 하곤 했다. 1940년대의 나이로 80세라면 요즘으로 치면 100세에 해당하는 연령이다.

할아버지는 식사 때 음식을 줄줄 흘리면서 드실 때가 많았다. 요즘 사람들 같으면 창피하다고 고개를 돌리거나 면박을 줄 일이었지만, 당시 작은 어머니는 참으로 착한 분이셨다. 작은 어머니는 "부모님이 드시던 밥인데 어떠냐?"고 하시면서 할아버지가 흘린 밥을 하나하나 주워서 드시곤 했다. 작은 어머니는 그렇게 효부로 알려져 나중에 직산면에서 효부 상을 받기도 하셨다.

조금 이야기를 거슬러 올라가서 내가 11살, 보통학교 2학년이던 1942년 겨울의 일이다. 당시 85세이던 할아버지가 돌아가셨다고 작은 아버지 댁에서 연락이 왔다.

작은 아버지가 사시는 양당리까지는 5리(2km) 정도 되었는데 아버지, 어머니, 형님들, 이렇게 온 가족이 함께 걸어서 갔다.

3일장을 치렀는데 돌아가셨던 날은 몹시도 추웠다. 장례일 새벽에는 흰 눈이 내렸다. 장지는 집에서 멀지 않았다. 양당리 동네 사람들과 인근 고을에서 조문 온 사람들이 협조해 주시어 장례를 잘 마칠 수 있었다. 장례가 끝나고 아버지를 비롯한 어른들이, "참으로 착하게 살아오신 분이었다."고 이구동성으로 말씀들을 하셨다.

상청은 우리 아버지가 집안의 장남이다 보니 우리 집 마루에 앉혔다. 그 후 보름 동안은 아침저녁으로 곡을 하면서 상식(上食)을 올렸다. 그리고 삼년상이 끝날 때까지 초하루와 보름마다 상식을 올렸다.

(13) 일본의 정책 변천

여기서 잠시 우리나라와 일본과의 관계를 살펴보자. 우리 조상들은 가난한 삶을 대물림하며 살아왔다. 1392년 개국한 조선왕조는 임진왜란, 병자호란을 치르고 당파싸움과 세도정치를 겪으면서 나라가 쇠약해졌다. 서양 열강이 한국에 진출하고자 할 때 대원군이 쇄국정책을 펼치면서 문호개방을 억제하였다. 1895년 명성황후가 시해되고 대한제국이 선포되었으며 독립협회가 조직되었다.

일본은 청·일 전쟁과 러·일 전쟁을 하면서 한국에 영향력을 행사하는 이권을 얻게 되었다. 결국 1910년에 일본이 우리나라를 강제로 합병하여 우리는 나라를 빼앗겼다. 1919년에는 미국의 윌슨 대통령이 세계평화를 위해 14개조 평화원칙을 발표하였고 민족자결주의 원칙을 제시하였다. 이때 전국적으로 3.1독립만세운동을 벌였고. 해외에서도 상해 임시정부를 수립하며 중국 등을 중심으로 조국의 독립운동을 벌이게 되었다.

내가 태어난 1930년대는 희망이 없는 암울한 시대였다. 일본은, "일본과 조선은 하나다."라는 명목으로 조선의 정신을 말살하려고 했다. 그리하여 강제적으로 식민지 사관을 주입하려 했다. 일본은 중·일 전쟁을 일으켜 아시아에서 지배권을 확장하려고 했다. 일본의 경제적인 수탈로 한국은 먹을 것이 없었고 입을 옷도 변변치 않았다.

일제는 전쟁에 사용할 식량을 확보하기 위하여 1939년에 미곡배급통제법·조선미곡배급조정령을 공포하여 조선 쌀의 통제를 제도화하고, 공출 및 배급 제도를 실시하였다. 1940년부터 식량증산을 위하여 '신조선미곡증식계획'을 실시하는 한편, 각 도(道)·부(府)·군(郡)에 식량배급조합을 설치하였다. 임시미곡배급규칙을 정하여 각 농가로부터 종자와 자가소비용을 제외한 쌀을 강제 수매하는 등 식량의 국가관리를 단행하였다.

공출제도는 처음에는 생산의욕을 높이기 위하여 실시되었으나, 태평양전쟁의 도발로 식량 사정이 악화됨에 따라 1942년 '조선식량관리령'을 발표하여 전체 농민을 대상으로 자가소비용을 제외한 쌀 전량과 잡곡까지 강제 공출하였다. 또 보리면화(목화솜)와 고사리 등 40여 종에 이르기까지 공출제도를 확대하였다. 일제는 공출미의 대가를 공정가격으로 지불한다고 하였으나, 실제로 미곡 대금을 전시채권 구입과 강제저축에 충당하여 농민들의 수중에 들어오는 현금은 거의 없었다.

1945년 제2차 세계대전에서 일본이 미국 등 연합국에 패배하면서 한국을 비롯한 많은 나라들이 독립을 했다. 이렇게 하여 우리는 36년 동안 식민지 통치에서 벗어나는 기쁨과 감격을 누리게 된 것이다.

(14) 치욕적인 신사참배

일본은 1910년대부터 우리나라를 지배하면서 시대별로 통치체제를 바꿔가며 통치했다. 1910년대는 한일 합방 이후 무단통치 체제로 강압적인 통치를 하면서 조선 민족을 말살하려고 했다. 1920년대는 우리 민족이 3·1 운동을 벌이며 전국적으로 저항을 하자 무력에 의한 통치만으로는 한계가 있겠다 싶어, 문화정치로 방향을 바꾸며 유화적인 정책을 펼쳤다. 그러다가 1930년대로 들어오면서부터는 황국신민화 정책으로 민족 말살 통치를 시도하였다. 내선일체(內鮮一體)라는 구호를 내세워 "일본(內)과 조선(鮮)은 한 몸이다."라고 하면서 조선 백성들을 쇠뇌시켰다.

마침내 1937년 10월부터는 조선 백성들에게 '황국신민서사'라는 것을 암기하여 제창하도록 강요했다. 아동용 황국신민서사(皇國臣民誓詞: 황국신민으로서의 다짐)는 다음과 같다.

1. 저희는 대일본제국의 신민입니다.

2. 저희는 마음을 합하여 천황 폐하에게 충의를 다하겠습니다.

3. 저희는 괴로움을 참고 몸과 마음을 굳세게 하여 강한 국민이 되겠습니다.

일제강점기에는 일본이 천황이라는 존재를 우리나라 사람들에게 주입하기 위해 곳곳에 신사를 세우고 조선인들에게 강제로 참배하게 했다. 매주 월요일에는 전교생이 아침 조회를 마치고 눈이 오나 비가 오나 뒷산에 있는 신사에 가서 절을 해야 했다. 나라를 빼앗기고 다른 나라의 신에게 강제로 절을 해야 하는 현실에 어린 우리들도 무척이나 마음이 상했다. 나라를 빼앗겼다는 사실과 일본에 대항할 힘이 없다는 현실에 많이 서글펐다. 우리들은 비록 어린 나이였지만, 어서 빨리 커서 우리도 힘을 키워 독립을 했으면 좋겠다는 생각을 했다. 그래서 어른들 몰래 산에 올라가서 놀이를 할 때에도 몇 명은 일본 놈으로 하고, 우리들은 그 놈들에게 (가짜) 칼과 창을 휘두르며 총을 쏘는 싸움을 하는 놀이를 했다. 그럴 때면 아이들은 서로 일본 놈은 하지 않고 독립군만 하겠다고 하곤 했다.

또한 처녀 공출을 해갔다. 그 당시 처녀들은 강제로 끌려가 일본군을 위한 치욕적인 인권 유린을 당해야만 했다. 그 아픔을 어찌 씻을 수 있을까? 그래서 처녀들이 시집 일찍 가는 것이 유행으로 번져 나갔다.

이 시기에 일제는 신라 시대의 국보급 유물들을 일본으로 반출해 갔다. 버젓이 눈을 뜨고도 말 한마디 하지 못하고 수탈당하고 만 것이다. 나라 없는 아픔이란 바로 이런 것이다.

(15) 창씨개명이란 비극

일본은 우리 국민에게 창씨개명(創氏改名)을 강요했다. 우리 이름을 쓰지 못하게 하고 일본식으로 이름을 바꾸라는 명령이었다. 당시의 조선 사람이라면 창씨개명을 하지 않을 수 없었다. 우선 그 지시에 따르지 않으면 아이들이 보통학교에 입학할 수가 없었다. 또한 아무것도 배급받을 수 없었다. 모든 것을 다 빼앗아가고 일부만 남겨 놓은 상태에서 관에서 주는 배급품은 거의 생명 줄이나 다름없었다. 그런 시기에 배급을 받지 못한다는 것은 곧 죽는다는 말이나 마찬가지였다. 우리 어린 학생들도 일본이 하라니까 할 수밖에 없었다.

나의 원래 이름은 최승우(崔承祐)였지만 '최' 자를 없애버리고 일본이 지어주는 대로 불러야만 했다. 그래서 학교에서 지어주는 대로 우찌야마(內山)라는 이름으로 불리었다. 최(崔) 자에 산(山)이 들어가 있으니 비슷한 모양으로 만든 것이었다. 학교에서 지어준 이름을 가지고 돌아오자 아버지와 어머니는 "우찌야마가 무슨 말라비

틀어진 것이냐?"며 소리를 지르셨다. 나이 드신 분들은 속상하고 분통이 터져 하는 말씀이었겠지만, 당시는 일본 사람이 하라면 할 수밖에 없는 상황이었다.

이름까지 부르려니 너무 길어서 그냥 호적도 최씨 성을 없애고 우찌야마로 고쳤다. 김 씨 성을 가진 친구는 보통 가네야마(金山) 또는 가나카와(金川)라고 고쳤다. 만약 창씨개명에 저항하면 학교에서 매까지 맞아야만 하는 상황이었다. 실제로 우리들은 학교에서 이런 저런 일로 벌도 서고 매도 많이 맞았다. 울며 겨자 먹기 식으로 모두가 따를 수밖에 없는 상황이었다.

(16) 누님이 만들어 준 갑바

일제 강점기 시절(1910 ~ 1945)에 어린이들은 군복 차림으로 학교를 다녔다. 이때 무릎 밑에서부터 발목까지 갑바를 감고 다녀야 했는데, 그것은 비상시 다리를 보호해 주는 역할을 하는 덮개로 실로 짜서 만들은 것이다. 누님들은 나를 막내라고 끔찍이 사랑해 주셨다. 나는 큰 누님이 만들어 준 갑바를 감고 학교를 다녔다. 당시 어린 마음에도 군복 차림을 하고 갑바를 감고 학교를 다니는 것이 많이 불편했다.

당시 우리들은 그렇게 갑바를 감고 다니는 이유를 잘 몰랐다. 아마도 어린 나이 때부터 군대문화의 경험을 해 주려는 것이었는지, 아니면 전쟁분위기로 사람들에게 위기의식을 심어주려는 것이었는지, 그저 거추장스러웠다는 기억 밖에는 없다. 한편으로는 어린 나이에도 "우리가 식민지 생활을 하지 않으면 군복 차림으로 다닐 필요도 없고 갑바를 불편하게 다리에 감지 않아도 되는데…." 하면서 투덜거린 기억이 있다. 그런 것이 모두 나라 없는 백성의 설움이라고 생각했다.

누님은 내가 열세 살 정도였을 때 큰 조카만 남겨 두고, 매형과 함께 어린 조카를 업고 이북으로 넘어 갔다. 내가 어렸을 때의 일이고, 지금은 매형이건 누님이건 모두 100세가 넘었으니 살아 계시지 않을 것으로 생각된다. 누님을 한 번 만이라고 보고 싶다. 어린 조카를 등에 업고 고개 마루에서 학교에서 돌아오는 나를 기다리며 서성거리던 모습이 아직도 생생하게 기억에 남아 있다.

(17) 초근목피로 살아가던 가난한 시절

일본은 중·일 전쟁을 도발하면서 식량 수요가 증가하자 전쟁에 사용할 식량을 확보하기 위해 식량증산 정책과 아울러 식량통제를 실시하였다.

1941년 말에 태평양전쟁의 도발로 재정 및 식량 사정이 악화됨에 따라, 그 다음해부터는 전체 농민을 대상으로 아주 최소한의 식량을 제외한 쌀 전량과 잡곡까지 강제 공출하기에 이르렀다.

그런 수탈 정책은 쌀에만 국한된 것이 아니었다. 보리와 옷의 주재료인 면화와 고사리 등, 모든 농산물에 이르기까지 공출을 확대하였다. 일제는 공출미의 대가를 공정가격으로 지불한다고 하였으나, 실제로 미곡 대금을 전시채권 구입과 강제저축 등에 충당하여 농민들의 수중에 들어가는 현금은 거의 없었다.

부모님과 6남매, 이렇게 모두 여덟 명이나 되니 식구들은 많고 먹을 것은 없어 하루하루 끼니때가 되면 먹을 것 걱정이었다. 봄이면 논에 나는 '삐둘기 풀'이라는 것이 있었다. 꽃이 피면 얼마 지나지 않아 열매가 열리는데 그것을 훑어 죽을 쑤어 먹었다. 소나무 껍질을 벗기면 속에 얇은 속껍질이 있다. 그것을 긁어서 죽도 쑤고 밥할 때 섞어서 먹기도 했다. 또 칡뿌리를 캐어 먹기도 했다. 봄에 산 깊은 곳에 들어가면 칡넝쿨이 보인다. 칡뿌리를 가루로 만들어 물을 부어 놓고 하룻밤을 지나면 맑은 물 밑으로 녹말이 가라앉는다. 그것이 녹말가루인데, 그것을 가지고 수제비도 해먹고 부침개도 해먹었다. 아카시아 꽃잎을 따먹거나 까마중이란 새까만 열매를 따먹기도 했다. 어디든지 산과 들을 쏘다니면서 먹을 수 있는 것은 다 먹는, 그야말로 초근목피(草根木皮)의 시절이었다.

그 당시 국가 배급품으로 석유와 콩깻묵이 있었는데, 어떤 날은 썩어서 냄새나는 콩깻묵을 배급받기도 했다. 그래도 그마저도 먹지 않으면 굶어 죽을 것 같아 먹을 수밖에 없던 시절이었다.

농사지은 벼는 공출로 뺏기고 배급받은 썩은 콩깻묵으로 연명하다가, 그래도 먹을 것이 없으면 마름 집에 가서 쌀 한가마니를 사정사정해서 빌려온다. 봄에 한 가마를 빌려오면 가을에는 이자를 보태어 한 가마 반을 주어야 한다. 쉽게 말하면 여섯 달 동안 50%의 이자를 주는 셈이다.

마름이란 보통 동네에서 농토를 좀 많이 갖고 있고 살

만한 집으로, 소작농들에게 땅을 빌려주고 농사짓는 것을 감시하기도 하는 사람이다. 농사지을 땅을 빌리거나 봄에 쌀이라도 꾸어다 먹으려면 그 사람에게 잘 보여야 하기 때문에 모두가 굽실굽실 거릴 수밖에는 없었다. 지금 사람들에게는 말도 안 되는 소리지만 그때의 현실은 그랬다. 없는 사람들은 일본사람에게 시달리고 이장에게 시달리고, 급기야는 돈푼이나 있는 사람에게까지 착취를 당하던 시절이었다.

(18) 광솔 따기와 쇠붙이 수거

내가 보통학교를 다니던 1940년대에 제2차 세계대전이 한창 벌어지고 있었다. 어느 날 선생님들이 비행기 기름을 만드는데 들어가는 광솔을 따야한다고 말씀하셨다. 광솔이란 송진이 많이 엉긴 소나무의 가지나 옹이를 말한다. 불이 잘 붙는 성질이 있어 예전에는 여기에 불을 붙여 등불 대신 사용하였다.

소나무 가지를 자른 곳에는 송진이 빨갛게 생긴다. 선생님들이 광솔을 따오라고 숙제를 내주면, 학생들은 수업이 끝나고 집으로 가서 망치처럼 생긴 자귀를 들고 산으로 광솔을 따러 간다. 산에 가서 소나무를 살펴보고 광솔이 붙어 있는 것을 골라 자귀로 따고 그것들을 통에 담아 다음 날 학교에 낸다. 어릴 때 마음대로 놀지 못하고 일본을 위하여 학교 소유의 논에 강제로 동원되어 모내기를 하고, 산속에 들어가서 광솔 따기에 동원되는 것이 슬펐고 그렇게 일하는 것이 싫었다.

제2차 세계대전이 막바지에 이르는 1944년이 되자 일본은 우리나라에 있는 놋쇠, 구리, 양은 등, 쇠붙이를 거두어 갔다. 학생들에게 쇠붙이를 가져 오라고 닥달하는 것은 물론이고, 부락에서는 이장이 가가호호 방문하면서 쇠붙이를 거두어 갔다. 이장은 동네 사람들의 살림살이를 누구보다도 훤히 꿰뚫고 있는지라 그가 직접 동네 사람들의 집을 뒤져가면서까지 철저하게 거두어 가는 것이다. 심지어는 밥 먹는 데 쓰는 놋그릇이나 숟가락까지도 거두어 갔다. 어린 마음에도 너무 심하다는 생각이 들 정도였다.

(19) 가마니 공출

일제강점기 시절에 농촌에서는 가마니 공출을 해야만 했다. 할당된 공출 수량을 맞추기 위하여 동네마다 집집마다 난리가 났다.

가마니를 짜려면 우선 새끼줄부터 꼬아야한다. 짚의 겉껍질을 갈키로 긁어서 묻은 흙을 제거한 후 물에 적셔서 부드럽게 만든다. 그런 후에 새끼줄을 꼬는 것이다. 새끼줄이 많이 모이면 그것을 가마 틀에 걸어 맨다. 한 사람은 짚을 두세 개씩 바늘 끝에 꺾어서 새끼줄 사이로 바늘을 밀어 넣으면, 다른 한 사람은 바대를 아래위로 올렸다 내리면서 두세 짚을 바늘에 걸고 바늘을 잡아당기면 겨우 한 줄이 짜지는 것이다.

그런 작업을 계속하면 가마니 표지가 나온다. 다시 가마니 표지를 반으로 접어서 쇠꼬챙이로 양 끝을 꿰매야만 드디어 가마니 한 장이 완성된다. 쉽게 설명하면, 옷감 짜는 원리와 비슷하다고 보면 된다. 긴 천으로 된 것이 가마니 표지이고, 그런 천을 반으로 접어서 꿰맨 것이

가마니이다.

이런 가마니 공출을 제 날짜까지 만들어 내려고 밤이면 집집마다 12시, 1시까지도 일을 해야만 했다. 그렇게 만들은 가마니들을 마차에 신고 가서 판정을 받게 되는데, 그 판정 등급에 따라 가격이 다르게 매겨진다.

(20) 이장님의 권세

보통학교의 교장은 한국인은 할 수가 없어 교장은 언제나 일본 사람이었다. 교장 뿐만이 아니었다. 일제 강점기의 기관장은 대부분 일본 사람이 차지하고 있었다. 그런데 직산면장은 한국인이 했다. 이장은 면사무소나 주재소(지금의 파출소)에서 지역 유지로 대접을 받을 때였다. 그 당시만 해도 이장이 산에서 나무 해오는 일, 주민들을 감시하는 일, 군대에 입대시키거나 징용 보내는 일과 같은 중요한 일들을 모두 관리했다. 한마디로 이장은 출생신고부터 시작해서 학교 입학하는 문제, 일반 살림살이와 생활은 물론, 죽어서 장사지내는 문제까지도 관여했다. 놋그릇, 쇠붙이, 광솔을 걷어가는 일도 모두 이장의 손바닥 안에 있었다. 당시 이장의 권세는 동네 행정에 어느 정도 영향력을 행사하는 요즘의 이장들과는 비교도 되지 않을 만큼 어마어마했다.

이장이 동네의 살림살이를 관장하는 사람이라면, 치안을 유지하는 사람은 순사였다. 순사는 거의 다가 일본 사람들이었는데, 일제는 일본 사람들만 가지고는 치안유지가 어렵게 되자 '순사보'라는 직급으로 조선 사람들을 모집하였다. 그런데 이 순사보들이 더욱 악질이었다. 그 사람들은 주로 인근의 동네에서 사는 사람들이었기에, 동네 사람들의 사정을 누구보다도 훤히 꿰뚫고 있었다.

순사들은 모두 검은 제복을 입고, 칼을 차고 다녔다. 그들이 걸어 다닐 때면 '철그럭! 철그럭!' 하는 칼집과 칼이 부딪치는 소리가 나서 어른 아이 할 것 없이 모두가 겁에 질린 눈초리로 쳐다보아야 했다. 당시의 순사가 얼마나 무서웠느냐 하면, 울던 아이도 "저기 순사 온다." 고 하면 울음을 뚝 그치곤 했다.

우리 동네 이장은 동네를 돌아다니며 이집 저집 밥솥을 열어 보기도 하고, 무슨 밥을 먹는지 감시도 했다. 당시만 해도 커다란 가마솥에다가 밥을 할 때여서 밥을 하고 나면 그 흔적이 남게 마련이었다. 뿐만 아니라 이장에게는 징용 징병 대상자를 선정할 권리도 가지고 있었다. 그래서 이장이 오면 동네 사람들이 쩔쩔 맬 수밖에 없었다. 당시 이장은 동네에서 가장 좋은 집에서 살았다.

그런데 하늘이 천벌을 내린 것일까. 그렇게 권세부리던 이장이 해방이 되니까 하룻밤 사이에 자취를 감추어 버린 것이었다. 다음날 동네 사람들이 이장 집에 쳐들어가 기둥을 도끼로 찍기도 하고 세간을 마구 끄집어내기도 했다. 나중에 우리가 이장이 살던 집을 사서 이사하게 되었는데, 그때에 보니까 기둥 곳곳에 도끼로 찍힌 자국이 있어서 수리를 해서 살아야만 했다.

(21) 8.15 해방의 기쁨을 맛보다

마침내 1945년 8월 15일, 우리 민족이 일제의 식민지에서 해방되었다. 정말 해방은 도둑같이 찾아왔다. 그 전날만 해도 우리 식구는 저녁을 먹고 마당에 깔아 놓은 멍석 위에 앉아서 신세타령을 하고 있었다. 마당 한 쪽에서는 모기를 쫓으려고 피워 놓은 화톳불에서 쑥이 타는 매캐한 냄새가 계속 올라오고 있었다. 어른들은, 일본이 망하기는 말할 것 같은데, 도대체 언제나 망할까, 우리 민족은 언제나 자유롭게 살게 될까, 하는 이야기들을 하고 계셨다. 바로 며칠 전에 신형 폭탄이 떨어져서 수많은 사람들이 폭탄 한 방에 죽었다는 이야기를 전해들은 터였다. 당시에는 원자폭탄을 '신형 폭탄'이라고 불렀다.

그런데 돌연 8월 15일 낮 라디오 방송에서 일본 황제가 항복 선언을 발표했다고 한다. 곧바로 온 동네가 난리가 났다. 사람들이 덩실덩실 춤을 추고 다니던 광경이 아직도 눈에 선하다. 저녁에 동네 어른들이 마당에 모여 해방이 된 감격을 이야기하였던 일이 생각난다.

당시 성환의 탄약고에 군수물자들이 많이 쌓여 있었다. 해방된 다음 날부터 성환 근처의 사람들이 군수창고에 우마차를 끌고 가서 쌀, 통조림 등, 군수물자를 닥치는 대로 실어갔다. 일본 사람들은 어디로 도망쳤는지 코빼기도 보이지 않았다. 우리도 둘째 형님의 우마차를 끌고 가서 통조림, 건빵, 쌀 같은 물자들을 가져 와서 모처럼 배가 터지도록 먹었다. 아마도 나의 기억에 태어나서 그토록 배부르게 먹어 본 적은 없었던 것 같다. 그런데 며칠 후 군수 물자 가져간 사람들을 조사한다는 소문이 들리기 시작했다. 어떤 사람들은 실어 온 물건들을 콩밭이나 다른 은밀한 곳에 숨겨 놓기도 했지만, 우리 집은 그런 부산을 떨지 않았던 것으로 기억된다.

(22) 보통학교 시절,
정인수 선생님의 따뜻한 배려

1946년에 전교 운동장에서 조회를 하는데 교장 선생님이, "6학년 9반 담임 정인수 선생님이시다."라며 소개를 해 주셨다. 정인수 선생님이 들어오셔서 첫 마디가, "여러분들은 모두 실천하는 사람이 되라."는 말씀이었다. 또 도덕은 사람이 사는데 근본이 되는 것이니 "도덕 공부를 열심히 하라."고도 하셨다. 당시는 선생님의 말씀을 제대로 이해할 수가 없었지만, 세월이 흘러 어른이 되고 나서, 선생님의 그 가르침이야 말로 진정 꼭 필요한 교육이었다는 생각을 참 많이 했다.

그러면서 선생님은 월요일부터 토요일까지의 시간표를 칠판에 적어 주셨다. 앞으로 일 년 동안 열심히 공부하자는 당부의 말씀도 하셨다.

한 번은 선생님이 나와 양주홍 친구하고 논에 가서 김매기를 하라고 하셨다. 학교에서 500m 정도 떨어진 길 옆에 있는 논이었다. 우리는 학교 농기구실에 가서 호미 하나씩을 가지고 논으로 가서 풀을 뽑고 호미로 논을 맸다. 다 매고 학교에 갔더니 교실에는 아무도 없었다. 집으로 모두 돌아간 것이다. 우리는 선생님이, "실천하는 사람이 되라."고 하신 말씀이 바로 이것이로구나 하는 생각을 했다. 누가 보든 안보든 실천하는 습관은 그 이후에 우리들의 삶에 큰 영향을 미쳤다.

하루는 담임선생님이 아침 조회 때 들어오시더니 출석을 부르고 이번에 운동화 배급이 나왔는데, 9반에 열 켤레가 배정되었다며, 제일 먼저 내 이름을 부르시고 신발 크기를 맞춰 신으라고 하셨다. 그때만 해도 검정고무신을 신고 다닐 때인데 운동화를 신을 수 있다는 게 얼마나 좋았는지 모른다.

중학교 입학시험 볼 때가 왔다. 어느 날 선생님이 교무실로 나를 부르더니 중학교에 지원해 보라는 것이었다. 그 때 옆 자리에 계시던 안 선생님은 나에게 공업학교에 지원해 보라고 하셨다. 그런데 나는 두 분의 말을 듣지 않고 중학교를 포기하고 말았다. 그때만 해도 중학교 가는 학생이 많지 않을 때였다. 어린 마음에 내린 잘못된 결정이 일생에 두고두고 큰 영향을 미칠 줄은 몰랐었다. 얼마나 후회했는지 모른다.

선생님은 후에 다른 학교로 전근을 가셨다가 나중에 직산초등학교 교장 선생님으로 다시 오셔서 그 학교에서 정년퇴임을 하셨다.

내가 천성중학교에서 근무할 때 선생님을 천안으로 나

오시라고 해서 은수저 한 벌을 사서 드리고 저녁 식사를 대접해 드렸다. 선생님은 그 자리에서, "중학교 교감까지 하는 제자는 보지 못했다."며 무척이나 기뻐하셨다.

(23) 한양중학교에 입학하다

해방 그 다음해, 내가 국민학교 6학년 때의 일이다. 담임을 맡고 계셨던 안 선생님이 나에게 공업학교를 지원하라고 하셨다. 그러나 나는 중학교에 갈만한 형편이 되지 않았다. 그래서 아버지의 농사일을 거들고 있었다.

그 당시 중학교에 가려면 중간쯤 자란 '중송아지' 한 마리를 팔아야 갈 수 있었다. 따라서 중학교에 진학하는 사람은 극소수에 불과했던 시절이었다. 그러나 농사일을 1년 동안 하다 보니, 농업에 종사한다는 것이 얼마나 힘든 일인지를 깨닫고 다시 공부를 해야겠다고 결심했다.

1948년, 나는 사촌 동생 최선흥과 함께 서울 한양중학교에 입학원서를 냈다. 학교에 합격자 발표를 보러 갔더니 명단에 떡 하니 내 이름이 적혀 있는 게 아닌가. 그때는 그야말로 세상을 다 얻은 기분이었다. 학교를 쉬고 다니고를 반복했지만, 아마도 국민학교 졸업 후 청강생으로 들어가 공부했던 결과가 나타났던 것으로 생각된다.
입학일이 다가오자 숙소를 마련해야 했다. 마침 고종 사촌 누님이 서울 성동구 신당동에 살고 계셨다. 당분간 누님 집에 있기로 했다. 집은 좁지만 좁은 대로 있을 만했다.

누님 집에는 누님과 연세가 많으신 매형이 계셨고, 외동딸이 있었다. 매형은 길가에서 노점을 열고 있었는데, 그야말로 하루 벌어 하루 먹고 사는 어려운 형편이었다. 우리도 형편이 어렵기는 마찬가지라 하숙비를 많이 드리지 못하고 살다 보니 아무래도 눈치가 보였다.

몇 달 있다가 학교에서 가까운 신당동 단독주택에 셋방을 얻어 살게 되었다. 주인 집은 할머니와 젊은 부부, 외동딸, 이렇게 네 식구가 살고 있었다. 고종 사촌 형과 사촌 동생 최선흥과 함께 월세를 얻어 자취를 하며 학교를 다녔다. 가끔씩 어머니가 오셔서 밥을 해 주시기도 했다. 그때 어머니가 담근 된장이 얼마나 맛이 있었던지 지금도 가끔 그 시절이 생각난다. 어머니의 된장은 토종 된장으로 특유의 단 맛이 있었다. 그 이후로 지금까지 나는 그런 맛나는 된장을 먹어 보지 못했다.

토요일 아침이 되면 시골집에 내려갈 준비를 하고 학교에 갔다가 수업을 마치고 바로 집으로 갔다. 짐 보따리를 짊어지고 서울역에서 다섯 시에 출발하는 천안행 통근열차를 탄다. 서울에서 성환역까지는 두 시간이 넘게 걸린다. 성환에서 내려 동생은 양당리로 가고, 나는 직산 읍내로 간다.

집에서 일요일에 공부를 하고 쌀과 반찬, 그 외에 다른 물건을 배낭에 지고 다시 서울로 간다. 어머니가 새벽 3시에 깨우면 일어나 밥을 간단히 먹고 짐을 지고 출발한다. 5시경 성환역에서 통근열차를 타고 서울역에서 내려, 역 앞에서 전차를 타고 학교를 지나 신당동에서 내린다. 짊어지고 온 짐 보따리를 집에 내려놓고 부리나케 학교로 뛰어가면 여덟 시 반이 된다. 나는 서울에서 자취하는 동안 보통 2주에 한 번꼴로 그렇게 직산 집에 다녀오곤 했다.

(24) 우수한 학생으로 인정을 받다

일 년 동안 열심히 공부를 했다. 주인 할머니는 우리 둘을 보고 자주 "학생들이 참 열심히 공부한다."고 칭찬해 주셨다. 전세 기한이 다 되어 그 이듬해 같은 신당동의 성동극장 옆으로 이사를 하고 사촌 동생과 둘이서 자취 생활을 시작했다. 그 당시 우리는 '모든 과목을 배운 날에 다 외우기'라는 표어를 벽에다 붙여 놓고 날마다 그것을 실천하려고, 그야말로 죽기 살기로 공부했다. 학교에 가서 그날 배운 과목을 집에 오자마자 노트 정리를 하고 암기를 하는 것이었다. 평상시 잠은 네 시간 정도만 자고 공부를 했다. 그러다보면 졸음이 올 때가 많았다. 그럴 때마다 얼굴을 때리고 허벅지를 꼬집어 가면서 참고 견디어 냈다.

변소를 갈 때에는 단어장을 가져가서 그날 목표한 단어 10개를 외워야 나오곤 했다. 시험 때가 되면 내일 시험과목 노트는 몇 번씩 외우고 나서야 잠깐 눈을 붙였다. 새벽녘에 일어나서 다시 한 번 복습한 후에 시험장인 학교로 간다. 옛날에는 요즘처럼 선다형 객관식 시험이 아니고 문장으로 답을 쓰는 주관식이었다. 시험을 볼 때 답안지를 받고 보면 어젯밤에 외웠던 노트가 모두 머리에 떠올라 노트를 내놓고 쓰는 것과 다름없었다. 물론 동생도 나와 똑같이 노력했으니 나와 마찬가지였다. 시험이 끝나는 날에는 마음먹고 그동안 밀렸던 잠을 잤다. 여러 날 시험공부 하느라 못 잔 잠을 한꺼번에 자다 보니 어떤 날은 중간에 한 번 깨지도 않고 열두 시간을 넘겨 자는 때도 있었다. 공부를 열심히 하다 보니 반에서 1등은 말 할 것도 없고, 전교에서 1등을 하게 되었다.

중학교 1학년 때 상급생에게 인사를 안 했다고 선배가 고등학교 1학년 교실로 오라고 했다. 엄청 맞겠다고 생각하고 겁에 질려서 갔더니 거기에 직산면 군동리 한 동네 출신인 국민학교 임종빈 선배가 떡하니 있는 게 아닌가. 그래서 매 맞을 뻔 했던 위기를 모면했다

또 한 번은 선배에게 인사를 안 했다고 정문 근처에서 빰을 맞았다. 그런데 한양중고등학교에서 가장 무섭다고 알려진 우리 담임선생님이 그것을 아시고는 노발대발하셨다. 담임선생님의 별명은 '뻰찌'였는데, 뻰찌는 집게의 일본 말로 못을 뺄 때나 이빨을 뽑을 때 쓰는 연장이다. 담임선생님은 그 선배를 찾아내 교무실로 데리고 오라고 하더니, "이 학생은 모범생인데 왜 때렸느냐?"고 혼을 냈다.

2학년에 올라와서 반장을 뽑는데 내가 만장일치로 반장으로 선출되었다. 하루는 한 친구가 나에게 오더니, “나는 이제까지 단 한 번도 1등을 뺏긴 일이 없었는데 너에게 처음 빼앗겼다.”며 엄청 억울해 했다.

수학선생님이 1학년 때 잘 가르치셨기에 나는 교무실로 찾아가서 수학 선생님에게, “2학년 때도 수학을 맡아주시면 안되나요?”라고 말씀을 올렸더니, 선생님께서는, “그건 내 마음대로 할 수 없다.”고 하셨다. 그런데 나중에 발표난 것을 보니, 선생님께서 계속 우리를 가르치게 되었다. 언제나 최선의 노력을 하면 결과가 있기 마련이다.

(25) 6.25한국전쟁이 일어나다

중학교 3학년이 되어서 또 반장 선출을 하는데 모두가 나를 추천해서 그냥 만장일치로 당선되어 반장을 하게 됐다. 5월에 중간고사를 마치고 며칠 지난 토요일에 학교에 가서 공부를 하고 왔다.

6월 25일은 일요일이었는데 이른 아침부터 차에서 확성기로 급히 알리는 방송을 하며 다녔다. 들어 보니 "휴가 나온 군인들은 속히 부대로 복귀하라."는 말이었다. 들어 보니 새벽에 북쪽에서 갑작스럽게 남침을 해서 국군이 계속 남쪽으로 밀리고 있다는 내용이었다.

그 당시 서울 인구가 100만쯤 되었다. 그 많은 사람들이 일시에 동요하다 보니 서울 시내가 온통 난리 법석이었다. 저녁 때쯤 되니까 인민군이 삼팔선을 넘었다는 등, 여러 가지 소문이 퍼지기 시작했다. 사람들 모두가 피난을 가느라 정신이 없었다. 설마 인민군이 서울까지야 오겠느냐 하고 생각했다. 서울역에 가보았자 기차는 만원이 돼서 타지 못할 것은 뻔한 일이라고 아예 단념했다.

우리는 도시락을 준비하고 간단한 짐 꾸러미를 챙겨서 무작정 남쪽을 향하여 걸었다.

다행스럽게도 우리 둘은 한강 철교를 폭파하기 바로 직전에 한강을 건너서 계속 걸었다. 걸어가는데 가장 어려운 것은 물이었다. 물이 없어 목이 탈 정도였다. 그럴 때 길가에 오이 밭이 있어 오이를 따 먹었던 기억이 생생하다. 싸 온 밥으로 점심을 먹고 하루 종일 부지런히 걷다 보니 오산 입구 냇가까지 오게 되었다. 저녁도 집에서 싸 온 밥으로 해결하고 보니 밤이 되었다. 잘 데도 없고 가진 돈도 없고 하여 하는 수 없이 오산천의 둑길에서 노숙을 했다.

천변의 둑에서 잠을 자려니 모기가 어찌나 큰지 옷을 뚫고 물어대는데 도저히 잠을 잘 수가 없었다. 내 생전에 그렇게 큰 모기는 처음 보고 또 처음 물려 봤다. 다음 날 아침에 일어나서 도랑물에 간단히 세수를 하고 집을 향하여 걸었다. 오다 보니 길거리는 피난민으로 길이 막힐 정도였다. 서정리 쯤에서 점심을 먹고 성환까지 왔다. 이제 고향인 직산까지는 십리 정도가 남았다.

사촌 동생은 직산면 양당리로 가야 하기에 우리 둘은 성환에서 서로 헤어져야 했다. 고향 집에 가려면 당고개를 하나 넘어야 하는데 힘들게 고개를 넘어 마침내 네 시 경에 도착했다. 집에 도착하니 부모님이 무척이나 걱정을 하셨다며, 어머니는 나를 얼싸안고 연신 눈물을 흘리셨다. 동네 사람들도 어떻게 여기까지 왔느냐고 반가워해 주셨다.

그때만 해도 서울로 유학간 학생은 나와 임종빈 선배, 사촌 동생, 이렇게 세 명 뿐이었다. 동네 사람들이 저녁에 우리 집에 와서 내게서 서울 소식을 알려달라고 하셨다. 나는 떠나올 때까지의 소식만 알 뿐, 그 다음은 어떻게 됐는지 알 수가 없기는 마찬가지였다. 당시는 TV는 말할 것도 없고 라디오도 유선으로 연결된 한, 두 집에서만 스피커로 겨우 들을 수 있었다. 직산 우리 동네에서 전화기를 사용하는 집은 하나도 없었다. 그렇게 시작된 전쟁은 곧바로 끝날 줄 알았는데, 그로부터 장장 3년이나 계속되었다.

7월 초순 경 학교에서 공부를 하는 것 같아 공부를 하겠다고 서울까지 다시 걸어갔다. 학교 교문이 잠겨 있는 것을 보고 다시 걸어서 고향으로 걸어왔다. 내려오는 도중에 인민군 검문소가 있었다. 검문소에서 "너 직업이 무엇이냐?"고 물었다. 나는 학생이라고 대답하고 신분증을 보여주니 알았다며 보내 주었다. 그 당시 생각해 보면 나는 공부에 미친 사람 같았다. 그렇게 위험한 상황임에도 공부를 하려고 천안에서 서울로 걸어올라 갔으니 말이다. 사람이 한 가지에 심취하면 자연히 거기에 빠져 들어가는 것 같다.

우리가 내려온 후에 한강교가 폭파되었다. 그때의 비

극적인 장면은 이루 다 말할 수가 없을 정도였다. 피난을 가려고 한강교로 몰린 사람이 많으니 당연히 수많은 희생자가 생길 수밖에 없었다.

(26) 큰형님과 아버지가 목숨을 건진 이야기

전쟁이 터진 지 한 보름쯤 되었나? 인민군이 직산면까지 들어왔다. 인민군들은 벼 이삭과 옥수수 등, 곡식의 낱알 수를 일일이 세어서 수량을 확정했다. 낱알을 세는 것을 보고 모두가 놀랐다. 얼마나 사람들을 괴롭힐까 하는 생각이 들었던 것이다. 아니나 다를까. 가을이 되니 낱알 센 것을 근거로 해서 수량을 결정짓고 농지세를 벼로 거두어 가는데, 그 빼앗아가는 수량이 엄청나게 많게 나온 것이다.

매일 저녁이 되면 회의를 한다고 동네사람들을 모이라고 했다. 사상교육을 해야 한다는 것이었다. 매일 같이 그렇게 시달리며 살았다.

전쟁 직전까지 큰형님은 군동리 마을의 청년단장을 지냈다. 그로 인해 인민군들에게는 제거 대상 1순위로 올라있어서 집에 숨어 있을 수가 없었다. 큰형님과 작은형님은 판정리 금강 기슭의 산기슭에 숨어 살았다. 판정리 부근에는 그 옛날 금을 캐려고 판 굴이나 구덩이가 많이 있었다. 나는 나이가 어렸기 때문에 직산면 양당리에 사는 사촌 동생 집에 피해 있었다.

가을이 왔다. 벼가 익어 고개를 숙이고 있었지만 농민들은 기뻐할 수가 없었다. 전쟁이 언제 끝날지 기약도 없고 또 인민군들이 얼마나 거두어 갈지 알 수 없었기 때문이었다.

이때 권이승이라는 국민학교 동창생이 인민군 사무실에 드나들었다. 큰형님이 제거 대상 1순위라는 정보도 그 친구가 준 것이었다. 그 친구가 인민군들의 제거 대상 명단을 알려 주어 다른 사람들도 거기에 맞게 대응할 수 있었고, 모든 가족들이 무사할 수 있었다. 지금도 그 친구의 고마움을 잊을 수가 없다. 그때만 해도 살벌한 시기여서, 말 한 마디에 사람이 죽고 사는 일이 아주 흔했다. 어떤 날은 어느 군, 어느 면, 어느 동네 사람 수십 명이 인민군에 의하여 학살당했다는 소문이 퍼지기도 했다.

당시는 공부를 많이 했거나 정부의 일을 맡아 보던 사람들은 마음 놓고 잠을 잘 수가 없었다. 마을 사람들이 공터에 모여서 무슨 완장을 찬 사람이, "저 사람은 악덕 지주요." 하면 빙 둘러싼 사람들이 너나없이 "옳소! 옳소!" 한다. 그러면 그 사람은 그 자리에서 죽창에 찔려죽거나 마을 옆 후미진 곳으로 끌려가서 총살을 당하곤 했다. 지금과 같은 평화 시에는 상상조차 할 수 없는 일이다.

다시 해가 바뀌어 1951년이 되었다. 1월 4일 중공군의 공세에 따라 정부가 수도 서울에서 철수해야만 했다. 아버지는 죽어도 집에서 죽겠다고 하셨다. 하는 수 없이 아버지만 집에 남아 계시기로 하고 온 가족이 피난을 떠났다. 직산에서 출발해서 성거산을 넘어 계속 남쪽으로만 걸어갔다, 저녁이면 이집 저집 찾아가면서 사랑방이라도 구하면 그야말로 큰 행운이고, 그렇지 않으면 허름한 헛간에서 자야 했다. 처음에는 가지고 간 쌀로 밥을 해먹고 지냈으나 나중에는 가져 온 식량이 떨어졌다. 하는 수 없이 밥을 얻어먹어야만 했다. 불과 며칠 사이에 거지 신세가 된 것이었다. 그래도 당시에는 사람들의 인심이 좋아서 굶지는 않았던 기억이 난다.

다시 집으로 돌아왔다. 집에 와 보니 피난 간 사이에 아버지는 음식을 드시고 체하셨는데, 다행스럽게도 양귀비 말려둔 것을 달여서 먹고 나으셨다고 한다. 집안에 양귀비가 있었다는 것이 얼마나 다행인지 모른다. 그래서 나는 그 후로도 양귀비는 죽을 사람을 살리는 신비한 약으로만 알았다. 사실은 그것이 아편의 원료였는데 말이다.

9월에 인천상륙작전으로 서울이 수복되고 인민군이 물러가자 직산지소를 지키는 의경이 필요하다고 했다. 나는 의경을 자원해서 목총을 들고 지소를 지켰다. 혹시나 인민군 패잔병이나 공비가 나타날지 모르기에 경비를 서는 것이었다. 그 일을 며칠 동안 했는데 우리 동네는 별다른 이상이 없어서 며칠 만에 그만 두었다.

(27) 전쟁 중 천안농고에 입학하다

전쟁이 한창이던 1950년에 나는 스무 살, 중학교 3학년이었다. 그런데 전쟁으로 인하여 3학년 교과 과정을 이수하지 못했다. 1951년에 고등학교를 가야 하는데, 그때만 해도 고등학교가 천안농업고등학교 밖에 없었다. 서무과에 아는 분이 있어 그분을 통해 입학시험을 볼 수 있었다. 나는 합격하여 1학년 3반에 배정되었다. 그 반에 국민학교 청강생으로 같이 공부했던 이재영 친구가 있었다.

당시 천안-안성 간을 운행하는 통근 열차가 있었다. 직산 읍내에서 농고까지 가려면 직산면 군동리에서 10리 길을 걸어가서 입장역에서 기차를 타고 천안역에서 하차하여 다시 천안농고까지 10분 넘게 걸어가야 했다. 집에 올 때에는 천안역에서 기차를 타고 입장역에서 하차한 후, 한 시간 정도 걸어서 온다. 1년 정도 통학을 했는데 통근 열차가 수지 타산이 맞지 않는다고 운행을 중단해 버렸다. 그때부터 직산 읍내에서 천안까지 30리

(12km)도 넘는 길을 날마다 걸어 다녀야 했다.

새벽에 혼자서 일어나 식사를 하고 집을 나선다. 부지런히 걷기 시작하여 직산면 삼거리를 지나 직산역으로 가서 철도길을 따라 천안역으로 간다. 천안역에서 다시 부지런히 걸어가면 8시 50분 쯤에 도착한다. 집에서 학교까지는 숨이 턱에 닿도록 2시간 30분 정도를 걸어서 가야하는 먼 거리였다. 하루 다섯 시간을 왕복하면서 학교를 다니는 힘겨운 나날이었지만, 배운다는 즐거움에 힘든 줄도 모르던 시절이었다.

1953년에 천안역 앞에 로타리가 있었다. 그 당시 교통순경 한 사람이 꼭 나와 있었다. 그는 나와 나이가 비슷해 서로 친하게 지냈다. 집에 올 때는 로타리에 있는 순경에게 트럭을 세워 달라고 부탁하면 잘 들어 주었다. 그 순경이 트럭을 세워서 학생들을 태워주라고 하면 운전기사는 교통순경의 말을 거절하지 못한다. 그러면 성환방향 학생들이 우르르 탄다. 가다가 운전기사가 도중에 내리라고 하는 경우가 간간히 있었다. 한번은 트럭 운전기사가 내리라고 하는데 다른 학생들은 다 내렸지만 나는 배가 아프다고 꾀를 부렸다. 그랬더니 내리라는 말을 하지 않고 가다가 시름새에서 내리라고 했다. 시름새에서 집까지는 십리가 조금 안 되는 가까운 거리였다. 그때만 해도 버스가 별로 없는 시절이었으니, 우리들은 그렇게라도 트럭을 타지 못하면 꼼짝없이 걸어 다녀야만 하던 시절이었다.

그렇게 어렵게 통학을 했었다. 고등학교 때 먼 거리를 통학하다 보니 시간도 없고 피곤하니까 공부를 열심히 할 수 없었다. 한 번은 수학 숙제가 있어 집으로 돌아와서 하루 종일 수학문제를 풀었다. 그 이튿날 수학 시간에 "숙제해 온 사람 손들어."하는데 손드는 학생이 아무도 없었다. 내가 손을 들었더니 나와서 풀어 보라고 하셨다. 문제를 칠판 가득히 풀어 놓았더니 선생님이 정확히 풀었다고 칭찬을 아끼지 않으셨다. 그때부터 나는 학교에서 수학을 잘하는 학생이라고 소문이 났다.

(28) 누님의 시루떡과 폐결핵 치료

서울에서 집에 내려오려면 성환에서 하차하여 10리 길을 걸어서 직산 사거리를 지나야 우리 동네에 오게 된다. 둘째 누님이 동네 초입의 오두막집에서 살고 있었다. 그래서 자연스럽게 누님 집에 들를 때가 많이 있었다.

어느 가을날 누님 집에 들렀더니 농사를 끝내고 가을떡을 찐다고 했다. 이제 다 되어 가니 어서 방으로 들어가라고 나를 방으로 떠밀었다. 방에 들어가 보니 과연 윗목에 떡시루가 놓여 있었다. 누님은 떡시루를 놓고 그 시루 위에 촛불을 켜서 꼽아 놓았다. 그리고 나와 함께 절을 한 다음 떡을 떼더니 상에 한 대접을 올려놓고 어서 먹으라고 했다. 김이 모락모락 나는 시루떡을 정말 맛있게 먹고 집으로 온 기억이 있다. 그 당시 허기져서 더 맛이 있었는지도 모른다. 지금도 시루떡을 볼 때면 누님 생각이 나곤 한다

2학년 가을에 비를 맞으며 학교를 다녀왔는데 그로 인해 감기가 걸렸다. 약을 먹어도 잘 낫지 않고 점점 심해

져만 갔다. 금기야는 성환에 있는 병원에 가서 검사를 했더니 폐결핵이라고 하는 것이 아닌가. 당시만 해도 폐결핵은 거의 죽는 병이었다. 병원에 다니면서 마이신 주사를 맞으며 약을 먹었으나 잘 낫지 않았다. 누군가가 결핵에는 보건소에서 주는 약이 더 잘 듣는다고 하여 그 말을 듣고 보건소로 가서 진찰을 받고 약을 갖다 먹었다. 그 약이 아마도 꽤 좋은 약이었던 것 같다. 여섯 달 동안 꾸준히 먹고 마침내 결핵이 완치되었다. 결핵으로 인해 공부도 자연히 소홀하게 되었다.

(29) 한양공업고등학교로 전학하다

1954년 3학년 2학기에 천안농고에서 서울의 한양공고로 전학을 했다. 혼자 방을 얻어 자취 생활을 했다. 대학에 진학을 해야 하는데 등록금이 없어 대학에 갈 수가 없었다.

당시는 큰형님이 다른 사람의 밭을 임대하여 담배 농사를 지을 때였다. 담배 농사는 보통 힘든 일이 아니다. 담배가 조금 자라면 옆 가지를 따 주고 거름을 주어야 한다. 담배 줄기가 사람 키만큼 자라면 인부들을 사서 담배 잎을 여러 번에 걸쳐서 딴다. 따 온 담배 잎을 말리기 위해 발로 엮어서 건조장에 걸어 불을 때어 말린다. 말린 잎을 일꾼들을 사서 색깔 별로 골라서 묶어 둔다. 가을에 담배 수거하는 날에는 마차에 싣고 수매 장소에 가면 심사원들이 등급을 매겨 금액이 결정된다. 몇 년간 농사를 지어도 결산을 할 때면 적자가 날 때가 많았다. 그러다 보니 생활이 더욱 어려워 대학에 갈 수가 없었다.

(30) 한양공대 부설 중등교원양성소에 들어가다

1950년대 초반에는 중등학교 교사가 많이 부족하였다. 정부는 중등교사를 양성하기 위하여 대학에 임시중등교원양성소를 부설하여 부족한 교원을 양성하였다. 나는 4년제 정규대학을 가고 싶었지만 가정 형편이 어려워 갈 수가 없었다. 그래서 생각을 달리하여 차라리 빨리 사회에 진출하여 돈을 벌어야겠다는 결심을 했다. 마침 한양대학교 부설 중등교원양성소가 있다는 사실을 알고 거기를 지원했다. 1954년 봄에 시험을 보고 무난히 합격했다. 나는 중등교원양성소에 들어가 학생들에게 올바른 교육을 시켜서 미래의 인재를 양성하겠다고 마음먹었다. 또한 농사는 일 년 앞을 내다보는 것이지만, 교육은 백년 앞을 내다보는 것이라는 굳은 신념을 가지고 있었다.

내가 양성소에 들어간 때는 한국전쟁이 막 끝난 때였다. 전쟁으로 모든 시설은 파괴되었고 국민들이 가난하게 살 때였다. 이 시대에 어린 아이들을 잘 가르쳐 우리나라를 발전시킬 수 있는 인재를 양성한다는 사명감에 얼마나 가슴이 벅찼는지 모른다. 나는 훌륭한 선생님이 되기 위해 중등교원양성소에서 열심히 공부했다.

중등교원양성소에서는 모든 교육생들에게 교사로서의 사명감을 가지고 국가와 사회를 위해서 헌신하고 봉사할 것을 강조했다. 그리고 사회에서 필요한 덕과 신뢰를 갖춘 인재를 양성하도록 가르쳤다. 나는 교육을 받으면서 어린 아이들을 더 잘 가르칠 수 있는 교수법을 배웠고, 학부모들로부터 부정한 것을 받지 않는 청렴한 교사가 될 것을 다짐했다.

나는 성동구 왕십리에 있는 방을 전세로 얻어 고향 친구 이재영과 함께 자취를 했다. 얼마 후 안암동 바위산 쪽으로 친구와 함께 이사를 했다. 그쪽이 방값이 조금 더 쌌기 때문이었다. 어렵게 생활하다 보니 겨울에 불도 때기 어려웠고 방안에 물을 떠 놓으면 꽁꽁 얼기가 일쑤였다. 비록 가난하기는 하지만 친구와 나는 정말 열심히 공부했다.

이재영 친구는 조선호텔에 취직을 해 직장을 다니며 공부를 했고, 나는 그냥 공부만 했다. 김치를 직접 해서 먹기도 하고 고향에서 음식을 가져와 먹기도 했다. 졸업하면서 중학교 2급 정교사 자격증을 받았다. 첫 발령지는 전라남도 지역이었다. 그러나 전라남도까지 가서 직장생활 하기가 쉽지 않다고 생각하여 발령을 포기했다.

(31) 중학교 입학시험 예상문제집을 만들어 팔다

1955년 3월 입학시험 때가 왔다. 그 때는 지금같이 공동출제를 해서 시험을 보는 때가 아니었다. 각 학교가 자체적으로 문제를 출제하여 시험을 보기 때문에 시험 문제가 학교마다 다르게 출제되었다. 나는 친구 이재영에게 "우리가 예상시험문제집을 직접 만들어 보면 어떨까?"하고 의논을 했다. 우리 둘은 문제집을 만들어 팔기로 의견의 일치를 보았다. 초등학교 6학년 참고서를 가지고 며칠 밤을 새워 100개의 예상문제를 뽑았다. 그것을 시험지 3장에 옮겨 적은 후 인쇄소에 가서 1,000부를 인쇄했다. 마침내 중학교 입학시험을 위한 예비 소집일이 되었다. 나는 휘문중학교 교문 앞에서 팔고, 친구는 다른 중학교 교문 앞에서 팔았다.

우리들은 문제집을 팔면서 "여기 수록된 문제들은 우리들이 뽑은 것들인데, 시험에 나올 가능성이 아주 많은 문제들이다. 그러니 자녀들이 시험 보기 전에 꼭 한 번씩 풀어보고 가도록 하라."고 설명해 주었다. 많은 학부모들이 예상문제집에 호기심을 보였다. 나는 순식간에 문제집 500부를 다 팔고 집으로 돌아왔다. 이재영 친구도 거의 다 팔았다고 했다.

그 후에 난리가 났다. "어떤 선생님이 시험문제를 유출해서 그것을 문제집을 만들어서 팔았나?"하면서 범인을 색출해야 한다고 학교가 시끄러웠다. 나중에 신문에 보도되기까지 했다. 1954년 당시는 모든 뉴스가 다 신문을 통해서만 보도될 때였다. 다른 뉴스 매체라고는 라디오가 있었을 뿐인데, 그때만 해도 라디오를 가진 집이 거의 없었다. 이렇게 신문에까지 보도가 되고 했으니 우리들은 며칠 동안 잠을 제대로 잘 수가 없었다. 약간의 돈벌이 목적으로 우리 둘이서 문제를 뽑아서 팔은 것인데 이렇게 큰 사회문제가 되었으니 어찌 편안할 수가 있겠는가? 그래도 그 문제는 더 이상 확산되지 않고 그냥 조용히 넘어갔다. 나중에 들은 이야기인데 우리들이 만들은 예상 문제지에서 여러 문제가 나왔다고 했다.

(32) 한양공대 중등교원양성소 졸업 후의 생활

졸업 후 주민등록은 서울에 두고 시골집에 내려와서 지냈다. 당시 나는 입영통지를 기다리고 있었다. 군대를 가야 하는데 입영통지는 오지 않았다.

당시만 해도 나는 굉장히 많이 배운 사람 축에 들었다. 그런데 배운 사람이 군대도 가지 않고 집으로 와서 청년들과 놀며 지내다 가니 직산지소의 경찰이 수시로 감시를 하러 찾아오곤 했다. 당시는 자유당 시절이었다. 소위 인텔리라는 사람이 신문만 보고 젊은 사람들과 어울려 놀고 있으니 어떤 나쁜 영향을 미치지는 않을까 하여 감시를 하는 모양이었다. 지금은 컴퓨터 조회를 하면 쉽게 확인할 수 있는데 당시는 그런 것들이 발달하지 못했을 때였다.

성환에 사는 친구가 있었는데 우리 집에 두 번 놀러 온 적이 있었다. 당시 우리집은 군동리에서 제일 좋은 집이었다. 집도 좋은데 공부까지 많이 했으니까 자기의 처제를 소개시켜 줄 생각이었던 것 같았다.

하루는 자기 집에 놀러 가자고 했는데 성환에서 둔포 가는 길가에 있는 그의 처갓집까지 가게 되었다. 그의 장모님에게 인사를 했는데, 부엌에서 음식을 준비하는 처녀가 있었다. 언뜻 보기에 무척 아름답게 보였다. 점심이 푸짐하게 나와 맛있게 먹었다.

그 친구의 장모님은 무당이었다. 그분이 나에게 하시는 말씀이, "자네는 앞으로 양 부모를 모실 팔자야. 90세까지는 무난히 살겠네!"라고 했다. 나는 속으로 양 부모를 모실 이유가 없다고 생각했다. 그분은 내게 결혼할 생각이 있는지를 물었고, 나는 우선 직장을 잡아야 하기에 아직은 결혼할 수 없다는 핑계를 대고 거절했다.

고향에 내려 와, 고향 친구들과 몰려다니며 노는 것이 무척 재미있었다. 임봉순이라는 친구 집에 처녀 총각들이 함께 모여서 자주 놀았다. 우리 윗동네의 안진원 친구도 자주 놀러 왔다. 안진원 친구는 동국대학교를 나온 사람으로 성격이 활달하고 사교성이 좋아서 동네 처녀들이 많이 따랐다. 누구도 그 친구를 싫어하는 사람이 없을 만큼 소탈한 친구였다. 밤이고 낮이고 임봉순 친구의 집에 동네 총각처녀들이 들끓었다.

처녀들은 나를 동네 삼촌이라 불렀다. 큰 형님의 아들, 그러니까 큰 조카가 나와는 아홉 살 차이가 난다. 처녀들이 대개 조카 또래이다 보니 나를 편하게 삼촌이라고 부르고 나를 잘 따라주었다. 이따금씩 처녀들이 우리 집에 놀러 올 때가 있었다.

어느날 처녀들이 놀러 왔다가 갔는데 나중에 한 통의 편지가 있었다. 이름은 알 수가 없었지만 눈치로는 누가 놓고 간 것인지 알 수 있었다. 회답은 보내지 않았다. 어느 겨울날 임봉순의 집에 놀러 갔더니 집에 봉순이의 여동생 임옥란이 혼자 이불을 깔고 앉아 있었다. 방에 들어오라고 해서 들어갔더니 이불 속에 발을 넣고 몸을 녹이라고 했다. 그때만 해도 모두가 참 순진하던 때였다.

그래도 만약에 누워 버리면 큰 사고가 날 것으로 생각하고 들어 눕지는 않고 그냥 앉아서 이야기만 했다. 한참 있으니 어머니와 친구가 돌아왔다. 그래서 다행히 위험한 고비를 넘긴 적이 있었다.

김권순이라는 처녀가 있었는데 그녀도 자주 봉순네 집에 놀러 오는 아이였다. 그 처녀는 나에게 아주 친절하게 굴었다. 나는 어느 날 그녀에게, "내 수양동생이 되면 어떠냐?"고 제의를 했다. 그랬더니 그녀는, "좋아요."라고 해서 그런 사정을 처녀의 부모님에게도 말씀드렸다.

보통학교 친구 양주홍의 조카 양선님이라는 처녀가 같은 동네에 살아 봉순네 집에 자주 놀러 왔었다. 그러다가 양주홍과 양선님이 성환면 대흥리로 이사를 갔다. 그런데 거기서 놀러 오라는 연락을 받고 한재호, 김권순, 이렇게 셋이 놀러 가기로 했다. 지름길인 산길을 택하여 10리가 조금 넘는 길을 걸어가서 거기서 저녁을 먹고

자고 놀다가 돌아 왔다. 양선님도 나에게 잘 해 주었다. 당시만 해도 우리들은 스무 살이 넘은 처녀총각들이었음에도 불구하고 모두가 때가 묻지 않고 순진한 '아이들'이었다.

(33) 어느 낯선 사람과의 만남과 인연

1957년 여름에 전우진이라는 이름의 낯선 사람이 집으로 찾아 왔다. 그 사람은 농고 다닐 때 한 반에서 공부하던 이재영 친구의 편지 한 통을 가지고 찾아왔다. 편지를 뜯어보니 "지금 이 편지를 지참한 사람은 나와 아주 친한 사람이니 송탄 미군부대 노무처에 취직을 시켜달라."는 내용이었다. 이재영 친구는 그때 나의 셋째 형님의 손아래 동서가 송탄 미군부대 노무처장으로 있는 것을 잘 알고 있었다. 그렇게 알고 내게 사람을 보냈으니 모른 체 할 수가 없었다. 그래서 집에서 점심을 같이 먹고 송탄 형님네 집으로 버스를 타고 갔다.

형님을 만나 편지 내용을 설명했더니 알겠다고 했다. 즉시 동서 노무처장에게 전화를 하면서 함께 만날 시간과 장소 약속을 하고 전우진 씨와 헤어졌다. 그 후 전우진 씨는 노무처장과 면담을 했고, 중요한 물품관리를 하는 노무처로 취직이 되었다. 나는 그가 취직되었다는 소식을 얼마 후에 형님으로부터 전해 들었다.

얼마 후 형님 댁에 들렀다가 전우진 씨에게 전화를 걸고 몇 번 만나게 되었다. 그는 나를 만날 때마다 내 주머니에 돈을 넣어주며 용돈을 하라고 했다. 나도 취직시켜주어 고맙다는 인사로 생각하고 사양하지 않고 받았다. 그런데 당시는 이것 때문에 그 후 내가 정년퇴임할 때까지 계속 악연으로 이어질 줄은 꿈에도 생각하지 못했다. 나중에 이재영 친구도 전우진 씨와 연결되어 송탄 미군부대에 취직을 해서 근무하게 되었다.

(34) 친구들과 농촌계몽 연극을 하다

어느 날 안진원 친구에게 "농촌계몽 연극을 해보지 않겠느냐?"고 제의했더니, 그는 소탈하게 웃으며 "좋다."고 했다. 그가 글을 잘 쓰기에 연극 시나리오를 부탁했더니 쾌히 승낙을 했다.

연습 장소로는 우리 집이 마루가 세 칸이니 우리 집의 마루에서 연습을 하기로 했다. 친구가 며칠 뒤에 시나리오를 써 왔다. 시나리오 내용은 서울에서 농촌으로 이사 와서 농업을 현대화시켜서 잘 살아간다는 내용이었다. 우리들은 대본을 인원 수 대로 만들고, 이영애, 한재호, 정화임, 김관순 등, 17명에게 각자의 배역을 맡도록 했다. 홍보물 소품은 본인들이 준비하도록 했다.

배역을 개별적으로 알려 주었더니 모두 좋다고 했다. 대본을 배역들에게 나눠 주면서 외우라고 하고 연습 날짜를 알려 주었다. 연출은 안진원 친구와 내가 하기로 하고 맹연습에 들어갔다.

공연 날짜를 추석날 저녁으로 잡고, 동네와 인근 부락

곳곳에 연극 공연 광고물을 붙였다. 공연 장소는 금성리 동네 중앙에 우물이 있는 넓은 마당으로 정했다. 무대는 동네 어른들의 협조를 받아 꾸미기로 했다. 명절 전날에 무대를 만들었다. 가장 중요한 것은 전기와 조명 시설이었다. 노란색, 파란색, 빨간색으로 조명을 바꿀 수 있도록 내가 준비하기로 했고 실습까지 완벽하게 했다.

명절이 지나고 드디어 공연 날짜가 다가왔다. 저녁이 되니 사람들이 하나 둘 모이기 시작했다. 얼마 지나지 않아 그 큰 마당이 사람들로 꽉 들어찼다. 징소리와 함께 막이 올라갔다. 찬조 출연으로 오영근 친구의 누님이 북을 맡아 주었다. 그 누님은 북치는 솜씨가 완전 프로였다.

그 누님이 시작을 알리는 북을 치자 우뢰와 같은 박수소리가 터져 나왔다. 연극은 연습한 대로 순조롭게 진행되었다. 순간순간마다 박수소리와 환호성이 터져 나왔다. 나는 연극에 맞게 조명기구를 파란색, 노란색, 빨간색으로 바꾸면서 색의 변화를 주었다.

연극은 거의 두 시간 가까이 하고 끝났는데, 주민들로부터 대단하다는 평을 받았다. 끝나고 보니 손진욱 친구의 아버님이 쌀 3말을 기부하셨고 다른 몇 분들도 이런저런 것들을 꽤 많이 기부해 주셨다. 공연이 끝나고 비용을 정산하고 배역들과 함께 회식을 하였다.

연극에 대한 소문이 퍼지면서 성환극장에서 시나리오

는 누가 썼느냐고 물어왔다. 내가 "동국대 국문과 출신 안진원이 썼습니다."라고 했다. 연극을 본 사람들의 칭찬이 자자하자, "이 연극을 성환극장에서도 해 줄 수 없느냐?"는 요청이 왔다. 또 입장면 도하리 주민들로부터도 공연 부탁을 받았다. 그러나 농촌 수확기라 여성들이 바빠서 더 이상 시간을 내기가 불가능했다.

당시를 회상하면 "성환극장에서 유료로 공연을 하였으면 좋았을 걸." 하는 아쉬움이 있다. 그 당시 연극 무대를 만들고, 전기를 끌어 오고, 조명장치를 설치하는 것이 힘들고 어려웠는데, "지금 다시 하라고 하면 할 수 있을까?" 하는 생각을 해 본다. 젊었으니까 물불 가리지 않고 해내지 않았나 싶다. 그래서 젊음이 좋다고 말하는가 보다. 젊음은 황소와 같다고 했고, 젊음은 돈을 주고도 살 수 없다고도 했다.

제2부
가르치는 삶
(1960~1997)

"31년 동안 나는 여러 군데의 중학교에서
학생들을 가르치면서 정말 최선을 다했다.
나는 지식만 뛰어난 학생이 아닌 올바른 성품을 갖춘
사회인 양성을 목표로 교육에 임했다.
그런 나의 노력과 열정은 이런 저런 결과로 나타났다."

(35) 직산고등공민학교에서 근무하다

1960년 4월 직산고등공민학교 정인용 교장 선생님으로부터 연락이 왔다. 교감 직위로 학교에 봉사를 해 줄 수 있느냐는 제의였다. 나는 고향에서 고향 제자들을 가르치는 것이 더 보람이 있을 것으로 생각하고 기꺼이 그 제안을 수락했다. 당시 그 학교에는 중학교 교사자격증을 가진 선생님이 한 분도 없어 2급 정교사 자격증을 소지한 나를 교감으로 임명하려고 하신 것으로 알고 있다.

교원 공부를 한 후 처음으로 근무하는 학교인데 대다수의 학생들이 가정형편이 어려워 정규 중학교에 가지 못한 학생들이었다. 수업료도 잘 내지 못하는 학생들이 많아서 학생들이 결석하지 않고 학교에 잘 나오도록 설득하는 것이 급선무였다.

교감을 하면서 내가 맡은 과목은 수학과 도덕이었다. 교장 선생님은 직원회의에서 나를 교감으로 모신다고 하였고, 운동장에서 학생 조회 때, "새로 교감 선생님이 오셨다."고 나를 소개했다 .나는 단상에 올라가서, "여러

분들을 위해서 열심히 봉사하는 마음으로 가르치겠다." 고 해서 학생들의 큰 호응을 받았다.

일부 학생들은 나이가 많아 나와 별 차이가 없었다. 중학교에 가지 못하고 집에서 부모님을 돕다가 중학교 과정인 고등공민학교가 생기자 늦게나마 공부를 해야겠다고 온 학생들이 많았던 것이다. 나는 내가 중학교 시절 수학 선생님으로부터 교육받은 대로, "수업 시간에는 절대로 쓰지 말라."고 당부했다, 쓰는 시간은 따로 주겠다고 약속했다. 들어가는 반마다 같은 이야기를 했다.

중간고사 기간이 돌아왔다. 지금은 컴퓨터로 문제를 출력하여 간단하게 처리할 수 있지만, 그 당시는 아주 원시적이었다. 먼저 철판에 기름종이를 대고 철필로 쓴 다음, 그 기름종이를 등사기 위에 놓고 종이를 한 장 한 장 밀어서 만드는 방식이었다. 문제지를 인쇄하다 보면 손과 옷에 잉크가 묻기 일쑤였다. 잉크 냄새도 많이 났다.

학적부, 생활기록부 등, 학교의 모든 문서는 공문서 규정에 따라 기안을 하고 일정한 절차에 따라 결재를 받아 처리해야 하는데, 그런 업무를 제대로 하는 교사가 없었다. 교무행정 업무를 처리할 때에는 근거 서류를 명확히 보존하도록 규정하고 있으나 이를 제대로 지키는 직원이 없었다. 나는 여러 가지 교육을 통하여 그런 행정업무를 정상적으로 처리하도록 체계화했고, 모든 서류에 근거가 되는 증빙 자료를 편철해 두도록 조치했다.

(36) 술을 끊다

20대에 들어서서 친구들이 군에 입대하면 환송회를 열어주는 관습이 있었는데, 환송회에는 의례 됫병 술이 나왔다. 우리들은 보통 술을 먹기 시작하면 넷이서 됫병 한 병 정도를 마셨다. 그것도 요즘처럼 16도나 18도 정도의 도수가 낮은 소주가 아니었다. 당시는 기본이 25도였다. 그러니 다음날 아침에 일어나면 구역질이 나오고 괴로울 수밖에 더 있겠는가. 그때까지만 해도 나나 친구들 모두가 잔치 집에 가면 그 집에 있는 술을 전부 다 먹어야만 일어나곤 했다.

한번은 입장면 산정리 친구 결혼식에 가서 거기 있는 약주술을 모두 마시고 십리 길을 걸어왔다. 다음날 아침이 되자 구역질이 나고 몹시도 괴로웠다. 그래서 가만히 생각해 보았다. 그러자, "내가 과거에 결핵도 앓았는데, 그런 몸으로 이렇게 계속 술을 마셔도 될까?"라는 생각을 하게 되었고, 이런 상태가 계속된다면 머지않아 생명에 위험이 닥칠지도 모른다는 두려운 마음이 들었다. 그래서 그때부터 술을 끊기로 결심했다. 그 이후로는 술을 안 먹었는데, 그때의 결심 덕에 내가 지금 이렇게까지 장수하는 것이라고 생각한다.

(37) 솔방울을 모아 땔감으로 쓰다

지금 학생들이 들으면 웃을 일이다. 그 시절에는 겨울이 되면 교실에 난로를 피워야 하는데 난로를 피우기가 힘들었다. 석탄을 살 돈이 학교에 없었기 때문이었다. 그래서 나는 가을에 수업이 끝나면 학생들을 데리고 학교 뒤 산으로 올라갔다. 산에 떨어진 솔방울을 주워서 창고에 차곡차곡 쌓아두는 것이다. 그러면 겨울 한 철 훌륭한 땔감이 된다. 겨울이 되면 날씨를 봐서 난로를 때느냐 마느냐를 판단하여 때야할 때라고 생각되면 모든 교실에 난로를 피워주었다.

나나 학생들도 솔방울을 딸 때에는 어려웠지만, 겨울 추위에 난로를 피워 따뜻하게 보낼 때에는 고생한 보람을 느낀다. 결국은 학생들에게 미리 미리 대비하는 교육을 시킨 셈이고, 고생 끝에 낙이 온다는 속담을 실천해 보인 것이다.

나는 학생들에게 벌을 줄 때에는 나도 자진하여 함께 벌을 받았다. 학생들에게 '엎드려뻗쳐' 기합을 줄 때면 나 역시도 엎드려뻗쳐를 했다. 그때의 내 생각은, "너희들에게도 잘못이 있지만 교사인 나도 지도를 잘못한 책임이 있다."는 것을 스스로 인정하고 반성하며, 선생님과 학생들이 공동운명체라는 생각을 갖도록 만들자는 것이었다. 그렇게 했더니 얼마 지나지 않아 학생들은 전과 같은 나쁜 행동을 하지 않았다. 전국을 통 털어 보아도 학생들과 함께 스스로 벌을 받는 교사가 과연 몇 명이나 될까 하는 생각도 들었다.

(38) 위장병으로 고생하다

직산고등공민학교 시절 가게를 할 때의 일이다. 날마다 위가 더부룩하고 불편하여 성환에 있는 병원을 찾아갔다. 그랬더니 위가 아래로 처져있는 상태라며 '위하수'라는 진단이 나왔다. 그때 송탄에 살고 있던 큰형님 댁에 한 열흘 정도 치료차 가 있었다. 마침 형수님의 집안 되시는 분이 공주에서 한약방을 크게 하고 계셨던 것이다. 그래서 큰형님과 형수님 덕에 한약을 먹고 몸이 좋아졌다. 치료하면서도 학생들에게 진도를 못나가는 것이 안타까웠다.

(39) 미군부대 지원을 받다

직산고등공민학교 교무실에 있는 책상과 걸상은 너무 낡아 앉아 근무하기가 어려울 정도였다. 의자는 앉을 때마다 삐걱대고 책상은 주저앉을 듯 위태롭기까지 하였다. 나는 학교에 근무한 지 두 달 정도 되었을 때 이 문제를 교장 선생님과 상의하여 책, 걸상을 모두 바꾸기로 했다.

그러나 가난한 고등공민학교에 무슨 돈이 있겠는가? 송탄 미군부대에 근무하는 이재영 친구와 사돈 되시는 한민수 노무처장에게 연락하여 학교 사정을 이야기하고 도움을 요청했다. 며칠 후 친구가 큰 트럭 한 대에 책상과 걸상을 가득 싣고 왔다. 또한 고물로 활용할 수 있는 철판도 여러 장을 싣고 왔다. 미군부대에서는 오래 돼서 버리는 것이었지만, 우리들이 쓰던 것과 비교하면 새것이나 다름없었다.

교무실에 철제 책상이 들어오자 선생님들이 무척이나 좋아했다. 철판은 팔아서 학교 운영비로 사용했다. 학교에서 생활하다 보니 교실이 좁아서 불편하여 교실을 새로 건축했으면 좋겠다는 생각을 했다.

당시 우리나라에는 물자가 거의 없던 때였다. 일제가 36년 동안이나 빼먹고 도망갔으니 제대로 된 것들이 있을 리 만무한 실정이었다. 물자라면 넘쳐나는 곳이 미군부대였다. 몇 달 동안 고민을 하다가, 하는 수 없이 이재영 친구에게 다시 부탁하여 도움을 요청했다. 미군들은 우리나라의 열악한 현실에 상당히 동정적이었다. 얼마 후 부대에서 교실을 지을 목재를 지원해 주었다. 교실 한 동을 신축하는 공사를 하여 멋지게 완공하였고, 그 덕분에 선생님과 학생들이 편리하게 사용했다.

교실을 새로 지은 후 1년 정도 되었을 때 또 다시 미군부대의 이재영 친구에게 연락하여 송판을 지원해 주도록 부탁했다. 친구는 이번에도 힘을 써주어 며칠 후 송판을 한 트럭 실어 보내 주었다. 그런데 얼마 후 송판 전체를 도둑맞았다. 나중에 알고 보니 성환의 동성중학교 한창수 교장 선생님이 밤에 몰래 우리의 허락도 받지 않고 몽땅 실어 간 것이었다.

그날 운동장에서 조회를 하는데 동성중학교 교장 선생님이 찾아와서 "미군부대에서 원조 받은 물건은 학교 짓는 데 사용하면 안 되는 것 아니냐?"며 되레 내게 호통을 쳤다. 적반하장도 이런 적반하장이 있을 수 없었다. 그 물자는 내가 친구에게 어렵게, 정말 염치불구하고 부탁하여 겨우 얻어 낸 것인데, 자기네가 무슨 권리로 그 많은 송판을 실어간단 말인가? 더군다나 우리 측의 허락도 받지 않고 밤중에 몰래 실어 간 것은 분명 도둑질 아닌가 말이다.

오히려 그는 호통을 치며 내 뺨을 후려치기까지 하였다. 아무리 나이 차이가 많이 난다고는 하지만, 나는 엄연히 우리 학교의 교감이었다. 더군다나 조회 시간에 운동장에서 학생들이 모두 모여 있는 앞에서 뺨을 때리다니, 정말 있을 수 없는 일이었다. 나는 심한 모욕을 당했지만, 그렇다고 학생들 보는 앞에서 싸울 수도 없었다. 그런데 이 일로 후에 내 운명이 크게 바뀔 줄은 당시는 전혀 몰랐다.

(40) 직산고등공민학교에서 대한민국예술문화상을 받다

나는 학교에서 수학을 가르쳤는데 얼마 지나지 않아 잘 가르친다는 소문이 퍼졌다. 하루는 입장역 앞에 사는 한 여학생이 찾아 왔다. 수학을 잘 가르친다는 소리를 듣고 개인 지도를 받았으면 좋겠다는 것이었다. 방과 후에 학교로 와서 한 시간씩 가르쳐 달라고 간곡히 부탁했다. 나는 봉사하러 왔는데 못 할 게 없다고 허락했다. 약 한 달 정도 했는데 그 학생이 미안해서 더 못 하겠다고 하며 스스로 그만 두었다.

그 당시의 고등공민학교 교사 월급이 쌀 한 가마 값밖에 되지 않아 살기가 너무 힘들었다. 국민학교 교사를 하면 좀 나을 것 같았다. 중학교 2급 정교사 자격증이 있으면 국민학교 교사 자격증을 받을 수 있었다. 그래서 나는 국민학교에 근무할 수 있도록 해달라고 교육청에 요청하였다.

1968년 2월에 충남 서산시의 금성국민학교로 발령이 났다. 학교를 찾아 갔더니 바다가 가까운 시골 마을의 아주 작은 학교였다. 교감 선생님께 이번에 발령받은 최승우라고 인사를 했는데 반갑게 맞아 주셨다. 내일 짐만 싸고 오면 모든 준비는 다 해 놓겠다고 하셨다. 그러나 아무리 생각해도 너무 촌이라 근무하고 싶은 생각이 없었다. 결국 발령받는 것을 포기하고 고등공민학교에 다시 근무하기로 마음을 굳혔다.

열악한 환경임에도 불구하고 학생들을 가르치는 일과 농촌 계몽 활동을 열심히 하다보니 소문이 자연스럽게 이리저리로 퍼져나갔나 보다. 그런 소문을 중앙에서도 알게 되었고 어느 날 나에게 예술교육문화상을 줄 것이라는 통보가 왔다. 나는 너무나도 뜻밖의 일이라서 그저 어안이 벙벙할 뿐이었다.

드디어 1968년 5월 5일에 상을 받았다. 상을 주신 분들은 대한민국예술교육문화상 중앙심의회 총재 안호상 철학박사와 한국정서교육위원회 회장 파조 님이시다. 나는 그 상을 받은 후에 오른손이 한 일을 왼손이 모르게 하듯, 좋은 일은 남모르게 해야 한다는 철칙을 배웠다.

(41) 직산고등공민학교에서 생긴 일

어느 날 직산고등공민학교 졸업생 중 한 명인 정수영이 찾아 왔다. 입장면 산정리에 살던 학생으로 머리가 좋은 학생이었는데 청주로 출가했다. 새색시 같은 졸업생이 우리 집 가게로 아기를 업고 찾아 온 것이다. 그 이유가, 남편이 교수인데 부부 싸움을 하고 나왔단다.

오빠가 사는 산정리는 가지 못하고, 학창 시절 허물없이 지내던 선생님인 내가 생각나서 나를 찾아 왔다고 하는 것이 아닌가. 차마 가라고 할 수도 없고 하여 있고 싶을 때까지 있으라고 했다. 그런데 아마도 남편이 산정리에 있는 오빠에게 전화를 해서 수소문을 한 모양이었다. 며칠 후에 그녀의 오빠가 찾아 왔다. 곧 바로 남매가 감사하다며 인사를 하고 돌아갔다. 그 후로 지금까지 아무 소식이 없는 것을 보니 잘 살고 있는 모양이다

1968년도에 고등공민학교가 팔렸다. 학교를 사고파는데 중간 역할을 한 사람이 전우진 씨였다. 사업을 하시는 분이었고 어느 정도 재력도 있었다. 그런 전우진 씨를 학

교의 이사장님이 교장 선생님으로 발령을 한 것이다.

전우진 교장 선생님은 교육에는 전혀 문외한이어서 거의 모는 것을 나에게 배워서 처리했다. 어느 날 교직원들에 대한 연금제도 추진계획을 밤새워가며 수립하여 교장 선생님을 통하여 서류를 이사장님에게 보고했는데 이사장님이 단칼에 거절하였다. 열심히 고민하여 밤새 만들었는데 거절당하니 많이 서운하고 씁쓸했다.

전 교장 선생님은 천안에서 직산까지 통근을 했는데, 통근차를 놓치거나 학교 일로 늦으면 우리 집에서 자기도 했다. 교사들의 연금제도가 시행되기 전의 일이었다. 둘째 아이 돌에 선생님들을 모두 초청하여 저녁 식사를 하고 술도 곁들였다. 집에서 담근 앵두술을 같이 마셨는데 일부 선생님들이 설사를 했다고 해서 선생님들에게 아주 미안했다. 전 교장 선생님은 이화여대를 졸업한 황정수 선생님과 초등학교 친구인 박영섭 선생님을 교사로 초빙했다.

통학하기 어려운 학생들을 우리 집에서 숙식을 하며 학교에 다니게 했다. 박종현 여학생은 밥을 하는 등, 집안일을 거들면서 학교를 다녔다. 학생이 순하고 착해서 적응을 잘 했다. 국민학교 다닐 때 은사님 한 분이 고등공민학교에 근무하고 싶다고 내게 자리를 알아봐 달라고 부탁하셨다. 마침 빈자리가 있어 은사님께 권해 드렸다. 은사님은 아무런 내색도 않으시고 나를 교감으로 깍

듯이 대해 주시며 근무하셨다. 그런 은사님이 너무도 고마웠다.

직산고등공민학교에 근무할 때 학교 앞 동네에 당숙부님이 살고 계셨는데 슬하에는 시집간 딸만 있었다. 그래서 나는 시간이 될 때마다 내려가서 자주 찾아뵈었다. 그런데 1964년 경에 산직촌에서 당숙부님이 돌아가셨다고 연락이 왔다. 동네 어른들에게, "경비는 제가 댈 터이니 장례를 잘 모셔 달라."고 부탁을 드렸다. 다 내가 담당하여 치렀다.

그로부터 2년 정도 지나자 이번에는 당숙모님이 물에 빠져 돌아가셨다는 것이다. 그래서 이번에도 먼저와 같이 장례를 모시고 3년 상을 다 치러드렸다. 2005년까지는 큰형님께서 명절제사 때 당숙부모님의 제를 올리다가, 2005년부터는 여주에 사는 장 손자가 제를 올렸다.

(42) 성환 동성권장중학교로 전근하다

성환의 동성권장중학교로 부임을 했다. 직산고등공민학교를 위해 많은 노력을 했고, 헌신적으로 학생들을 가르치다 보니 학교와 학생들에게 정이 많이 들었다. 그런 학교를 떠나자니 많이 서운하고 다른 학교에 가기 싫은 생각도 들었다. 이임 인사를 하려고 단상에 오르자마자 인사도 하기 전에 눈물부터 나기 시작했다. 억지로 참고 인사를 했다. 지나 온 매 순간 순간들이 행복했다고 말했다. 또 정식 중학교는 아니지만 권장중학교로 가니 영전해서 가는 것으로 이해해 주시기 바란다고도 했다. 혼자 집으로 오는데 산직촌까지 그 먼 길을 울면서 왔다.

내가 동성권장중학교에 가게 된 사연은 이랬다. 1971년 1월 11일에 갑자기 성환 동성중학교에서 연락이 왔다. 미군부대에서 나온 원조 자재 때문에 나의 빰을 때린 한창수 교장 선생님이 동성중학교 교장으로 계셨는데, 나에게 교감으로 부임할 수 있느냐고 연락이 온 것이었다. 가겠다고 하여 부임하고 보니 중학교 교사 자격증을 가진 교사가 아무도 없었다. 교감으로 근무하면서 수학을 맡기로 했다. 현재의 성환동성중학교가 바로 내가 부임했던 동성권장중학교이다.

권장중학교라는 이름을 생소하게 생각하는 사람이 많을 것으로 안다. '권장중학교'란 중학교는 중학교이되 모든 시설을 완전하게 갖추지는 못한 학교로, "학력은 인정하지만 완전한 중학교는 아니다."라는 뜻이다. 그 이름에서도 열악한 환경임을 알 수 있다. 가정 형편이 어려워서 정규 중학교에 가지 못한 학생들이기 때문에 수업료도 많이 받을 수 없는 처지였다. 직원들 봉급도 정규 중학교의 반 정도 밖에 줄 수가 없는 형편이었다. 내가 출장을 가면 출장비를 받지만, 출장 후 실비를 제하고 남은 경비는 모두 서무과에 반납했다. 부교장 한인수 선생님이 복자여자중학교 교감으로 전근을 갔다.

부임한 지 얼마 안 되어 직원들이 봉급을 받지 못했다는 것을 알게 되었다. 우선 봉급 문제부터 해결해야겠다고 생각했다. 직원회의 때, "선생님들, 그간 봉급도 못 받고 근무하느라 고생 많으셨습니다. 제가 우선 봉급 문제부터 해결해드리겠습니다."라고 선언했다. 선생님들 모두가 봉급을 어떻게 해결할지 의아하게 생각하는 눈치였다.

그렇지만 나는 나대로 생각이 있어서 발표를 한 것이었다. 성환에 있는 박무웅 농고 동창생 친구에게 전화를 걸어 돈을 꿔 달라고 부탁했다. 그 친구는 필요한 돈을 서무과로 문의하여 송금해 주었다. 그렇게 해서 우선 봉급문제를 해결한 후, 수업료가 들어오면 빚부터 갚으라고 지시했다. 모든 선생님들이 너무 좋아했다.

육군 2789부대와 자매결연을 맺고 장학금을 받을 계획을 세웠다. 2789부대는 성환면 수향리 근처에 있는 병기창으로 인근 주민들에게는 '탄약고'로 불렸다. 부대를 찾아가서 정문에서 창장님을 면회하면 좋겠다고 부탁했다. 절차가 복잡해서 20분이나 지난 후에 차를 보내와서 창장실로 가서 "동성중학교 교감입니다."라고 인사를 했다.

나는 이런 저런 이야기를 한 후에, "동성중학교와 2789부대가 자매결연을 맺고 우리 학생 세 명을 장학생으로 지원해 주십시오."라고 부탁을 했는데 부대장은 의외로 곧바로 승낙해 주었다. 무척이나 어려울 줄로 알고 머릿속으로 "만나면 어떤 말로 설득을 해야 하나?"라고 고민하며 갔던 터라 조금은 이상하기도 했다.

자매결연 날짜를 1969년 5월 16일로 잡았다. 당시 부대장은 대령이었는데, 그는 휘하의 각 중대장들을 대동하고 자매결연식을 아주 성대하게 치러주었다. 나는 그 후 몇 년 후에 부대장으로부터 감사패를 받았다.

나의 장학금 유치 노력은 거기서 그치지 않았다. 나와 절친했던 농고 출신 박무웅 친구에게 장학금을 부탁하여 매 분기별로 한 명을 지원해 주기도 했다. 그런데 어느 날 한 학생이 졸업하면서, "고등학교에 입학할 때 입학금을 장학금으로 줄 수 없느냐?"고 했다. 순간 나는 약간 후회가 되기도 했다. 중학교 때 장학금을 받았으면 고등학교에 올라가면 자력으로 배울 생각을 해야 하는 것 아닌가? 순간, "내가 이 학생에게 의타심만 길러주었나?" 하는 아쉬움과 후회가 들었다.

큰 행사를 하려면 운동장이 좁아서 불편하다는 문제가 있었다. 운동장을 넓히기로 하고 운동장과 접해 있는 밭을 사면 어떠냐고 교장 선생님과 상의를 하여 교장 선생님의 승낙을 받아냈다. 땅주인을 만나 학교사정을 말씀드렸더니, "학교사정이 그러면 땅을 팔겠다."고 했다. 땅을 사고 밭의 평탄 작업을 해야 하는데 장비가 있을 리 만무했다. 하는 수 없이 염치불구하고 자매부대를 찾아가서 불도저 장비를 지원해 달라고 부탁했더니, 뜻밖에도 부대에서 선선히 부탁을 들어주었다.

부대의 협조로 공사를 잘 하고 있던 중, 이번에는 불도저 기사가 실수로 전봇대를 받아 쓰러트리는 문제가 발생했다. 한전 소장님에게 전화를 걸어서 전봇대를 부러뜨린 이야기를 했더니 한전에서는, "원칙으로만 따지면 학교 측에서 비용을 부담해야 하지만 교감 선생님께서 학교 발전을 위하여 노력하시는 것을 잘 알고 있다."면서 "한전에서 자비로 고치겠으니 염려 말라."고 이야기 하는 것이 아닌가. 한전 소장님이 그렇게 고마울 수가 없었다.

(43) 교실 증축문제를 해결하다

비록 규모가 작은 학교이긴 했지만 문제는 끝없이 터졌다. 운동장 확장 공사 후 여름에 인근의 주민들로부터 농로의 도랑이 메워진다는 항의가 들어왔다. 내가 또 앞장서서 주민 대표를 만나 그들에게 정중하게 사과하고 농사에 지장이 없도록 처리해 주었다.

또 한 번은 비용 문제 때문에 교실을 짓는 공사가 중단되었다. 아래 위 4칸 신축공사가 뼈대만 세워 놓고 내부 공사를 못하고 방치되어 있었던 것이다. 그 작업을 계속 진행하려고 공사 업자를 불러 교실을 완공시켜 달라고 부탁하니, "대금을 누가 책임지느냐?"며 따지고 들었다. 그는 교장 선생님이 하라고 지시하면 자기네는 할 수 없지만, 내가 시키는 일이라면 하겠다는 것이 아닌가. 교장 선생님이 자신이 하신 말씀을 여러 번 번복하여 신뢰를 잃은 탓이었다.

나는 업자에게, "내가 책임지고 대금을 지불하겠으니 조속히 공사를 마무리 해달라."고 부탁했다. 이렇게 하여 몇 년간 방치되었던 공사가 두 달 만에 완성이 되고 대금도 내가 이리 저리 마련하여 완불해 주었다. 어떠한 일이든지 리더가 하고자 하는 굳은 의지만 있으면 결국 해낼 수 있음을 확실히 깨달았다.

직원들 중에 중학교 교사 자격증을 소유한 사람이 없어 앞으로 교사를 채용할 때에는 교사 자격증을 소지한 사람을 우선적으로 채용하겠다고 생각을 했다. 그런데 고향 후배 황서규 선생님으로부터 채용을 부탁하는 전화가 왔다. 그는 사회과 중학교 교사 자격증을 소지하고 있었다. 마침 학교에 사회과 선생님이 필요하던 때였다. 그가 이력서와 자격증 사본을 가지고 학교에 왔다. 모든 서류에 이상이 없고 사람 됨됨이에도 하자가 없었다. 서무 직원에게 서류를 넘겨주고 다음 날부터 출근을 하게 했다. 그 일 이후로는 교사를 채용할 때 언제나 교사 자격증 소지 여부를 먼저 물어보게 되었다.

이렇게 어려울 때일수록 실력을 높이는 것이 최우선 과제라고 생각하고 선생님들에게 자신들의 실력을 높이는데 전력을 기울여 달라고 부탁했다. 그 결과는 학생들이 고등학교에 진학할 때에 나타났다. 그 다음 해에 평택공업고등학교에 장학생으로 네 명이 합격을 했고, 천안으로 간 학생 중에서 한 명이 장학생으로 합격한 것이다. 그 일로 평택고등학교 이사장님으로부터 감사장을 받았다. 좋은 학생들을 많이 보내주었다는 취지였다.

이 소문이 성환 시내에 짜르르 하게 퍼졌다. 원체 좁은 동네이다 보니 소문이 퍼지는 것도 순식간이었다. 성환중학교 학부모들이 학교에 찾아가서, "동성중학교는 정규학교도 아닌데 그렇게 좋은 성적을 냈는데, 왜 성환중학교는 장학생을 하나도 배출하지 못했느냐?"면서 거칠게 항의를 했다는 이야기를 들었다.

어느 날 직원회의 때, 내년부터 교과서를 무료로 배부하겠다고 선언했다. 선생님들이 어떻게 교과서를 무료로 배부할 수 있는지 의아해 했다. 평택공업고등학교에는 부설 중학교가 있었다. 나는 평택공고 교장 선생님에게, "우리 학교에서 귀 고등학교에 좋은 학생을 많이 보내 주겠으니 중학교에서 교과서를 학년마다 수집해 달라."고 부탁했다. 평택고등학교 교장 선생님이 쾌히 승낙해 주시었다. 교과서 문제가 어느 정도 해결되었지만 그래도 여전히 부족하여 천안에 있는 화성서점에 헌 교과서를 보내달라는 협조공문을 보냈다. 화성서점에서도 적극적으로 협조하여 주어서 신학기에 전교생이 교과서를 무상으로 받아 공부를 할 수 있게 되었다.

권장중학교이다 보니 웬만한 학생은 정규 중학교로 가고 권장중학교로 오는 학생은 가정 형편이 어려운 학생들이 오기 때문에 신경을 안쓰면 인원을 채울 수가 없다. 그래서 입학할 무렵이 되면 선생님들을 각 부락에 내보내어 교과서를 무료로 배부하고 장학금을 많이 준다고 홍보하며 학생 모집에 전력을 기울였다.

인근의 국민학교에서 졸업식 안내장이 오면 나는 꼭 참석을 하고 단상에 올라가 축사를 한다. 거기서 장학생 배출 현황과 장학금 지급과 교과서 무료 배부를 강조하며 축사를 한다. 그래서 우리 학교는 정규 학교가 아니었음에도 불구하고 어렵지 않게 학생을 채울 수 있었다.

(44) 교장 직무대리를 하다

1972년도에 교육청으로부터 교장 직무대리를 신청하라는 연락을 받고 어떤 내용인지도 모르고 교장 직무대리를 신청했다. 얼마 후 교육청장님의 결재가 났다고 연락이 왔다. 그러자 자연적으로 졸업장 문제가 대두되었다. 교장은 없는 상태에서 내가 교장 직무대리로 정식 인정이 됐으니, 하는 수 없이 내 이름으로 '교장직무대리'라고 하여 졸업장을 발부했다.

(45) 대우그룹 김우중 회장님의 강연

1973년도 여름방학 때 공주교육대학에서 교감 자격 연수를 한 달 동안 받았다. 대우그룹의 김우중 회장님이 강사로 오신다는 이야기를 들었다. 김우중 회장님은 헬기를 타고 오셨다. 나는 그분의 강연에 큰 감명을 받았다. "죽도록 일하자."는 내용의 강연을 하셨던 것으로 기억된다. 그것이 결국은 후손을 행복하게 하는 길이고, 대한민국을 가난에서 벗어나게 하는 길이라는 내용이었다. 그분은 강연이 끝난 후 그 바쁜 일정 속에서도 참가한 교육생들 모두와 일일이 악수를 나눈 후 다시 헬기로 떠나셨다.

그 교육을 받고 나는 교육청을 통해서 교감 자격증을 갱신 받았다.

학교에 근무할 때 학생과장님으로부터 여학생이 임신했다는 보고를 받고 깜짝 놀랐다. 어쨌든 아무도 모르게 처리해야 할 문제였다. 학생과장에게 모든 것을 비밀로 하도록 당부했다. 학생과장 선생님에게 학생을 데리고 평택 산부인과로 가서 사실 이야기를 하고 수술을 받으라고 했다. 자칫 소문이 밖으로 새어나갔더라면 한 학생의 인생을 망칠 뻔한 사건이었다. 그 일을 소리 소문 없이 잘 처리했고 그 학생은 무사히 졸업을 했다. 어떤 어려움이 닥치더라도 방법을 찾으면 해결책은 나오게 마련이다.

(46) 두 학교 합병 건과 수학여행

1973년 가을에 천안상고의 박준구 교장 선생님으로부터 만나자는 연락이 왔다. 천안역 앞 다방에서 만나니, "내일 모레 충청남도 교육청 게시판에 동성중학교와 성환중학교의 합병 문제가 올라 갈 예정입니다. 미리 잘 대처하셔야 할 겁니다."라는 정보를 주었다. 당시 이 내용은 우리 학교에서는 아무도 모르고 있던 소식이었다.

돌아 와서 그 내용을 자세히 알아보니, 조만간 교육위원들이 모여서 합병 문제를 상의하기로 되어 있다는 것이었다. 나는 당일 날 대전으로 내려가 교육위원들을 만나 두 학교가 합병해서는 안 되는 이유를 설명하기로 했다.

먼저 동성중학교 교감이라고 인사하고 합병반대의 이유를 조목조목 설명하였다.

첫째, 성환 시민들이 원하지 않는다. 둘째, 비록 권장중학교이지만 매년 장학생을 여러 명 배출하였다. 셋째, 교육의 질적인 면에서나 행정적인 면에서 정규학교에 전혀 뒤지지 않는다. 넷째, 교사 정원수를 확보하여 양질의 교육을 하고 있다.

이렇게 차근차근 설명하자 교육위원들은 "과연 소문대로 훌륭한 선생님이 계시군요." 하면서 모두 이해하는 분위기였다. 그 다음날 오후에 합병 건은 부결되었다는 소식을 들었다. 박준구 교장 선생님 덕분에 어려운 고비를 잘 넘겼다. 참으로 감사한 마음을 전하지 못해 아쉽기도 하다. 비록 늦은 감이 없지 않으나, 지면을 통하여 박준구 교장 선생님에게 감사의 말씀을 올립니다.

1973년 가을에 경주로 수학여행을 가게 되었다. 내가 총책임자였고 담임선생과 서무과 직원 등, 모두 네 명이 인솔자였다. 첫째 딸 영미와 광섭이를 고운 옷을 사서 입혀 데려갔다. 학생들이 난리가 났다. 어쩌면 저렇게 예쁘냐고 서로 끌어안아 주었다. 어떤 교직원들은 예쁘다고 돈을 주기도 했다.

학생들은 차 안에서 고삐 풀린 망아지처럼 마음껏 신나게 놀았다. 경주에 도착해서 불국사, 다보탑, 석굴암을 견학하고 숙소로 돌아왔다. 저녁을 마치고 직원들에게 학생들이 외부로 나가지 못하도록 단속하고 연락체계를 갖추도록 지시했다. 다음날은 첨성대, 포석정, 왕릉 등, 경주의 유적지들을 고루고루 견학했다. 우리 모두는 경주에서 선조들의 지혜를 배울 수 있었다. 학생들에게 참으로 좋은 산교육이었다고 생각한다.

다음 해의 학교 교육계획을 작성해야 하는데 할 만한 사람이 없어 내가 직접 작성했다. 교육계획은 학교에서 가장 중요한 일로 일 년간 학교 전체 운영에 관한 계획을 세우는 일이다. 다음 해의 교육 목적과 방향, 월별 계획, 일년 예산과 지출 계획 등을 각 항목별로 작성해서 책으로 만드는 일이다. 그러기 위해서는 각 선생들에게 자기 과목에 대한 계획서를 미리 받아야만 한다. 나는 사무실에서 하던 일을 집에까지 가지고 와서 밤을 새워가며 전체 계획을 수립하였다. 요즘처럼 컴퓨터가 있을 리 만무한 1972년이었기에 기름종이에 철필로 긁는 방식이었다. 그렇게 작업한 것을 학교에 가지고 와서 등사기로 밀어 책으로 만드는 어려운 작업이었다.

(47) 충청남도 교육청 장학 검열

도교육청 장학 검열은 매 3년마다 한 번씩 받는다. 어느 날 교육청 장학 검열 일정 연락이 왔다. 나는 교사들에게 검열 준비를 잘 하도록 지시했다. 대청소는 물론이려니와 서류 정리를 완벽하게 하도록 하였고, 서무과에는 금전 관계 서류와 각종 영수증 등, 회계 관계 서류를 신경 써서 잘 정리하도록 했다. 그날 장학사 한 분이 오셨다. 차 한 잔을 대접하고 교사들을 인사시켰다.

검열이 시작되었다. 우선 학교 교육계획을 제출하고 계획에 대한 설명을 했다. 장학사님은 교육계획이 잘 작성되었다고 칭찬을 한 후, 실제 수업을 참관해 보겠다고 하여 교실을 한 바퀴 돌아보았다. 교안 작성, 진학 대장, 생활기록부, 출석부 등을 보여 드렸다. 진학대장을 보고, "권장학교에서 이렇게나 많은 장학생을 배출하였느냐?" 며 놀라워 하셨다. 회계 관련 서류를 확인하고는, "세심하게 잘 정리되었다."고 칭찬을 아끼지 않으셨다.

오전에 감사가 끝나고 오후에 강평회를 가졌다. 장학

사님은 강평회를 하면서, "동성중학교는 권장중학교라 여러 가지 미비 사항이 많을 것으로 생각했는데, 일반 중학교와 조금도 다를 바가 없군요."라며 오히려 칭찬하셨다.

장학 검열은 학교에서 가장 큰 행사이다. 그날 모든 수업이 끝나고 기분 좋게 저녁 회식을 했다. 선생님들께도, "수고 많이 하셨다."고 위로해 주었다. 나는 이 일로 1973년 4월 학교법인 이사장님으로부터 공로패를 받았다.

어느 기관이나 책임자가 어떤 사람인가에 따라 그 기관이 잘되기도 하고 잘못되기도 한다. 나는 학교에 부임하면서부터 정말 혼신의 힘을 다하여 학교를 위해 봉사하였다. 그 결과, 정식 중학교의 절반도 안 되는 봉급을 받고 있던 교사들이 어느 정도 만족할 만한 봉급을 받게 해 주었고, 2798부대와 자매결연을 맺어 여러 명의 학생들에게 장학금도 주었고, 중단된 교실 공사 문제와 운동장 확장 문제도 해결하였고, 교과서 무료 배부는 물론 자격 교사들을 채용하였고, 행정 질서를 정상화시키는 등, 많은 문제를 해결하였다.

(48) 천성중학교로 스카우트되다

1974년 전우진 교장 선생님이 동성권장중학교로 부임했다. 곧바로 한창수 교장 선생님이 학교를 다른 분에게 팔았다는 사실이 밝혀졌다. 그 중간 역할을 전우진 선생님이 하였고, 그래서 그 공로로 그분이 교장 선생님으로 부임한 것이었다. 재단이 넘어가니 학교를 다른 곳으로 옮겨야만 했다. 학교 이사진에서는 그동안 학교의 모든 업무를 맡아 왔던 나를 퇴출대상 1호로 점찍어 놓고 있었다.

"이제 어디로 가야 하나?" 하고 고민하고 있던 나에게 1974년 3월 천성중학교 박준구 교장 선생님으로부터 "우리 학교에서 근무해 줄 수 있느냐?"는 제의를 받았다.

고민 끝에 그 제의를 수락하기로 하였다. 천성중학교와 천안상고는 함께 있었는데 고등학교 교감은 농고에 근무하다 오신 최종철 선생님이 맡고 있었다. 그런데 그분은 교감 자격증을 소지하고 있지 않았다. 천성중학교와 천안상고의 교사들 중 교감 자격증을 가진 사람은 나

하나뿐이었다.

막상 학교에 부임하고 나서 보니, 그 재단에는 핵심 인물로 중학교와 고등학교 교장을 맡고 있는 박준구 선생님과 두 동생들(박창우 선생님, 박명훈 선생님)이 함께 근무하고 있었다. 직원들은 모두 80여 명 정도 되었는데, 아침 직원 조회도 중학교와 고등학교 선생님들이 함께 했다. 박 교장 선생님이 나를 직원들에게 소개했다. 나는 첫 조회 시간을 통해, "서로 합심하여 훌륭한 학교로 이끌어가면 좋겠습니다."라고 인사를 했다.

그런데 출퇴근이 장난이 아니었다. 천성중학교를 가려면 입장읍에서 성환을 거쳐 천안으로 가는 버스를 타야 했다. 집에서부터 3~40분 걸리는 거리였다. 그렇게 고생스럽게 출퇴근을 하던 중, 얼마 지나지 않아 학교 스쿨버스를 운행하게 되었다. 가게를 하는 나의 집 앞에서 우리 중·고등학교 학생들을 태우고 성환으로 가서 또 학생들을 태운 다음, 직산면 시름새를 거쳐 직산 삼거리에서 마지막으로 학생들을 태워서 학교에 내려놓는다.

물론 올 때는 반대 방향으로 운행을 하면서 교사와 학생들을 싣고 내려주었다. 나는 통학버스 기사님에게 양해를 구하고 직산읍 내 군동리, 군서리에 사는 사람들이 갑자기 환자가 있을 때나 성환에 급한 볼 일이 있는 사람들도 우리 통근버스를 이용하도록 했다. 당시는 이동 차량이 아주 부족할 때라 주민들이 운전기사에게 고맙다고 인사를 많이 했다.

천성중학교에 온 지 한 달도 못되어 동성중학교 전우진 교장 선생님으로부터 성환에서 만나자고 연락이 왔다. 만나 보니, "동성중학교 이사장님이, 학교를 이만큼 키운 사람이 최승우 교감 선생이 아니냐? 학교 발전을 위하여 그 분을 다시 동성중학교로 모셔올 수 있는지 타진해 봐라."고 지시했다는 것이었다.

그 말을 듣는 순간 나도 모르게 그동안 참았던 분노가 폭발했다. 전 교장 선생님에게, "애들 장난하자는 겁니까? 내가 다시 돌아가면 천성중학교는 어떻게 됩니까?" 하고 단칼에 거절했다. 보름 정도 지나자 전 교장 선생님이 다시 만나자고 해서 만나 보니, 먼저 번에 한 이야기를 되풀이하는 것이 아닌가. 나는 다시 한 번 거절했다. 지금 돌이켜 생각하면, 그때 그 제안을 받아들였으면 거기서 교장은 하고 나왔을 것이라는 생각이 들기도 한다.

나는 주로 2학년과 3학년 수학을 맡으면서 학생들을 엄하게 가르쳤다. 전날 배운 것은 다음날 무작위로 학생들의 번호를 불러 문제를 풀도록 했다. 풀지 못하면 회초리로 매를 댄다. 나는 아이들에게, "부모님과 밥상을 마주 할 때 네가 맞은 자리를 보여 드리라."고 시켰다. 공부 안 해서 맞은 것을 부모님이 알고 계시라는 뜻이었다. 그렇게 엄한 교육을 계속하자, 머지않아 시험을 볼 때 반점자가 한 반에서 10명, 많을 때는 15명이 나올 때도 있었다. 이 소문이 천안 시내에 알려지면서 내가 수학을 잘 가르친다는 소문이 났다.

한번은 고등학교에서 수학을 맡고 계신 원종성 선생님이 나를 찾아 와서는, "내가 가르친 학생들을 가르치는 건 거저먹기처럼 쉽다."며 내 칭찬을 해 주셨다. 내가 가르친 학생들은 기초가 아주 탄탄하다는 말이었다. 나도 학생들로부터, "중학교 때 선생님으로부터 수학을 무섭게 배워서 고등학교 때 수학 공부를 아주 쉽게 할 수 있었다."는 말을 자주 들었다. 그럴 때가 제일 뿌듯했다. 아무리 선생이 하고 싶어도 학생들이 따라주지 않으면 안 된다.

얼마 후, 천성중학교 부지를 유량동에 매입하여 학교를 다시 지었다.

(49) 국화를 재배하다

천성중학교로 온 지 얼마 되지 않았을 때의 일이니까 아마도 1976년쯤의 일일 것이다. 교실에 아무런 장식도 없다보니 교실이 너무 삭막하다는 생각을 하게 되었다. 교실을 좀 더 아름답게 꾸며서 학생들이 공부하고 싶은 분위기가 나도록 하면 어떨까 하는 생각을 해 오던 중, 국화를 재배하기로 하였다. 그리하여 서무과에 대국을 심을 화분을 좀 사달라고 부탁했다.

국화를 제대로 잘 키우려면 거름이 충분해야 한다. 거름은 고등학교 원종성 선생님에게 닭똥을 얻기로 하였다. 봄부터 거름을 얻어서 학교 뒤뜰에다가 놓고 봄에 대국 150개를 농고에서 얻어다 삽목했다. 국화 재배와 가꾸기 등, 원예 기술을 배울 학생들을 5명 뽑아서 아침 일찍 학교에 나오도록 했다. 닭똥과 흙을 섞어서 화분에 채운 후 삽목한 지 15일 만에 국화를 옮겨 심었다.

싹이 자라면서 곁순이 많이 나오면 학생들이 곁순을 따주고 물을 주었다. 그렇게 해서 가을이 왔다. 대국은 한 대에 한 봉우리만 남기고 모두 따주었다. 거름이 닭똥이라서 영양이 좋다보니 꽃이 엄청 크게 피었다. 그렇게 피어난 대국을 교육청장님에게도 보내드리고 중고등학교 복도에 한 줄로 진열해 놓았다. 그런데 한참 장난기 심한 학생들인지라 복도에서 뛰어다니다가 꽃을 부러뜨리기라도 할라치면 여간 가슴이 아픈 게 아니었다. 그렇게 국화 가꾸기를 학생들과 함께 3년을 했던 것으로 기억된다. 오로지 학교에 봉사한다는 순수한 마음에서 했던 일이지만, 덕분에 학생들도 교사들도 모두 행복했던 시절이었다.

(50) 천성중학교의 선생님들

신경희 선생님은 충남 서산시 대산면의 대산중학교에 계시다 천성중학교 사회과 선생님으로 부임하셨다. 첫인상이 무척이나 똑똑해 보였다. 선생님은 과연 첫인상 그대로 기안부터 행정까지 모든 일에 탁월하였다.

한번은 사회과 선생을 공개 채용하는 일이 있었다. 그때 신 선생님과 내가 재단으로부터 위촉받아 심사위원으로 참석하게 되었다. 시험은 20분간 교과목 교안 작성 예시를 주고 그것을 검토하는 것이었다. 그 때 교안 예시를 정확히 지적하는 선생님의 모습을 보고 나는 확실히 신경희 선생님이 교사로서 갖추어야 할 모든 조건을 갖춘 분임을 알 수 있었다.

신 선생님은 특히 대인관계를 잘하시는 분이었다. 지금은 문학에 정진하고 계시는데 문학고을 신인문학상을 수상했고, 문학고을 사람들과 함께 책을 여러 번 내기도 하셨다.

천성중학교 시절 또 한 분 기억에 남는 선생님은 국어

교사 강소영 선생님이시다.

강소영 선생님은 모든 일에 우선 예의 바르게 행동하셨다. 교감인 나의 지시에 잘 따라 주었을 뿐만 아니라, 근무도 열심히 하셨다. 무슨 기안을 하나 해오더라도 그야말로 '똑 소리 나게' 해 오셨다. 그만큼 교육행정에 밝다는 말이다, 내가 원고를 수정해달라고 하면, 검토해 보고는, "고칠 것이 없다."고 하신다. 또한 대인관계도 무척이나 상냥하셨던 것으로 기억된다.

(51) 한국 마라톤의 거목, 이봉주 선수

한국 마라톤의 대부 이봉주 선수는 천성중학교를 졸업한 큰 인물이다. 이봉주 선수는 가난한 농가의 2남 2녀 중 막내로 태어났다. 이봉주 선수는 원래 장거리가 주 종목이었지만 늦은 나이에 마라톤에 입문했다. 이봉주 선수는 168cm의 비교적 작은 키로 육상선수로는 적합하지 않다고 했다. 그러나 1996과 2007년 서울국제마라톤대회에서 우승한 한국 마라톤의 간판스타이다. 2000년도 도쿄 마라톤대회에서 2시간 7분 20초로 준우승을 했는데, 그때의 기록이 한국 신기록으로 남게 되었다.

이봉주 선수가 올림픽 대회를 마치고 모교를 방문하겠다고 나에게 연락이 왔다. 나는 즉시 고등학교 박준구 교장 선생님께 이 사실을 알려드리고 현수막과 기념품을 준비했다.

이봉주 선수가 드디어 1996년 8월 28일 우리 학교에 왔다. 재학생들이 선배인 이봉주 선수가 온다고 사인을 해 달라고 야단법석이었다. 나는 이봉주 선수의 안전 문제도 고려해야 했다. 이래서는 안 되겠다 생각하고 이봉주 선수의 사인을 한 장씩 다 해주겠다고 약속을 했다. 그리고 이봉주 선수에게 돌아가는 대로 학생 수 만큼 사인을 만들어 학교에 보내 달라고 했다.

강당에서 환영회를 했다. 교장 선생님이, "본교 출신으로 세계에서 유명한 선수로 성장한 이봉주 선수를 맞이하게 된 것을 기쁘게 생각하고, 여기 있는 후배들도 이 선수를 본받아 훌륭한 사람이 되기를 바란다."고 했다. 환영사에 이어 기념품을 주고 답사를 했다. 이봉주 선수는, "저는 천성중학교를 졸업한 것을 영광으로 생각하고 있습니다. 그리고 오늘의 이 영광은 모두가 학교 다닐 때 열심히 연습한 결과입니다."라고 답사를 했다. 그러면서, "여러 후배들도 학교를 위해 이름을 떨쳐주세요."라고 당부했다. 이봉주 선수는 교장 선생님과 나를 포함한 학교 간부들과 함께 식사를 하고 헤어졌다. 그 후 이봉주 선수가 사인한 것을 전교생들과 선생님들께 나누어 주었다.

이봉주 선수는 천성중학교 졸업 후 육상선수를 하기 위해 천안농고에 들어갔다가 삽교고등학교에 다시 입학하였다. 삽교고의 재정 문제로 육상부가 해체되자 다시 광천고로 전학하여 선수 생활을 계속했다. 그는 마라톤에 자신의 열정을 다 하였다. 이봉주 선수가 2000년에 기록한 본인의 최고 기록은 아직도 한국 마라톤 계에서 깨어지지 않고 있다.

이봉주 선수는 어릴 때 축구를 좋아했다. 선생님 팀과 학생 팀이 시합을 한 적이 있었는데 학생 팀이 6:5로 이겼다. 이봉주 선수의 친구들이 선생님 팀을 조금도 봐 주지 않고 다섯 골을 넣었다고 핀잔을 받기도 했다.

나는 중학교 때 우표 취미 활동을 하였는데 이봉주 선수도 관심을 가지고 했었다. 그런데 경제적으로 어렵다 보니 적극적으로 참여를 하지 못하여 아쉽기도 하다.

이봉주 선수는 지금 희귀병인 '근육긴장이완증'으로 치료를 받고 있다. 마라톤 단체에서 쾌유를 기원하는 대회도 여러 곳에서 하고 있다. 나 역시도 이 선수가 완치될 수 있기를 기대하고 있다. 이봉주 선수는, "가족은 나를 지탱해 준 가장 큰 힘이었다."고 말하고 있다.

(52) 친구로 인하여 입은 막대한 재산 피해

집에서 하는 가게가 의외로 잘 되었다. 그래서 쌀 계도 하고 돈 계도 하면서 조금씩 재산을 불려나갔다. 돈의 액수가 기하급수적으로 늘어났다. 성환 시장에서 옷가게를 크게 하는 이상덕 친구와 친하게 지냈는데, 나는 계를 들고 곗돈을 타면 그 친구에게 맡겨 두었다.

그때도 그 친구를 통해서 성환에 계를 붙고 있던 때였다. 그런데 어느 날 하루아침에 부도가 나 버렸다. 그때 마지막 계를 타면 전체 돈을 찾아 천안시장에 가게를 새로 하나 살려고 할 때였다. 직산 가게에서 천안으로 통근할 때였는데 그 친구가 직산면 군서리에 넓은 밭을 갖고 있었다. 그런데 그것도 이미 성환 채권자들이 압류를 해버린 상태였다.

곗돈도 내가 계원들에게 직접 낸 것이 아니고 그 친구가 내주었기 때문에 곗돈에 대해서는 내가 관여할 수도 없게 되었다. 그러다 보니 받을 수 있는 방법은 하나도 없었다.

국민학교 후배인 윤석필 친구에게 쌀 20가마니를 얻어 이상덕 친구에게 주기도 했었다. 내 돈만이 아니라 남의 돈까지 빌려서 주었으니 엄청난 금액을 한 사람에게 당하고 만 꼴이 되었다. 학교에 갔다가 집에 오면 아내와 둘이 붙잡고 울었다. 그리고 다음날 아침, 나는 아무 일도 없다는 듯이 학교에 가서 정상근무를 하고 다시 집에 오면 밥도 먹지 못하고 아내를 붙잡고 우는 일이 반복되었다.

그 당시는 민관식 문교부장관이 한 해에 교사들의 봉급을 두 번이나 올려주던 때였다. 그래서 우선 남의 돈부터 갚아 나가겠다고 생각하고 윤석필의 쌀 빚부터 갚았다. 나는 그때 많은 것을 깨달았다. 남을 너무 믿으면 불행이 온다는 것과 돈은 분산해서 늘려야 한다는 진리를 터득했다. 그렇게 당하고 나니 그 친구는 생각조차 하기 싫었고 내 머리에서 지워 버리고 싶었다. 이상덕이라는 이름도 생각하고 싶지 않았다. 모든 것은 나의 욕심에서 비롯된 일이니, 욕심이 과하면 불행이 온다는 말은 맞는 말이다.

(53) 황정수 선생님과의 스캔들

황정수 선생님은 이화여대를 졸업하고 우리 학교에서 근무하게 되었다. 가을에 수학여행을 속리산으로 가게 되었다. 몇 분 지도교사로 동행할 선생님이 필요했는데, 마침 수업이 가장 적은 선생님을 찾다 보니 황정수 선생님이 해당되었다. 내가 황 선생님에게, "수학여행에 같이 갈 수 있나요?"라고 물으니, 황 선생님은, "교감 선생님이 안 가시면 저도 안 가겠어요."라고 했다. 그래서 나는, "당연히 저는 가야지요."라고 했더니 그러면 자기도 가겠다고 했다.

다음날 아침에 천안으로 가서 속리산 가는 버스를 탔다. 교장 선생님과 다른 교사와 학생들이 한 차에 타게 되었다. 우리 버스는 모두 25명 정도 되었다. 법주사를 구경하고 만장대로 등산을 했다.

우연히 황 선생님과 둘이 오붓하게 뒤떨어져 이야기를 하면서 만장대를 걸어 올라갔다. 저녁에 만장대에서 예약된 숙소로 돌아 왔다. 그 다음날 여행을 마치고 천안으로 돌아오는데, 전 교장 선생님이, 학생들이 진천가는 버스를 탈 수 있도록 운전기사님에게 부탁을 하셨다. 그런데 차가 밀려 학생들이 진천가는 차를 못 타게 되니까 난리가 났다. 교장 선생님은 기사님에게 책임을 지라고 하며 차비를 변상하라고 하였다. 나는 교장 선생님이 그렇게 떼를 쓰는지 전혀 몰랐다. 결국은 기사님이 차비를 물려준다고 해서 그 일은 일단락 됐고, 학생들은 다음 차를 기다렸다 타고 왔다.

황 선생님은 그 후에 산직촌에 자취를 하며 학교에 다녔다. 이따금 걸어서 직산읍에 있는 우리 집에 놀러 오기도 했다. 놀다 갈 때는 내가 황 선생님을 바래다주었다. 우리 집에서 가까이 있는 직산지소에 근무하는 지소장이 황 선생님에게 눈독을 들이고 있다는 소문도 있었다.

황 선생님이 직산읍내로 집을 옮긴다고 해서 우리 학교 육성회장 댁에 방을 얻도록 도와주었다. 황 선생님의 집이 우리 집과 가까워 자주 우리 집에 와서 같이 식사도 했다. 아내는 식사 때가 되면 황 선생님을 부르라고 하곤 했다. 나는 저녁 식사 후에 황 선생님 집에 놀러 가서 이런 저런 이야기를 하다가 집으로 오기도 했다. 어떤 날은 출퇴근 때도 같이 다니기도 했다.

겨울이 되면 황 선생과 방축리 근처로 가서 함께 스케이트를 탔다. 한 번은 황 선생님이 서울에서 만나자고 했다. 나는 아내에게 말하고 서울에서 황 선생님을 만났다.

백화점에 갔는데 구두를 샀으면 좋겠다고 해서 한 켤레를 사서 주었고, 점심 식사를 하고 집으로 내려 왔다. 아내에게 그대로 얘기해 주었고, 아내는 잘 했다고 그랬다. 아내도 황 선생님에게 잘 대해 주고 보살펴 주었다. 여성끼리 질투라도 하기 쉬웠을 텐데 아내는 전혀 그렇지 않았다. 황 선생님은 개인 사정 상 학교를 그만 두고 서울로 갔다.

어느 해인가 졸업식 날 황 선생님이 서울에서 일찍 내려와 졸업식에 참석했다. 운동장에 학생들이 모여 있고 선생님들도 모두 다 있는데 황 선생님이 나를 보자마자 덥석 끌어안았다. 모두 깜짝 놀랐다. 나도 많은 사람 앞에서 그렇게 끌어안을 줄 몰랐다. 황 선생님은 그날 직원들과 회식을 마치고 서울로 올라갔다.

분명히 말하지만 나는 부끄러운 짓은 절대로 하지 않았다. 다만 남자로서 미인이 접근해 오는데 마음이 흔들리지 않을 사람이 어디 있겠는가. 나도 모르게 마음이 간 것만은 속일 수 없는 사실이다. 이사장님과 함께 산다는 소문도 돌았고, 제자가 서울 거리에서 한 번 만났다는 짧은 소식도 들었다. 그날 이후 오늘날까지 황 선생님의 소식은 모른다.

(54) 보이스카우트 지도교사를 하다

1974년, 이제 내 나이도 40대 중반으로 들어서고 교사로서의 관록도 붙을 만큼 붙었다. 그래도 나는 여전히 활발하게 활동하고 있었다. 오히려 나의 활동 폭을 좀 더 넓히고 싶은 욕망에 부풀어 있었다.

그러던 차에 그 해 4월 보이스카우트 기본교육을 중앙교육연수원에서 받았다. 매듭짓기, 텐트치기, 목적지 찾아가기, 나침반으로 지형 찾기 등, 여러 가지 야영의 기본이 되는 매우 고된 훈련이었다. 그것으로 끝이 아니었다. 1년이 지나서 상급 과정 교육을 또 받았다. 학생들에게 기본 교육을 가르칠 수 있을 정도의 많은 교육을 받은 것이다. 보통 보이스카우트 교육은 봄부터 시작하여 가을까지 계속된다. 나는 천안시내 초중고 학생들은 물론이고 선생님들과 교감 선생님들에게 기본 훈련 및 야외 활동 교육을 시키느라 집에 있을 틈이 없었다. 평일은 물론이고 토요일과 일요일까지도 반납해야 했다.

세계 잼버리대회, 동양 잼버리대회, 아시아 잼버리대

회 등, 크고 작은 행사에 참가하다 보면 집의 일을 거의 보지 못한다. 큰 대회는 보통 일 주일씩 행사가 진행된다. 한 번은 무주구천동에서 세계 잼버리대회가 있어 우리 학교 보이스카우트 학생들을 전세버스로 데리고 갔다. 1주일간 열린 대회였는데 각 나라 대표들과 자주 접촉을 하며 견문을 넓혔다. 어느 날은 다른 나라 대표가 우리 학교 천막으로 오더니 옷을 한 벌 선물로 주고 돌아갔다. 나는 한국보이스카우트 활동을 지도하면서 각급 단체로부터 많은 표창장과 상장을 받기도 했다.

(55) 석연찮은 사회 과목 교사 공개모집

중학교 사회과 선생님이 필요해서 재단에서 신문을 통하여 공개모집을 했다. 심사위원으로 사회과목 선생 전원과 내가 포함되어 있었다. 많은 지원자들이 몰렸다. 서울대 사회교육학과 졸업생도 있었다. 일차로 서무과에서 서류 심사를 해서 걸러내고, 그 중 8명만 시험과 면접을 보기로 했다.

심사 과제는 20분짜리 교안을 미리 작성해 내는 것이었다. 실기 시험을 끝내고 교무실로 와 채점표를 모아 집계한 결과 최고 점수를 받은 사람이 있었다. 집계한 자료를 재단에 넘겼는데 발령이 나지 않고 계속 지연되었다.

당시 학교 재단은 재단이사장이 있었지만 실권은 박준구 교장 선생님이 가지고 있었다. 내가 대표로 고등학교 교장실로 찾아가서, "시험 절차가 끝났으면 빨리 발령을 내 주어야지 이렇게 질질 끌면 학생들만 피해를 보지 않습니까?"라고 항의를 했다. 교장 선생님의 대답이 어처구니가 없었다. 합격자가 없다는 것이 아닌가.

그래서 말싸움이 벌어졌다. 나는, "분명히 최고 성적을 받은 사람이 있는데, 어찌하여 합격자가 없다는 것이냐?"며 거칠게 따졌다. 나는 평소에도 옳고 그름을 정확히 하는 성격이라서 조금도 물러서지 않았다. 그런데 정작 발령을 받은 것은 시험도 보지 않은 엉뚱한 사람이었다.

공개 채용을 한다고 신문에 공고를 내고 한 것은 단지, "우리 학교는 부정 없이 직원을 채용한다."는 것을 세상에 알리는 쇼였다고 생각할 수밖에 없었다. 나는 그 이후로 내가 정년퇴임할 때까지 재단에서 공개 채용하는 것을 본 적이 없다. 그것이 처음이자 마지막이 된 셈이다. 공개채용을 한다고 했으면 응시자 중 최고점을 받은 사람이 선정되는 것은 당연한 일임에도 불구하고, 뽑을 사람을 미리 정해 놓고 마치 공개채용을 하는 것 같은 요식행위만 한다는 것은 누가 봐도 타당하다고 인정할 수 없는 일이다.

(56) 훌륭하신 최병호 교장 선생님과의 짧은 만남과 헤어짐

내가 교감으로 부임한 지 2년 정도 지났을 때 최병호 교장 선생님이 부임하셨다. 최병호 선생님은 당시 주요 신문에 사설도 여러 편 쓰셨던 훌륭한 분이셨다. 이 분은 평소 교육현장에서 교안을 중시하고 철저히 검열을 하신다. 그리고 모든 일을 한 치의 오차도 없이 시행하는 아주 깐깐한 분이었다. 그리고 웬만한 일은 교감에게 위임을 하신다. 나는 최병호 교장 선생님으로부터 자기가 직접 챙겨야 할 일과 밑의 간부에게 위임해야 할 일을 구분하는 방법을 배웠다. 최병호 교장 선생님은 매사에 아주 철두철미한 선생님으로 내가 아주 존경하는 분이다.

그런 최병호 선생님이 공립학교인 천안여자중학교로 전근을 가셨다. 그리고 전우진 교장 선생님이 부임을 해 오셨다. 전우진 교장 선생님은 성환동성중학교에 근무하시다 송탄 은혜상업중고등학교로 전근을 가셨다. 선 교장 선생님은 학교에서 직원 봉급에 문제가 있던 일로 더 이상 있을 수가 없게 되었다. 그런데 평소 박준구 교장 선생님과 둘도 없는 친구이다 보니 또 다시 천성중학교로 오게 된 것이다. 이것이 나와는 세 번째 악연인데, 그 악연은 그걸로 끝이 아니라 내가 정년퇴임할 때까지 계속 된다.

(57) 박준구 교장 선생님과의 또 다른 악연

하루는 박준구 교장 선생님이 나를 교장실로 오라고 했다. 서류상으로 내가 교감직을 그만 둔 것으로 하고, 김대영 선생님에게 교감 강습을 시키자고 제의했다. 김대영 선생님은 아주 재주꾼이었다. 그 주변 업자들과 친분이 매우 두터웠다. 학교 교훈 탑을 만든다던가 다른 시설물을 협조 받는 등, 그 분야에 일가견이 있었다. 그런 면에서 보면 김 선생님은 아주 훌륭한 선생님이시다.

그런데 김대영 선생님이 어떻게 교장 선생님을 구워삶았는지 교감 연수를 받을 수 있도록 만든 것이었다. 그래서 나는, "내가 교장 강습을 받아도 이미 늦은 나이인데 그렇게 해 줄 수 없다."며 단호히 거절했다. 그리고 결론을 내지 못하고 나왔다.

그리고 며칠 후 박창훈 서무과장이 나에게, "교감 선생님은 우리 학교에서 교장으로 승진은 안 됩니다."라고 말하는 것이 아닌가. 박창훈 선생님은 재단에서 중요한 직책인 서무과장을 맡고 있는 인물이었다. 내가 재단에 바른 말을 잘 하니까 재단으로부터 미움을 받은 것은 사실일 것이다. 어차피 재단에서 승진을 안 시켜주겠다는데, 나도 오기가 나서 끝까지 싸우겠다고 마음먹었다.

다시 박 교장 선생님이 나를 불렀다. 그는, "전우진 교장 선생님이 내년에 서류상으로 그만 두는 것으로 하면 교장이 공석이 되니 교감이 교장 강습을 신청할 수 있지 않나요? 그래서 최승우 선생님은 교장 강습을 받고, 김대영 선생님은 교감 강습을 받는 것으로 결론을 낸 겁니다."라고 하더니 관련 서류를 교육청에 제출하라고 했다. 그래서 여름방학 한 달 동안 공주교육대학교에서 중등학교 교장 교육을 받고 왔다. 이렇게 하여 나는 9월에 중등학교 교장자격증을 받을 수 있었다

(58) 전국 학력고사 3등, 전국 웅변대회 금상, 전국 유도대회 우승

1978년에 전국 일제 학력고사가 치러졌다. 그때 우리 학교 학생이 전국에서 3등을 차지하는 쾌거를 이루었다. 일개 시골학교로 거의 알려지지 않았던 우리 학교의 명성이 일순간에 올라갔다. 나는 육성회장님께 현수막을 부탁하여 거리 곳곳에 달았다.

어느 날 한 선생님이 새로 부임해 왔다. 며칠 후 내 옆의 자리에 앉았는데, 무엇인가를 황급히 책상에 넣는 것을 보았다. 나는 즉시 그 선생을 불러, "선생님 교사 생활이 처음인 것 같은데 제일 금하여야 할 것이 학부형으로부터 무엇을 받는 것입니다."라고 주의를 주었다.

학부형으로부터 금품이나 향응을 받으면 나중에 학부형이나 학생에게 할 말을 못하고 교사 주관대로 할 수가 없다는 사실을 일깨워 주었다. 그러한 꾸지람은 나의 오랜 교직 경험에서 나온 것이었다. 아무 것도 아닌 것 같지만 아주 중요한 일이라고 덧붙였다. 그 선생님은, "교감 선생님, 잘 알겠습니다. 감사합니다."라면서 나의 충고를 순순히 받아들였다.

사회생활에서 제일 하지 말아야 할 것이 바로 무엇을 주고받는 것이다. 하찮은 것으로도 큰 문제를 일으킬 수 있기 때문이다.

1979년도에 천성중학교 교사 중 웅변에 대해 지도해 본 경험이 있는 선생님이 계셨다. 그 선생님과 우리학교도 웅변 반을 만들어 보면 어떨까 하고 의논했다. 그 선생님은, "학교에서 후원만 해주면 해보겠다."고 하여 나는 적극 협력하겠다고 했다. 그때부터 웅변반을 만들고 지도하기 시작했다.

웅변반을 만든 지 반 년 정도 지난 가을에 천안에서 순국소녀 유관순 열사 제59주년 추모 전국웅변대회가 예정되어 있었다. 우리 학교 학생도 출전했는데, 웅변반을 만들은 그 첫 해에 우리는 은상을 받았다. 아침 조회 때에 교장 선생님이 전교생 앞에서 시상을 했다.

이듬해인 1980년은 제60주년 전국웅변대회가 아주 성대히 거행되었다. 우리 학교도 열심히 연습하여 학생 대표로 세 명이 출전을 했다. 내가 심사위원 중 한 명으로 심사를 맡게 되었다. 나는 한양중학교에 입학하고 나서 1학년 때 웅변 반에서 공부한 적이 있었다. 그것이 심사위원을 할 때 큰 도움이 되었다. 우리 학교는 이렇게 큰 웅변대회에서 은상과 장려상을 받았다.

그 다음해인 1981년 10월 제61주년 유관순 열사 추모

전국웅변대회에도 출전하여 은상과 장려상을 받았다. 나는 그날 웅변대회 명예대회장으로부터 감사패를 받았다. 1982년의 제62회 대회 때에도 좋은 성적을 거두었다. 1986년에는 단국대학교 총장 표창을 받았다. 대한웅변인협회 총재로부터도 감사패를 받았다. 나는 아시아 태평양 웅변연맹 발기인으로도 활동했다

어느 해인가 전국유도대회가 대전에서 열렸다. 빵과 우유를 들고 가서 유도부 학생들에게 격려와 위로를 하였다. 우리 학교 학생들이 우승을 했다. 아침 운동장 조회 때 교장 선생님이 시상을 하고 격려의 말씀을 하셨다.

(59) 교직생활 중 불편했던, 선물 받는 일

가끔 시험 기간 중에 안 좋은 일이 일어난다. 시험 기간 중 선생님들은 시험지를 인쇄해서 각 학급별로 나누어 묶어 놓기만도 바쁘다. 그런 바쁜 중에 선생님들이 숙직실에서 고스톱을 치고 있었다. 그 중 한 선생님은 벌써 수차례나 내게 그런 불미스런 소식이 들려왔다. 그 선생님은 시험 때건 평상시건 가리지를 않았다.

할 수 없이 내가 주의를 주었다. 나는 그에게, "다른 선생님들은 시험 준비로 정신없이 바쁜데 선생님은 숙직실에서 한가하게 고스톱을 치고 있습니까?"하고 따끔한 질책을 했다. 그런데도 고쳐지지 않아 재단 측에 정식으로 그 사실을 보고하려고까지 생각했다. 물론 그렇게 되면 그 선생님은 해고될 것이 뻔했다. 한 사람의 인생을 망칠 수도 있겠다는 생각이 들어 차마 실행에 옮기지는 못하였다. 그 선생님은 그 일로 인해 마음에 상처를 입은 것 같았다.

어느 날 교장실에서 교장 선생님과 그 선생님과 나, 이렇게 세 사람이 함께 의견을 나누고 있었다. 그런데 무슨 일인지 그 선생님이 내 의사를 정면으로 계속 반박하고 있었다. 나는 이 사람이, "내가 고스톱을 제지한 데 대하여 앙심을 품고 있구나."라는 생각이 들었다. 그는 내가 배려해 준 것을 전혀 느끼지 못하고 있는 것 같았다. 만약에 내가 정식으로 문제를 제기했으면 그는 다른 학교로 전근을 가거나 교단을 떠나야 했을 것이다. 내가 그렇게 아량을 베풀어 주었는데도 그 사실에 대해 전혀 모르고 있는 것이 내심 불쾌하기도 했다.

명절 때가 되면 나는 개인적으로 박준구 교장 선생님댁으로 찾아가 반드시 사모님께 예의를 표하고 온다. 교직원들도 교장 선생님과 교감인 나에게 고기를 보내오곤 했다. 학교에서 보내오는 일은 서무과에서 관장한다.

처음에는 그냥 관행이려니 했다. 그런데 뒤에서 숙덕거리는 이야기를 들었다. 그 때부터, "별 것도 아닌데 내가 왜 이런 말을 들으며 살아야 하나?" 하는 생각이 들었다. 그 후부터 서무과에, "나는 선물을 받지 않겠다."고 의사를 표시했다. 그후로 서무과에서는 내가 정년퇴직할 때까지 더 이상 선물을 보내오지 않았다. 숙덕거리는 소리를 듣지 않으니 좋았고, 마음이 떳떳하고 개운해서 좋았다. 이런 것을 보고 청렴하다고 할 수 있지 않을까?

(60) 우표 취미 활동

4월 1일이 개교한 날이라 그 전날인 3월 31일에는 개교기념 행사를 한다. 고등학교 운동장에서 중, 고등학교 전교생이 모인다. 이때에는 중고 육성회장, 중고 동창회장도 모인다. 국민의례로 시작하여 국민교육헌장을 낭독한다. 당시 모든 공무원들은 국민교육헌장을 외웠었다. 재단 이사장의 우수 교사 공로패, 육성회장의 공로패, 동창회장의 공로패 순으로 진행된다. 박준구 교장 선생님이 박사 가운을 입고 개회사를 한다. 이어서 육성회장이 축사를 하고 행사가 끝이 난다. 오후에 전 직원이 회식을 한다. 나는 1984년 공로패를 받았고, 정년할 때도 공로패를 받았다.

서울에 사는 남창우 회장은 평소 알고 지내던 사이인데, 어느 날 남 회장으로부터 전국 어린이 우표전시회가 있으니 출품해 보라는 권유를 받았다. 학생 몇 명을 선정해서 우표작품을 만들기 시작했다. 작품 틀 수는 2틀이다. A4용지 보다 약간 넓은 용지 한 장을 1리프라고 한다. 1틀이면 16리프, 2틀이면 32리프가 되어야 한다. 32리프에서 모자라도 안 되고 남아도 안 된다.

작품 중에서 제일 좋은 작품을 골라서 서울로 보냈는데, 심사가 끝나고 연락이 왔다. 우리 학교 학생이 대상이라는 것이다. 그때부터 중-고등학교 학생들 모두가 우표에 대한 관심을 갖게 되었다. 그 뒤로 내가 계속 지도를 해서 천안우표전시회, 아산우표전시회에서 우리 학교 학생들이 금, 은, 동상을 여러 번 타왔다.

충청우취회 임선묵 회장님이 여름철에 학교를 방문하여 중, 고등학교 전교생에게 우취 강의를 하기로 했다. 당시 우리 학교에는 전교생이 들어갈 수 있는 창고 같은 시설이 있었다. 그것은 미군부대에서 지붕이 타원형으로 된 건물을 원조 받아 뜯어 옮긴, 일명 '바라크'라고 부르는 건물이다. 그 건물에 전교생을 모아 놓고 1시간 동안 우표에 대한 강의를 했다. 그 일을 계기로 학생들을 비롯하여 교직원들까지 우표에 대한 관심을 더 많이 가지게 되었다.

학교의 직원 숫자가 늘어서 거의 100명이나 되었다. 중학교와 고등학교 교직원들의 요청에 의해 우취 연수를 한 시간 하기로 했다. 전 직원들에게 배포할 자료를 타자를 쳐서 만들었다. 수업이 끝나고 고등학교 교무실에 중, 고 전 교직원이 모였다. 교직원들에게 연수 자료를 배부하고 우표의 기원 등. 우표 전반에 관한 교육을 하였다.

영국의 로랜드 힐 경이 세계 최초로 우표를 시작했다는 사실과 홍영식 선생님이 미국으로 건너가 우표 발행과 우표를 통일해서 쓰는 방법 등을 배워 왔다는 이야기를 했다. 또 그때부터 우리나라도 우편제도를 도입하고 우표 인쇄를 일본에 의뢰해서 만들어 왔다는 사실도 알려주었다. 그 밖에 선진 유럽 여러 나라의 우편제도, 우표 작품을 만드는 방법 등, 여러 가지를 설명하고 연수를 마쳤다.

연수 이후에 학생은 물론이고 교직원까지 우표를 모으는 사람이 늘어났다. 그야말로 우표에 대한 열기가 뜨겁게 타오르기 시작한 것이다. 나는 우표 모으는 사람들을 위해 김대영 선생님에게 우표관리를 하도록 지시했다. 그 후 내가 우표관리를 직접 담당하였다. 새로운 기념우표가 나오면 주문을 받아서 우표 대금 지출관리까지 하게 되었다. 우표가 남거나 부족한 경우가 자주 생겨 정산을 하는데 어려움이 많았다. 한 번 우표 대금을 정산하는데 지금 시세로 80~90만 원 정도가 되었다.

청소년 여름 우표교실 행사가 충청 체신청에서 열렸다. 나는 우리 학교 학생들 10명을 선정하고 학생들을 대전으로 데리고 갔다. 충청남북도에서 200명 정도의 학생들이 참여하였다. 그 때는 체신청 강당에서 모여 행사를 했는데 지금은 유량동 우정연수원에서 한다. 20~30

분 정도 예절강의를 하고 개회식을 한다. 행사 일정을 안내하고 교실 배당, 지도 교사를 배치한다. 나도 한 학급 학생을 맡아 실습자료로 우표, 풀, 칼, 가위, 대지(우표를 붙이는 용지)를 나누어 주었다. 이때 우표 봉투에는 다양한 우표가 동물과 새 종류로 구분되어 들어 있었다.

실습을 위해서 대지에 붙이기 전에 우표를 어떤 순서로 배열할지, 내용은 어떻게 쓰는지 등등을 알려 준다. 이렇게 작업 지시를 하면 학생들이 자기 나름대로 우표 배열을 하고 작품을 만든다. 학생들이 작품을 제출하면 지도교사들이 작품 심사를 해서 다섯 명 정도의 작품을 우수 작품으로 선정한다. 구내식당에서 점식 식사를 하고 다시 강당으로 모인다. 우수 학생들에게 시상을 하고 밖에서 기념촬영을 한다. 우리 학생들은 매번 5~6명 정도가 입상을 했다. 학교로 돌아와서 월요일 아침 조회를 하면서 교장 선생님 앞에서 다시 시상을 하면 모두가 뜨거운 박수를 보냈다.

우표 취미활동으로 인하여 내 이름이 우체국에 알려졌다. 하루는 천안우체국 업무과장으로부터 전화가 왔다. 상고 졸업반 학생 중에서 착실한 학생을 추천해 주면 정식 직원으로 채용하겠다는 것이었다. 상고 취업담당 교사에게 연락을 했다. 추천받은 학생이 나에게 인사를 하러 왔기에, 나는 천안우체국 업무과장님을 찾아가 보라고 했다. 그 학생은 다음날 아침 일찍 간단한 선물을 사들고 나에게 왔다. 취직이 확정되어 내일부터 출근한다는 것이었다. 그는 작은 선물을 나에게 전해 주며 무척이나 고마워했다. 나도 그것이 그리 큰 선물이 아니었기에 기꺼이 받았다.

(61) 교장과 교감이라는 악연

전우진 교장 선생님은 중풍에 걸려 학교에 나오는 데도 불편했다. 단상에 오르고 내리는데 다른 사람의 부축을 받고 움직여야만 했다. 그 정도가 되면 건강이 회복될 때까지 쉬면 좋을 법도 한데, 전 선생님은 끝까지 불편한 몸으로 나오셨다. 우리 농고 동창들은 박준구 교장 선생님에게 전 교장 선생님을 그만 두게 하고 나를 교장으로 올리도록 말을 많이 했다. 그러나 박 교장 선생님이나 전 교장 선생님이나 꿈쩍을 하지 않았다.

나는 어느 날 박 교장 선생님을 찾아가, "이 정도가 되면 교장으로 승진을 시킬 수 있지 않느냐?"고 했다. 박 교장 선생님은 나에게 전 교장 선생님을 만나 타협을 해보라고 했다. 이사장격인 박 교장 선생님이, 자신이 직접 해임을 하고 새로운 교장을 임명해야 할 일을 나보고 해결하라니 말이 되지 않았다. 바른 소리를 하니 나를 발령을 내겠는가? 결국은 나를 교장으로 임명을 하시 않겠다는 것과 마찬가지였다.

원래 전 교장 선생님은 나보다 1년 아래이다. 전 교장 선생님이 그만 두어야 내가 승진하는데, 1년 아래이다 보니 그 분이 그만 두지 않는 한 내가 승진하기는 불가능한 상황이었다. 결국 나는 그 분으로 인해서 교장으로 승진을 하지 못하고 정년을 맞게 되었다.

어쩌면 그렇게 평생을 따라다니며 그 분을 교장 선생님으로 모시게 되었는지 모르겠다. 세상에 있을 수 없는 일이 나에게 벌어진 것이다. 평생 한 분을 세 학교에서 교장 선생님으로 모시는 얄궂은 운명을 벗어나지 못한 것이다. 그로 인하여 학교에서는 교장 선생님이라는 말을 못 들어 봤지만 사회에서는 보통 '교장 선생님'으로 부르고 있다. 중등학교 교장 자격증을 갖고 있고 교장 직무대리까지 했으니 틀린 호칭도 아니다. 나는 교감으로 출발해서 교감으로 끝을 맺는 교육인생을 살았지만 지금도 후회는 없다.

(62) 교직생활 후반기에 접어들어

내가 서예 활동을 하면서 방과 후에 음악 선생과 다른 두 명에게 서예를 가르쳤다. 한문 서예를 가르치면서 붓 잡는 법, 줄긋기 등, 기본부터 시작을 했다. 몇 달 후 각 선생님에게 호도 지어 주었다. 선생님들은 열심히 배웠다. 그 해에 서울 서예대전에 출품하여 모두 입선을 했다. 그 중 신경희 선생님은 송탄에 살면서 서예학원을 다니고 있었다. 학원 선생님이 하루는, "서예를 어디에서 배우셨나요?" 묻기에 신경희 선생님은, "우리 중학교 교감 선생님으로부터 배웠다."고 하니까, "기초가 탄탄하게 잘 배우셨네요." 하며 칭찬을 하더라고 했다.

직산면 금성리에 사는 차순원이라는 학생이 있었다. 아버지는 폐결핵으로 고통을 받고 있었고 어머니는 농사를 지어가며 어렵게 살고 있었다. 차순원 학생에게 아버님의 진단서를 끊어오도록 했다. 그 진단서를 상고에 제출하여 학비면제 신청을 해 준 결과, 그 학생은 졸업할 때까지 학비를 면제받을 수 있었다.

어느 날 초등학교 후배가 집으로 찾아 왔다. 자기의 자식이 퇴학 처분을 받게 될 처지에 있으니 해결해 달라고 부탁을 하는 것이 아닌가. 고향 사람 일이니 내가 모르는 체 하기가 어려웠다. 다음 날 상고 교감 선생님과 학생과장 선생님을 만나 원만히 해결해 줄 것을 부탁했다. 그 담당 선생님은 학생의 사정 등을 감안하여 선처해 주었다. 그 일로 후배가 무척 고마워했다.

최종철 고등학교 교감 선생님은 정년을 1년 앞두고 있었다. 천성중학교 전우진 교장 선생님이 임시로 같은 재단의 고등학교 평직원으로 옮겼고, 최종철 선생님이 중학교 교장 선생님으로 오셨다. 모든 일을 나에게 위임해 주셨기에, 나는 최대한 최종철 선생님이 불편하지 않도록 편하게 모셨다.

최종철 교장 선생님은 1년 후에 정년퇴임을 하셨다. 나는 존경하는 마음으로 퇴임식을 진행했다. 육성회장님과 동창회장님이 오셨다. 식사는 내가 쓰고 내가 낭독 할 수밖에 없었다. 이사장격인 박 교장 선생님과 육성회장님이 축사를 하고 교장 선생님의 퇴임사로 식은 끝났다. 저녁에는 전 직원과 함께 저녁 식사를 하고 끝났다.

우리 학교에 신규종 선생님이 있었다. 그 선생님은 국악인 신영희 선생님의 친오빠이시다. 나는 신규종 선생님으로부터 한동안 국악을 배웠다. 처음에 북치는 방법도 배우고 창도 배웠다. 바쁜 업무 관계로 오래 배우지 못해 아쉬운 마음이 들었다. 신규종 선생님 생일잔치에 나도 여러 번 초대받아 갈 기회가 있었는데, 그 자리에서 신영희 국악인과 영화배우 최불암 선생님을 몇 차례 뵈었다. 신영희 선생님과 최불암 선생님은 평소 서로 잘 알고 지내는 관계였다.

(63) 새마을 연수원 교육과 학자금 융자

1985년 10월의 일이다. 전국 초중고 교감 선생님들을 대상으로 서울 새마을연수원에서 2박 3일간의 교육이 있었다. 연수원 측에서는 입소식을 할 때, 교육 기간 동안 우수 교육생에게 표창을 한다고 사전에 예고를 했다. 우리 방에 세 사람이 배정되었다.

그런데 우수 교육생을 선발하기는 한다는데 시험을 볼 것도 아니고 어떻게 선발하는지 알 수가 없었다. 결국 "방을 깨끗이 정리하는 방법 외에는 다른 선발기준이 없지 않을까?"라는 생각을 했다. 그래서 우리들은 기상 시간이 되면 이부자리를 직사각형으로 말끔하게 정리하고 방바닥도 먼지 하나 없이 깨끗이 닦았다. 그리고 연수 기간 동안 모든 스케줄에 잘 따랐다.

수료식을 하면서 우수 교육생 표창을 했는데, 우리 방 세 사람이 새마을연수원장 표창을 받았다. 역시 나의 예상대로 이부자리 정리를 잘한 것 때문에 받은 것이라고 생각하였다.

지금은 그 제도가 많이 바뀌었을 것이다. 내가 교감으로 있을 당시인 1970~80년대에는 교육자 자녀들이 대학교에 입학을 하면 국가에서 등록금을 대출해 주었다. 그리고 졸업을 하고 3년 이내까지 그 대출금을 전액 상환해야 했다. 그런데 대기업에서는 자녀들이 입학을 하면 등록금 전액을 무상으로 지원해 주었다. 무상, 즉 공짜로 말이다.

주객이 전도된다는 말이 있듯이, 교육자 자녀들에게는 등록금 대출 후 나중에 상환토록 하고, 대기업 임직원 자녀들은 무상으로 지원해 주는 제도는 한참 잘못되지 않았나 생각되었다. 그 제도로 인하여 많은 교사들이 수치감을 느끼고 분노하였다. 나라고 예외가 아니듯이, 나도 네 명의 자녀를 키우면서 박봉에 대출받은 등록금을 힘겹게 상환했었다. 학생들을 가르치는 교육자 자녀들의 등록금은 전부 상환하여야 하고, 교육자가 아닌 회사 직원의 자녀들은 무상으로 배운다는 게 합리적일까? 독자 여러분은 어떻게 생각하실지 모르겠다.

언젠가 학생이 집으로 가다고 교통사고를 당해서 방죽안 오거리 천안외과 병원에 있다는 연락을 받았다. 부랴부랴 병원으로 달려갔다. 큰 부상은 아니지만 당분간 입원하며 치료를 받아야 한다고 했다. 부모님이 곧 연락을 받고 와서 무척이나 놀라는 기색이었다. 부모님을 안심시켜 드리고 병원을 나왔다.

그날 이후로 나는 퇴근을 하면서 병원에 꼭 들렀다. 하루도 빠지지 않고 병원에 들르니 병원장이, "또 오셨군요, 참 열심히 오시네요."하고 인사를 건넸다. 그 학생은 10여일 정도 입원하여 치료를 받고 퇴원을 했다.

(64) 수학여행에 얽힌 에피소드

1987년도 수학여행 총책임자로 경주를 다녀왔다. 수학여행이 끝나고 학생들을 집으로 가기 편리한 천안역에서 모두 해산시켰다. 택시를 타고 집으로 오는데, 김 선생님이 택시비 3천 원을 택시기사에게 주었다. 택시가 곧바로 출발한 관계로 그 돈을 돌려주고 말고 할 시간도 없어서 그냥 계속 타고 집으로 왔다.

일요일이 지나고 월요일에 학교에 가서 김 선생님을 불러 택시비를 돌려주었다. 그랬더니 그는 그 돈을 내 책상에 다시 놓고 갔다. 아마도 그렇게 다섯 번은 한 것 같았다. 결국 내가 지고 말았다.

그리고 한 달쯤이 지났다. 고등학교 박준구 교장 선생님이 중학교 교직원 조회 시간에 택시비 사건으로 천안 검찰청에 누군가 고발해서 갔다 왔다고 하셨다. 교장 선생님은, "최승우 교감 선생님은 대쪽같이 곧은 사람이다."라고 해명해서 그 일은 그쯤에서 끝났다고 했다. 나는 그 말을 듣고 아무 말도 하지 않았다. 직원들이 모두 나와 김 선생님 간에 택시비가 오고 가는 것을 보았으니 내가 구태여 설명할 필요도 없었다. 나는 교장 선생님으로부터 그 이야기를 듣는 순간 어이가 없었다. 세상에 시기를 해도 이런 방법으로 하는 경우도 있나 싶어서 한동안 허탈한 마음을 추스를 수가 없었다.

정년이 되어 직원들에게 마지막 고별인사를 해야 할 시간이 되었다. 그때 비로소 나는 교장 선생님께 과거 수학여행 다녀올 때 택시비 주고받기를 여러 번 하다가 포기하고 만 이야기를 했다. 나는 지금도 궁금하다. 과연 누가 고발을 했을까? 내 자리를 탐내서 누군가가 나를 내쫓고 그 자리에 앉으려고 하지 않았을까? 그래도 양심의 가책이 없으면 어떤 문제가 닥쳐도 겁날 일이 없다고 생각한다.

(65) 정년퇴직을 하면서

1997년 2월 26일에 충청남도 교육청 강당에서 훈장 수여식이 있었다. 나는 아내와 함께 동행했다. 식순에 따라 국기에 대한 경례, 애국가 제창, 순국선열에 대한 묵념이 이어졌다. 내 차례가 되어 나는 국민훈장 동백장을 수여 받았다. 국민훈장 동백장은 교수들 훈장보다 한 단계 낮은 것으로 중등학교로서는 가장 높은 훈장이다.

그런데 노란색이었던 훈장이 세월이 지나면서 검은 색으로 변했다. 훈장 정도가 되면 색이 변하지 않게 만들 수 있는데 너무 허술하게 제작된 것이 아닌가 하는 생각이 들었다. 그것도 정부에서 주는 훈장이 아닌가 말이다. 내가 천안지역 수석연합회장을 할 때에도 색이 변하지 않는 뱃지를 만들어 회원들에게 나누어 주었는데, 그것들은 26년이 지난 지금까지도 여전히 새것마냥 광채가 난다.

1997년 2월 28일 교직원 회의를 하면서 직원들에게 마지막 인사를 했다. 수년간 교감으로 여러분들에게 잘 해주지 못한 점에 죄송하다고 했고, 여러분들도 후배를 위해서 노력해 주시기를 당부했다. 전교생들에게 인사를 하지 않고 짐을 싸가지고 집으로 돌아왔다.

직산고등공민학교 교감으로 부임해서 성환 동성권장중학교 교감으로 근무 중 교장 직무대리를 거쳐 천성중학교 교감으로 끝을 맺은, 길다고 하면 긴 세월이었다. 한 순간도 방심하지 않고 최선을 다 했기에 후회는 없었다.

교장은 끝내 못하고 말았지만 교감이면 어떤가? 4년제 정규 대학은 못나왔지만 교감으로 봉직하면서 대학 나온 사람들은 물론 대학원 나온 선생님들을 거느렸으니 얼마나 자랑스러운가. 직산고등공민학교에서 매달 쌀 한 가마니 값을 받고 다니며 11년 가까이 봉사를 했고, 동성권장중학교에서는 4년 동안 봉직했다. 천성중학교로 와서는 보이스카우트 봉사 활동만 27년을 했다.

나는 한 사람의 교사로서 그야말로 국가와 사회에 평생 동안 봉사활동을 한 것에 큰 자부심을 느낀다. 천안시 노인종합복지관에서 15년간 컴퓨터 도우미로 봉사했고, 꽃동네에 50여 년간 헌금을 해왔다. 예절교육협회에서도 23년 동안을 봉사했다.

그런데, 노인종합 복지관에 15년간 봉사한 것이 서류에는 12년으로 기록되었고, 꽃동네에서는 50여 년간 봉사한 사실이 최근 기록 밖에는 없다고 한다. 공직에서 서류 작성은 기본 아닌가? 참으로 한심한 일이다.

그렇게 허술하게 기록물을 처리하다니, 마치 무언가를 도둑맞은 기분이다. 사무실에 찾아가서 따져보았으나 서류에 옛날 것은 없다고 하지를 않는가. 함께 근무한 김순례 선생님과 컴퓨터를 지도하신 정유진 선생님이 계셔서 알아본다고는 했지만 그걸로 끝이었다.

천안에서 수십 년 교사 생활을 하다 보니 웬만한 사람들은 내가 선생님이라는 것을 다 알고 있다. 따라서 천안시내에서 행동할 때는 매사가 조심스럽다. 학교에서는 물론이지만 집에 와서도 항상 말과 행동을 조심하게 된다. 그래서 사회로부터 존경을 받는지도 모른다.

(66) 직산고등공민학교 졸업생들이 매년 찾아오다

2010년경에 직산고등공민학교 졸업생 7명이 나와 아내를 안성군 청룡사 근처 식당으로 초청하여 제자들과 만나게 되었다. 제지들은 내가 교감으로 있을 때에도 우리 집에 자주 왔던 터라 대개가 아내를 알고 있었다.

오랜 만에 만나 식사도 하고 차도 마시니 학교 이야기로부터 시작해서 여러 선생님들의 이야기가 쏟아져 나와 웃고 떠들며 시간 가는 줄을 몰랐다.

제일 화제가 된 것은 나와 황정수 선생님의 스캔들이었다. 어느 해인가 서울에서 황정수 선생님이 졸업식에 참석코자 내려오셨는데 운동장에 학생들이 모두 모여 있는데도 아이들 앞에서 나를 끌어안았던 장면이 아마도 학생들에게는 꽤 기억에 남았던 모양이었다. 그 이야기부터 시작해서 수학여행 갔을 때 다른 학교 학생들과의 에피소드 등, 이야기는 끝날 줄을 몰랐다.

그렇게 즐거운 시간을 보내다가 오후 5시경에 나는 내 차를 타고 천안으로 출발했고, 졸업생들은 자기들이 몰고 온 차를 타고 서울로 떠나갔다.

그 이후에 2010년 나의 팔순잔치 때도 여러 명이 내려왔고 손길남 졸업생은 금일봉 10만 원을 보내왔다. 나는 팔순 잔치 때 일체 돈을 받지 않겠다고 했기에 그 축의금 10만 원은 수개월이 지난 후에 결국은 박현숙 졸업생을 통하여 돌려보냈다.

그리고 또 여러 해가 지나갔다. 어느 날 박현숙 제자로부터 전화가 왔다. 졸업생 친구들이 선생님을 뵙고 싶다고 하니 만날 수 있도록 시간을 내달라는 것이었다. 약속한 날에 박현숙, 김명희, 이영애, 이렇게 세 학생이 집으로 찾아왔다. 그때 안식구는 세상을 떠나고 얼마 안 되었을 때이다. 제자들은, “사모님 돌아가셨을 때 왜 안 알리셨느냐?”며 무척이나 서운해 하였다. 그러더니 식당으로 가지 말고 백화점으로 가자는 것이었다.

할 수 없이 따라갔더니 신발 한 켤레와 윗도리 양복을 신고 입어보라는 것이었다. 제자들이 하자는 대로 할 수밖에는 없었다. 백화점에서 나와 입장을 지나 식당에 들어가서 새우찌개 탕으로 식사를 했다. 그 후에 청룡사 근처 커피숍에서 차를 마시며 이야기를 나누다가 집에까지 태워다 주고는 서울로 돌아갔다.

제자들은 그 이후에도 매년 5월이면 찾아온다. 오면 온양 신정호수 근처에서 소고기를 구어서 점심을 먹고는 경치 좋은 커피숍으로 가서 이야기를 나눈다. 아무리 제자들이지만 내가 접대만 받는 것이 너무나도 미안해서 2022년도에는 내가 쓰고 그린 8폭 짜리 병풍을 주었다. 그랬더니, "어렵게 그린 것을 이렇게 주셔서 감사합니다."라며 잘 간직하겠다고 했다. 제자들은 매년 올 때마다 금일봉을 전달하고 간다. 그러면 나는 서예작품이나 그림을 주고, 사진을 큰 액자에 끼워 주었다.

2023년에도 5월 17일 12시 반경에 제자들 셋이 차를 몰고 도착하였다. 천안 아리랑 숯불 불고기집에서 소 양념갈비를 먹고 신정호수로 달려갔다. 신정호수를 한 바퀴 돌고 커피숍에서 이이야기를 나누었다. 기념사진도 촬영했다. 진달래꽃, 능소화, 동백꽃을 그린 그림을 가지고 갔는데 제자들은 이구동성으로, "꽃그림이 마치 저희들의 마음을 그린 것 같아요."라며 기뻐하였다.

70세가 훨씬 넘은 제자들이 내가 담임도 맡지 않았는데 매년 스승의 날이면 찾아와 나에게 옷과 신발을 사주고 한다는 것이 그리 쉬운 일은 아니다. 그런 면에서 나는 '제자 복'이 많은 사람이다.

제3부
더 많은 배움과 나눔
(1998~2023)

"배움에는 끝이 없다. 나는 은퇴 직전에,
그리고 은퇴 후에 오히려 배움의 폭을 더 넓혔다.
그리하여 우표수집, 서예, 도자기, 문인화, 수석, 풍수지리,
예절교육 등, 다양한 지식과 취미를 갖게 되었다. 그 결과 장관
상을 비롯하여 수많은 상을 받았을 뿐만 아니라, 유명강사가
되어 배운 것들을 또 다시 후진들에게 전수하였다."

(67) 취미로 시작한 우표수집

나는 교직 생활을 하면서 짬짬이 취미생활을 하였다. 우표, 서예, 수석, 예절, 문인화, 풍수지리를 배우며, 또 배운 것을 강의하기도 했다. 다양한 분야에서 취미 활동을 열심히 하다 보니 취미로 시작한 것이 독보적인 전문가가 되었다. 전문가가 되면 각종 전시회와 대회 등, 다양한 행사에서 심사 위원을 할 수 있는 자격을 부여받는다. 또한 각종 모임에서 임원 활동으로 사회적인 활동 범위가 넓어지기도 한다.

27년 전에 우표취미 행사에서 심사위원으로 활동하면서 모임이나 단체에서 강의를 하였다. 공주 운수연수원에서 효도 교육에 대한 강의를 대략 10회 정도 한 것으로 생각된다. 강의를 마치고 강의료로 10만 원을 받으면 그 돈 10만 원을 모두 직원들 회식비로 주고 왔다. 돈에 너무 집착을 하다 보면 사람이 추하게 된다. 받을 때도 있고 놓고 올 때도 있다. 더 벌겠다는 욕심보다는 사회에 봉사한다는 마음가짐이 중요하다고 생각한다.

1960년대부터 봉투에 붙은 우표를 떼어 모았다. 남들이 우표를 모은다고 하니 나도 따라서 그냥 모으기 시작하는 정도로, 우표에 대한 상식도 없었다. 직산 지소 옆에 사설 우체국이 생기면서 기념우표를 사기 시작했다. 처음에는 어떻게 정리하는지도 몰랐다. 차곡차곡 옆으로 싸 두다 보니 달라붙어 버리는 경우도 있었다.

김상석 선생님이 미도백화점에서 우표를 팔면서 천안우취회를 조직 운영하고 있었다. 나도 그 모임에 가입을 하고 그때부터 우표작품을 만들기 시작했다. 작품 만드는데 누구 하나 도와주는 사람이 없었기에 말 그대로 창작하여 만들었다. 지금만 같아도 선배들이나 나 같은 사람이 있어 배우기가 쉬었을 텐데, 당시에는 그럴 만한 사람이 없었다.

조금씩 배우다 보니 천안 우표전시회에 출품하여 금상을 받았고, 충청체신청에서 하는 전시회에도 출품하여 또 금상을 받았다. 최근에 있었던 2023도 충청우표전시회에서 금상을 수상하였고, 전국우표전시회에서도 대금은상을 수상했다

충청우표전시회에서 금상을 수상하자 천안신문사에서 인터뷰를 요청하였고, 신문에 기사가 났다. 충청체신청에서 우수한 작품은 서울 전국우표전시회에 자동으로 출품되었는데, 거기서도 대금은상, 대은상 등을 받았다. 지금까지 충청체신청 금상, 대은상, 대상, 은상, 동상 등,

13개를 받았고, 체신부장관 상도 9개나 받았으며, 우정사업본부장 상도 네 번이나 탔다. 그러다 보니 충청도에서 유명인사로 알려져 충청체신청 직원연수회에 초청받아 우표강의를 하기도 했다. 심사세미나 교육을 받은 후 우표전시회 심사위원으로 6년 간 활동하기도 했다

이곳저곳 우취 강의도 다니다 보니 사람들 사이에서, "충청남북도에서 우표 수집하는 사람이 나를 모르면 간첩이다."라는 말이 나올 정도까지 유명해졌다. 초,중,고 학생들에게 강의도 해 주었으며, 여름에는 청소년 우표 교실 강사로도 활동했다.

(68) 우표수집 유명인사가 되다

천안우취회장을 맡으면서 천성중학교에서 천안 시민을 위한 우표작품 만들기 교육을 실시했다. 광고지에 천안 시민들이 많이 참여하도록 광고를 했다. 우표 작품을 만들 우표도 사고, 가위, 칼, 풀 등을 준비하는데 비용이 많이 들기도 한다. 남의 도움을 받지 않고 창작으로 작품을 많이 만들어 보았기에 일반인들에게 작품 만들기 지도를 할 수 있게 되었다.

1988년에 충청체신청에서 충청우취회원들의 간담회가 있었다. 중앙위원회의 김교식 위원님도 참석을 했다. 나는 단상에 올라가서, "우체국에서 우표를 통신으로 판매하는데, 우취인들에게 등기료를 부담시키는 것은 지나친 처사가 아닌가요?"라고 따졌다. 대통령 사진 우표를 발행할 때 우취인들이 새벽부터 줄을 서서 기다리다 우표를 사는 사례가 많아 우취인들이 불편하다, 학생들이 우표를 사려고 학교도 가지 못하는 일도 있다, 등등을 이야기했다.

중앙위원회의 김교식 위원님은, "충청 지역같이 내가 크게 혼나보는 지역은 처음이군요."라고 웃으며, "앞으로 불편 사항을 중앙에 건의하여 시정하도록 하겠습니다." 라고 약속하였다.

우취 강의로 유명하다 보니 여러 잡지사로부터 원고를 요청받기도 하였다. 아무 것도 모르고 시작했는데 충청 우표회장을 2008년부터 맡아 15년 이상을 해 오고 있다.

서울올림픽 스포츠과학학술대회 기간 중에 단국대 우표전문가 신차식 교수님이 나에게 단국대 천안캠퍼스에서 우표전시회를 열어줄 것을 제의하여, 나는 그 제의를 받아들였다. 아세아 및 세계 올림픽 스포츠 학술대회 중 14일간 우표전시회를 열고 지역 우취인들의 작품을 전시했다.

서울올림픽 스포츠과학 학술대회 조직위원장의 감사패를 두 번이나 받았고, 문화체육부장관으로부터 올림픽 기장증도 받았다. 범민족올림픽추진중앙위원회 추진본부장 올림픽 특별회원증도 받았는데, 이러한 모든 수상은 신차식 교수님 덕분이라고 생각한다. 교수님 참으로 감사합니다. 또한 협조해주신 김상석 선생님에게도 감사드립니다.

2003년 11월 TJB 방송국에서 인터뷰를 요청하는 전화가 와서 날짜를 잡았다. 11월 30일 취재진 3명이 집으로 나를 찾아왔다. 나는 자료를 꺼내어 상장과 우표 등을 소개했다. 우표 정리 및 진열 방법 등을 설명하고, 체신부 장관 상, 체신청장 상 등, 다양한 수상 내용을 설명했다. 2003년 12월 3일 오후 5시에 10분 정도 방송이 나왔다.

그로부터 1년 후에 아들과 중국 여행을 다녀왔는데 평생 모은 우표와 수석 20여 점을 비롯하여 골동품 등 중요한 소장품들을 도둑맞았다. 1년 후에 방송국에서 인터뷰를 한 번 더 하겠다고 하였는데 도난 사건으로 인하여 방송을 사양했다.

(69) 서예 초보자에서 원로 작가로 변신

1979년 천안시 원성동에 살았는데, 집 근처에 군수를 지내신 한상욱 선생님이 서예학원을 운영하셨다. 49세 나이에 한 선생님으로부터 서예를 배우기 시작했다. 낮에는 학교에서 근무하고 퇴근 후 서예 학원으로 가서 8시까지 공부를 했다. 초등학생부터 성인에 이르기까지 20여 명이 함께 배웠다. 1년 정도 지나니까 한국서화협회에서 전국 공모전이 있다고 하며 체본을 써 주시며 출품해 보라고 하셨다. 열심히 연습을 해서 출품을 했다. 그런데 난생 처음으로 전국 규모의 전시회에서 입선을 한 것이다.

그 후로 또 1년이 지났다. 매일 하루도 빠지지 않고 공부를 하니 또 출품을 하라고 하시는 게 아닌가. 이번에는 특선을 받았다. 매년 출품을 하는데 특선을 여러 번 받고 보니 한국서화협회로부터 초대작가증이 나왔다. 선생님이 천안서예가협회에 가입하라고 하셔서 협회에 가입을 했다.

천안에 서예가로 전국적으로 유명한 인영선 선생님이 계셨는데, 나는 이 분을 늦게 알았다. 선생님을 찾아가서 저녁 식사를 대접하며 공부를 하고 싶다고 말씀드리니 등록하라고 하셨다. 한상욱 선생님의 서체는 옛날 서당에서 쓰는 글씨체여서 새로운 글씨체를 배우고 싶었다. 새로 배우는데 글씨체가 많이 달랐다. 먼저 배운 서체에서 새로운 글씨체로 쓰려니 잘 안 되어 3년간을 고생했다.

지금까지 13년간을 배우다 보니 그동안 상도 많이 탔다. 나의 정년이 가까워지자 내가 퇴직을 하게 되면 서실을 낼 거라고 소문이 났다. 그래서 나는 사람들에게, "내가 평생을 묶여 살았는데 정년퇴직하고 나서까지 또 그렇게 하고 싶지는 않다."고 했다. 정년퇴직을 하고도 서실에는 계속 다녔다.

한양미술작가협회에서는 작가들의 작품을 전시한 후에 작품을 기증받아서 각 지역 교도소에 기증하기도 한다. 그러면 교도소장께서 감사장을 전해 주신다. 매년 기증식을 하다 보니 감사장만 17장을 받았다.

여러 학교에서 봉사한 활동 이력과 천성중학교에서 보이스카우트 활동을 지도하며 봉사한 것, 그리고 여러 교도소에 작품을 기증한 공로로 UN에서 봉사표창장을 받기도 했다. 필리핀과 캐나다에서 서예전시회를 열어 필리핀 관광부장관 상과 캐나다 교민회장 감사패도 받았다. 나는 서예 활동을 하면서 봉사한 것에 큰 보람을 느낀다.

서예 활동을 하면서 중국 길림대학장 감사장 등, 중국 감사장은 헤아릴 수 없이 많이 받았다. 또한 길림성 서화작가협회와 한양미술작가협회와의 자매결연식에 이사로 참석했으며, 한중 세미나에서 단상에 올라가, "일제강점기 시대에 중국에서 한국 독립운동가들을 보살펴 주심에 진심으로 감사드린다."고 인사를 하여 많은 참석자들의 기립박수를 받기도 했다

(70) 마음이 차분해지는 서예

한번은 직산국민학교 육성회장과 동창회장이 천안으로 나를 찾아 오셨다. 두 분은 내가 일본에서 국제서예대상을 받은 것을 알고, 나에게 글씨를 한 장 써달라고 부탁을 하는 것이 아닌가. 할 수 없이 승낙을 하고 정성들여 홍익인간(弘益人間)을 한문으로 써서 표구를 해 놓고 찾아가시라고 했다. 弘자를 활 궁(弓)옆에 입 구(口)로 썼다. 그런데 액자를 찾아가더니 왜 홍자가 입 구(口)자냐고 틀렸다고 전화가 왔다. 그래서 한문책에서 입 구(口)자로 되어 있는 것을 여러 개 복사를 해 보내 주면서, 그렇게도 쓰는 것이라고 했다. 그 후에는 아무 말이 없었다.

직산초등학교 100주년 기념 책자를 발간할 때도 글을 써달라고 부탁해서 써주었더니 100주년 기념책자에 실렸다. 그래서 선후배들에게 최승우라는 이름이 유명한 서예가로 이름이 알려지는 계기가 되었다.

정년퇴직을 하고 계속 서실에 다니는데 허리가 아파서

어떻게 할 수가 없었다. 저녁이면 방바닥을 기어 다닐 만큼 아파서 참을 수가 없었다. 천안의 서울우리병원에 가서 진찰을 받으니 허리협착증이라는 진단이 나왔다. MRI 사진을 찍고 바로 수술을 했는데 통증이 심해서 계속 진통제를 맞았다. 7일 동안 입원하고 퇴원을 하며 집에서 누워 있는데 통증이 쉽게 가라앉지 않았다. 보름 정도 지나니 조금씩 좋아졌다. 한 달 정도 지나니 통증이 완전히 사라졌다. 같이 수술을 한 환자는 1년이 지났어도 통증이 있어 고생한다고 하는데 나는 한 달 만에 완치되었으니 천만다행이라고 생각했다.

서예를 하면 여러 가지 좋은 점을 배울 수 있다. 우선 마음의 안정을 가질 수 있고 행동이 차분해 진다. 또 차근차근 정리하는 습관을 기를 수 있다. 한자를 배울 수 있다는 장점도 있다. 쓰지 못했던 글씨를 씀으로 해서 쾌감을 느낄 수도 있다. 남에게 글씨를 써 줌으로써 상대방이 좋아할 때 보람을 느끼게 된다. 전시회를 통하여 시민들의 문화의식을 고취시켜주는 즐거움을 느낄 수도 있다. 남들에게 존경을 받고 집에서는 장식으로 활용할 수 고 있고, 병풍을 만들어 가보로 남길 수도 있다.

(71) 고려 수지침을 배우다

1982년 10월 12일부터 천안 복자여자중학교에서 수지침 강좌가 있어서 교육을 받기 시작했다. 오후 7시부터 2시간씩 토요일을 제외하고는 매일 받았다. 수지침의 이론과 실습을 겸해서 연습하면서 배웠다.

아픈 곳을 정확하게 알면 침놓는 것은 그리 어렵지 않았다. 한 달 만에 모든 과정을 마치고 수료식을 가졌다. 그해 겨울 방학 동안에는 잠시도 집에서 놀 수가 없었다. 침 맞으러 오는 손님들의 발길이 끊이지 않았기 때문이었다. 돈을 받을 수가 없는 관계로, 어떤 분은 감도 싸오는가 하면, 또 다른 분은 담배를 가지고 오는 등, 별별 환자들이 다 있었다.

사립학교 교장 교감 내외가 안면도 해수욕장을 다녀오던 중 사모님이 배가 아프다고 고통을 호소하였다. 마침 그때 내가 수지침을 갖고 갔기에 바로 수지침을 놓아드렸더니 곧바로 가라앉았다. 상고 학생이 축농증으로 고생을 하고 있었는데, 병원에서 수술하라는 것을 내가 용하다는 소문을 듣고 나에게 찾아 온 적이 있었다. 그 학생에게 한 달 동안 수지침을 놓아주었더니 한 달 만에 축농증이 깨끗이 완치된 일도 있었다. 또 한 번은 우리 집 앞에 사시는 교장 선생님의 사모님이 배가 아프다며 온 적이 있었는데, 그때에도 수지침을 놓아드렸더니 곧바로 좋아졌다면서 인사하고 돌아간 일도 있었다.

수지침으로 병을 고쳐 준 사례가 많이 쌓이고 나의 이름이 이리 저리 알려지다 보니 여러 잡지사에서 내가 치료하여 고쳐 준 사례를 실어주기도 했다.

(72) 자연과 함께 수석을 찾는 기쁨

충주댐 수몰 1년 전에 지곡으로 돌을 수집하러 가자고 해서 아무 것도 모르고 따라 갔다. 처음에는 어떤 돌을 찾아야 하는지도 몰랐다. 선배님들이 검은 돌 중에 이상하게 생긴 것을 찾으라고 했지만 나는 그런 돌을 찾을 수가 없었다. 검은 돌에 바닥은 평평한데 한쪽이 조금 튀어나와 있는 돌을 주웠다. 점심은 대전에서 사 온 도시락으로 해결했다. 다른 사람이 판판하고 봉이 나온 나의 돌을 보고 좋은 것이라고 칭찬해 주었다.

이때부터 매주 일요일이면 탐석을 하러 다녔다. 남한강 지곡은 물론 목계 초지골 등을 다니며 탐석을 계속했다. 초지골에 가니 마침 강바닥을 파내는 작업을 하고 있었다. 강바닥을 파서 선별 작업을 하면 모래와 자갈이 따로 나온다. 자갈 떨어지는 곳에서는 업주들이 고르고 다른 사람들은 들어가지 못하게 한다. 업주들이 선별기에 떨어질 때 주어가고 남은 것이라서 좋은 돌을 줍기는 어렵다. 혹시나 하고 찾다가 운이 좋으면 어지간한 것을 만날 때도 있다.

한번은 포크레인 작업을 하고 있는 곳을 보고 혼자 찾아갔다. 눈에 띄는 돌이 있어 집어 왔는데, 나중에 찬찬히 살펴보니 꽤 괜찮은 돌이었다. 작업장에서 돌을 줍는 것이 제일 수월한 일이다. 그렇지 않으면 작업 하다가 그만 둔 곳을 파야 하는데, 그 작업은 힘이 들고 좋은 돌을 줍기가 어렵다.

천안 석향회 탐석 친목회를 조직한다기에 나도 가입을 했다. 초등학교 교사 몇 명이 들어 왔다. 친목회원 중 김기남 선생님은 좌대를 파고 있었고 수석에 대해 잘 알고 있었다. 동호회원들과 함께 충청북도의 청천강 등, 많은 곳을 다니며 탐석에 열중했다. 주운 돌을 골라 좌대를 팠다.

때로는 혼자 청주 가는 버스를 타고 가다가 청천강에서 하차하여, 다시 증평행 시내버스를 타고 괴산군 청안면 백봉리에서 내린다. 천천히 산으로 오르면 개간한 밭이 나오고 돌이 밭에 널려 있다. 쓸만한 것을 주워서 배낭에 한 짐 지고 백봉리 시내버스 정류장에 쉬면서 빵과 우유로 점심을 때운다. 거기서 버스를 세 번 갈아타고 천안 버스터미널에서 내려 집으로 돌아 온다,

한번은 버스를 세 번 갈아타고 백봉리에 도착해서 냇가로 갔더니 특이한 모양의 놀이 비가 와서 웅덩이에 패인 곳에 누워 있었다. 참으로 좋은 돌이었다. 그런데 지

금은 그 돌을 도둑맞아 찾을 수가 없다. 너무 아까운 생각이 든다.

그 동네를 자주 가고 하니까 동네 분들과도 친해졌다. 봄 방학인데 밭 가장자리 둑에 괜찮은 돌이 있어 캐려고 했으나 땅이 얼어서 캐기가 힘들었다. 동네 분들이 와서 고추대를 갖다 주면서 얼은 땅을 천천히 녹여가며 캐라고 했다. 때로는 토요일에 가서 동네 분들 집에서 자고 탐석을 하고 오는 때도 있었다. 한번은 그 동네 총각이 장가를 드는데 청주에서 주례를 서 달라고 부탁을 해서 주례를 서 준 일도 있었다.

(73) 수석연합회 회장 직을 맡다

1988년 12월 초에 내가 주동이 되어 천안수석연합회를 조직했다. 1989년 1월 15일 창립총회를 하는데 모두들 나를 회장으로 지목하는 것이 아닌가. 나는, "내가 수석연합회를 조직하면서 초대 회장이 된다는 것은 말이 안 된다."면서 자진하여 사양하였다. 그렇게 되면 마치 내가 회장이 되고 싶어서 연합회를 조직하는 꼴이 아닌가. 그리하여 박민훈 선생님을 초대 회장으로 모시기로 하고 한국수석총연합회에도 가입키로 했다.

모임이 오래 지속되면서 제2대 회장에 박승수, 3대 회장에 강훈중, 4대 회장을 내가 맡게 되었다. 1997년 이전에는 전시회 때마다 시청에서 보조금이 백만 원씩 나왔다. 내가 회장이 되고 천안시청 박학재 총무과장에게 보조금을 좀 더 올려달라고 부탁하였다. 그래서 그 해에는 200만 원의 보조금을 받게 되었다.

그 해에 천안시민회관 앞뜰에서 수석전시회 개회를 했는데, 한국수석총연합회와 충청남도 지회에서 많은 손님들이 오셨다. 내가 개회사를 하고 전시실에서 수석 설명을 했다. 나는 천안수석연합회를 대표해서 전국 수석전시회에 초청을 받아 이곳저곳을 돌아다녔다.

1998년 금산 사람이 수석 충남지회장을 맡고 있었는데, 자신은 몸이 아프니 나를 보고 회장을 맡으라고 했다. 승낙을 하고 천안의 회원 몇 사람과 함께 금산으로 가서 금산에 있는 회장을 만났다. 그 회장은 나에게 회장직을 맡아 달라고 하더니 갑자기 마음이 변했다. 회의장에 들어가더니 회장직을 그냥 하겠다는 것이었다. 사람의 마음이 그렇게 변하다니 허탈하기 짝이 없었다. 회장 정도면 자기 말에 책임을 지는 모습을 보여 주어야 하는데 그렇지 못한 점이 아쉬웠다.

1998년에 한국수석회 충남지역 양현기 총무께서 충남지역회장을 맡아달라고 부탁을 했다. 박민웅 선생님이 지역회장을 맡고 있었는데 여러 가지 사정상 하지 못하게 되었다는 것이었다. 그리하여 1998년 5월 15일부터 충남지역 회장 일을 보게 되었다. 이후에 지역 회원 7명이 가입을 하려고 하는데 일부 회원이 반대하여 가입을 하지 못하고 결국은 충남지역 전시회 개최 계획을 포기하게 되었다.

(74) 송암 박재호 회장님 개인전

2011년 10월 29일에 송암 박재호 한국수석회장님이 개인전을 하신다는 연락을 받고 유범석 전 천안수석연합회장님과 함께 예산 전시장으로 갔다. 행사장에 도착하여 보니 발을 들여놓을 틈도 없이 손님들이 그야말로 인산인해였다. 그것만 보아도 박재호 회장님의 수석의 열정을 감히 미루어 짐작할 수가 있었다. 손님들 중에는 이회창 전 한나라당 총재님과 이황복 전북연합회장님도 와 계셨다. 나는 이회창 총재님, 박재호 회장님, 그리고 다른 분들과 한참 동안 담소를 나누었다.

한국수석회는 매년 12월에 회장을 맡고 있는 지역에서 전국 전시회를 개최한다. 사전에 출품할 돌을 제출하고 전시회 당일에 봉고차를 대절해서 전시장까지 회원 부부 동반으로 참석하게 된다. 회원 중에 방춘배 선생님과 신서주 선생님은 서로 만나면 장난을 치기도 한다. 방춘배 선생님이 신서주 선생님 머리를 만지며 이야기를 하는데 신서주 선생님은 머리 만지는 것을 아주 싫어한다.

그러다 보면 싸우다시피 하면서 집에 올 때까지 장난을 한다. 그래도 지나고 보면 하나의 추억으로 남는다.

(75) 수석 탐석의 이모저모

2012년 석향회에서 괴산군 장연면 산으로 탐석하러 갔다. 산에 공사를 하고 있었는데 산더미 같은 돌을 뒤지는데 수석이 될 만한 돌이 하나 있었다. 돌을 깨끗이 파내고 보니 천하 명석이었다. 너무 기뻐서 다들 좋아했다. 돌아 올 때 내가 수박을 한 통 사서 모두 맛있게 먹었다.

천안우체국을 철거하고 신축 공사를 하여 준공 기념 수석전시회를 석향회 단독으로 개최했다. 그리고 시민회관에서 제2회 석향회 수석전시회를 열었다.

회원이 줄어서 이제 6명만 남았다. 우리는 매월 22일에 모임을 갖고 한 번씩 야외로 나간다. 2020년에는 안면도를, 2021년에는 제천을 다녀왔다. 제천 수석관에 들러서 수석 감상을 하고 수석 가격을 봤는데 그리 비싸지는 않았다. 그런데 관장이 솔직하게, "석질이 같은 수석 두 개를 붙여서 한 개로 만들었다."고 하는 것이 아닌가. 그러니 돌이 좋아 보일 수밖에 없었다.

거기에서 박살라리아 식물을 난초와 함께 만 원에 사

고 분재를 2만 원에 사 왔다. 수석 관장님의 소개로 점심 식사를 하는데 많이 깎아 주었다. 식당 바로 옆에 케이블카를 타고 정상에 올라가니 사방이 호수라서 경치가 매우 아름다웠다. 우리가 회의를 할 때에 그 장소에 간혹 그림을 그린 것을 가지고 가서 한 장씩 주기도 한다. 그러면 무척 고마워한다. 한 번은 인쇄업을 하는 회원에게 국전에 입선한 작품을 주었더니 그 회원은 너무 기분이 좋다며 저녁 값을 내기도 했다. 세상은 나누며 살아가는 것이다.

한국수석회에서는 1년에 한 번씩 전국 회원 탐석회를 한다. 대개 남한강 목계나 초지골에서 한다. 한해는 목계에 모여서 석신제를 올리고 탐석대회를 개최하였다. 탐석 시간은 1시간 반 정도를 준다. 각자 탐석해 온 돌들을 나름대로 늘어 놓는다. 나를 포함한 세 사람의 심사위원들은 탐석해 온 돌을 보며 서로 의견을 나누고 등수를 결정한다. 1등, 2등, 3등, 장려상 등을 선정하여 시상을 한다. 상품은 일등은 동 수반을, 2등부터는 사기 수반을 차례로 시상한다. 시상이 끝나면 회원들과 식사를 하고 해단식을 한 후, 각 도별로 버스를 타고 떠난다.

1997년 6월 천안수석연합회 합동 탐석을 목계로 가기로 했다. 버스에서 나는 회장 인사를 하고, 불변색으로 만든 회원뱃지를 모든 회원들에게 나누어주며, "부디 오래 오래 달고 다니시라."고 당부를 했다.

차에서 내려 회장을 맡은 나의 주재로 석신제를 지낸 후, 개별적으로 탐석하고 1시 반에 모여 심사를 했다. 1, 2, 3등과 장려상을 선정했다. 내년에 다시 만나기로 하고 천안으로 돌아왔다.

(76) 2018년, 내 나이 88세에 탐석을 가다

2018년 봄, 집에서 6시 30분에 혼자 승용차를 몰고 출발하여 2시간 반을 달려 덕산 김재철 친구의 집에 9시경에 도착하니 탐석꾼들이 모여 있었다. 차 한 잔씩을 마시고 10시경에 팀별로 나누어서 산으로 또는 강으로 탐석을 떠났다. 12시가 넘으면 가게로 탐석한 것을 갖고 모이기로 약속을 잡았다. 점심을 먹는데 그 자리에 동행한 수석인들이 나를 보고, "대한민국에서 88세에 탐석을 다니는 분은 아마도 최승우 회장님 한 분 뿐일 것입니다." 라며 추켜세웠다.

그날 내가 제일 큰 돌을 산에서 캤다. 그런데 그 돌을 친구네 집까지 실어오는데 10만원, 돌을 닦는데 또 10만원, 그리고 좌대를 만드는데 35만원, 옥상에 올리는데 5만원, 이렇게 하여 총계 60만원이 들었다. 그 돌은 4~5백만 원의 가치가 있는 돌이다.

사람들이 나를 보고, "수석을 왜 하는가?"라며 묻곤 한다. 수석의 여러 가지 좋은 점을 알려주고 싶다. 우선 수석을 하면 마음의 안정을 가질 수 있고 정리하는 습관을 기를 수 있다. 자연스럽게 운동을 하면서 자연 관광을 할 수도 있다. 전시회를 통하여 시민들에게 문화의식을 고취시켜주는 장점도 있다. 집에 장식으로 놓을 수도 있고 다른 사람에게 선물로 줄 수도 있다.

돌이켜 보건데 나의 그 많은 취미활동 중에서 '수석'이 최고로 재미있었던 것 같다.

(77) 도자기를 시작하다

2011년 7월에 성호회 도자기 회원전을 위해서 이천에 가서 도자기를 그렸다. 나는 선생님이 그리는 것을 보고서 직접 그렸다. 그 이후에는 혼자서 이천 도자기 공장을 찾아가서 일차 구어 놓은 도자기를 사서 하루 종일 도자기에 그림과 글씨를 그리고 썼다. 아침부터 시작해서 점심을 먹고 오후 작업을 하고 저녁 무렵에야 집으로 차를 몰고 돌아왔다. 다음에 갈 때는 도자기를 하루 종일 그릴 만큼의 분량을 사서 그곳에서 하루 종일 그림을 그려놓고 먼저 번에 작업 한 것은 찾아서 차에 싣고 집으로 돌아왔다. 그렇게 한 여름 동안을 시간이 허락하는 대로 갔다 왔다 했다.

그런데 도자기 작품을 출품하려고 하니 대한민국종합미술대전 외에는 도자기를 공모하는 곳이 없었다. 그래서 대한민국종합미술대전에 몇 해 동안 열심히 출품하여 좋은 점수를 받았고 끝내는 초대작가증을 따고야 말았다.

내가 천안 향토문화연구회의 연구원으로 추대된 것은 천안 향토문화연구회의 회장이신 김성열 선생님께서 추천해 주신 덕택이다. 그분은 내가 성환동성권장중학교에 재직할 때 천안 역전에서 서점을 운영하셨는데, 그런 인연으로 서로 잘 알고 지내던 사이였다. 그분과 나는 천안 우체국에서 전국어린이 편지쓰기공모전에서 심사위원으로 함께 봉사했던 인연도 있는 사이이다. 김성열 회장님은 천안 반공연맹의 회장으로도 활동하셨다. 그런 훌륭한 분이 나를 추천하여 주셨기에 나도 정성을 다하여 향토문화연구회의 연구원으로 활동했다.

김성열 회장님과 편지쓰기공모전 심사를 할 때, 아주 잘 쓴 편지가 있기에 내가 그것을 우수작으로 추천하였는데, 나중에 최종 심사에서 그 어린이의 편지가 대상으로 결정되기도 하였다.

(78) 모두가 배워야 할 예절 교육

다음을 먼저 알고 예절 교육에 들어가야 한다.

1. 전통 = 과거, 현재, 미래에 물려줄 가치가 있는 것.

2. 예절 = 예절은 강제성이 없다.

3. 법 = 강제성이 있다.

효 강의를 다니다 보니 예절 강의를 해 달라는 부탁이 들어올 때가 많이 있다. 그런데 나 자신이 예절에 대한 지식이 부족하여 강의를 하기가 어려웠다. 수소문 끝에 서울에 한국 최고의 예절 선생님이 계시다는 것을 알고 서울로 선생님을 찾아 갔다. 바로 김득중 선생님으로 나와는 동갑내기이시다.

1999년 3월 13일부터 4개월 교육을 받기로 했다. 첫날 반장을 뽑기로 했는데 나를 추천하여 내가 반장이 됐다. 교육을 받는데 처음인지라 신기한 내용이 많았다. 여성 강사가 함 싸기 지도를 해 주셨는데, 그날의 강의에서 나는 함 싸기에 놀랄만한 의미가 담겨있다는 사실을 알게 되었다. 성인식, 상장예식, 제의례, 혼례식, 생활예절, 국제예절 등, 많은 내용을 공부했다.

나는 함 싸기 공부를 더 해야겠다고 생각하고 사무실을 찾아갔다. 선생님의 따님이 사무를 보고 있었는데, 그분에게, "교육이 있을 때 알려 달라."고 부탁을 했다. 그 후에 함 싸기 교육이 있다고 연락이 와서 여러 차례 교육을 받았다.

수료식 날이 다가왔다. 아파트에서 수료식을 했는데 동문회장님을 모시고 행사가 진행되었다. 수료식 소감은 초등학교 교사가 수료증을 받기 전에 읽었다. 그는 예전에는 전혀 몰랐던 예절을 배웠다고 했다. 동기생들은 두 달에 한 번 모임을 갖기로 하고 헤어졌다.

나는 자료를 정리하여 예절교육협회 보수교육을 할 때 및 3급 교육을 할 때 함 싸기 교육을 시켰다. 예절공부 동기생 첫 모임은 강원도에서 했다. 강원도 박물관과 박경리의 '토지' 마을을 둘러 보았다. 다음은 천안 아들의 회사에서 행사를 하기로 하고, 아들과 며느리의 차를 터미널과 천안역으로 보내 손님을 맞이하였다. 회원들은 좌불상, 원각사, 삼거리 공원, 독립기념관을 관람했다. 대명가든에서 갈비로 식사하고 천안의 명물 호두과자를 한 상자씩 선물했다. 그 다음은 서울에서 모였고, 스승의 날이 되면 김득중 선생님을 뵙고 선물을 드리기도 했다. 함싸기와 함 받기 교육 내용을 책으로 만들었으면 좋겠다고 했으나 책을 만들지는 않았다.

하루는 김득중 선생님으로부터 연락이 왔다. 나를 보고 평택 향교에서 강의를 하라는 것이었다. 이때로부터 평택 향교와 평택 초·중·고등학교는 물론 객사리 군부대까지 돌아다니며 1년 넘게 강의를 했다. 김득중 선생님의 소개로 아산 농심라면 회사에서도 강의를 했다.

나는 농심 회사에서, "예절을 잘 지키는 사람치고 성실하지 않은 사람이 없다."고 전제한 후, 결론으로, "여러분이 회사를 위하여 노력한 만큼 여러분에게 대가가 돌아온다."는 점을 강조했다. 반면에 회사에게는, "직원을 한 가족으로 알고 회사 운영에 대하여 명백하게 공개해 상호 신뢰를 갖추어야 한다."고 끝을 맺었다. 그러자 여직원들이 난리가 났다. 처음 들어 보는 강의인데 너무 좋다며, 더 들었으면 좋겠다고 하며 아쉬움을 나타냈다.

그러나 결과적으로 그 회사에서의 강의는 그것으로 끝났다. 내가 강의에서 한 말 중에서 "회사는 직원을 가족으로 알고 회사 운영에 대한 것을 모두 공개해야 한다."는 말이 경영층에게는 거슬렸던 모양이었다.

(79) 성균관에서 예절지도사 자격증을 받다

한국예절교육협회로부터 연락이 왔다. 예절사 3급 시험이 있는데 보지 않겠느냐는 것이었다. 시험요강을 보내달라고 하고 거기에 맞추어서 한 달 동안 열심히 공부를 했다.

2002년 11월 1일 서울 을지로 한국예절교육협회 사무실에서 40여 명이 시험을 치렀다. 시험은 아주 엄격했다. 10일 정도 후에 발표가 되었고 나는 시험에 합격을 했다. 성균관에서 학유과정(學儒科程) 제2기 수료와 예절지도사 자격과정 65시간 이수를 위하여 매주 토요일과 일요일 서울까지 통학을 했다. 2개월 만에 끝이 났고 수료식에서 성균관 예절지도사 자격증을 받았다.

사단법인 한국예절교육협회 부설 예절교육대학원에서 교육을 받았다. 제1기 교육은 2003년 7월 26일부터 11월 16일까지 15주 128시간이었다. 아침 일찍 천안역에서 기차를 타고 서울역에서 내려 교육을 받으러 가야 했다. 교육은 매일 오전 3시간, 오후 4시간씩 받는다.

15주간의 교육을 받고 2003년 11월 16일 수료식에서 예절사 자격증을 받았다. 그 기간 동안 나는 단 하루도 결석하지 않았다. 또 예절대학원 제2기 15주간 128시간 과정도 마쳤다. 그 결과물로 2004년 12월 12일에 1급 예절사 자격증을 받았다. 그것으로 끝이 아니었다. 1년에 한 번씩 총 6시간의 보수교육을 받아야 해서 지금까지 12회에 걸쳐 총 72시간의 보수교육을 받았다.

박근혜 정부가 들어서면서 수많은 자격증을 대폭 축소하는 과정을 겪어야 했는데, 한국예절교육협회도 예외는 아니었다. 수백 개의 민간자격증이 사라지고 단 50개의 자격증만 인정을 했다. 옛날 자격증은 예절사 자격증이었지만 지금은 인성예절지도사 자격으로 변경이 되어 다시 교육을 받고 새로운 자격증을 받아야 했다. 새로운 자격증을 받기 위해 3급부터 1급까지 교육을 다시 받았다. 3급에 16시간, 2급에 48시간, 그리고 1급에 72시간을 추운 겨울부터 여름까지 공부해서 국가 인정 인성예절사 자격증 3급, 2급, 1급을 모두 새로 받았다. 그 후로 인성예절사 및 차문화지도사 자격시험 및 실기 감독관으로 활동했다. 그러한 공로를 인정받아 나는 2016년부터 2022년까지 7년 연속 한국예절인 상을 수상했다.

사막에서 물을 찾으려면 개미가 있는 곳을 찾으라는 말이 있다. 어려울 때 예절을 베풀어 준 사람에게는 도움을 쉽게 받는다. 예절을 모르면 창피를 당한다. 반면 예절을 지키면 남과 쉽게 어울리고 친해질 수 있다. 사업을 할 때 도움을 받을 수도 있다.

나는 매년 송년회 때마다 내가 손수 그린 그림을 30장씩 가지고 간다. 공식 일정을 마치고 추첨을 통해서 작품을 나누어 주는데, 작품을 보여 주면 모두가 환호한다. 그들이 작품을 받고 기뻐하는 모습을 볼 때 나는 화가로서 큰 보람을 느낀다. 그렇게 7년 동안을 봉사해 왔다.

나는 2014년 8월 28일 사단법인 한국미술협회 이사장으로부터 호당 가격 확인서를 받았다. 호당 가격은 미술가로 활동한 이력을 써서 제출하면 한국미술협회 이사진의 심의를 거쳐서 결정을 하게 된다. 제출하면 한 달만에 확인서가 도착한다. 2022년도에 다시 서류를 제출하여 그해 3월 21자로 호당 가격 40만 원이라는 확인서를 받았다.

(80) 75세의 새로운 도전, 컴퓨터를 배우다

2006년 충청남도 교육청 평생교육원에서 컴퓨터 기초 교육을 받고 여름에는 천안 공대에서 3개월 과정의 컴퓨터 교육을 받았다. 다음해인 2007년에는 천안시 노인종합복지관에서 실시하는 1년 코스 컴퓨터 교육도 받았다.

컴퓨터를 배울 때 나는 반장을 하면서 강사님이 오기 전에 전날 배운 것을 노인 학생들에게 가르쳤다. 이것을 보시고 평생교육원에서 교육을 받는데 컴퓨터 강사님이 보조 강사를 해달라고 부탁을 했다. 그런데 평생교육원까지 차를 몰고 가는 것이 어려워서 결국 사양했다.

2008년부터는 컴퓨터 도우미를 시작했다. 지도교사는 정유진 선생님이었고 노인복지관에서 같이 배웠던 김순례 선생님과 매주 월요일에 함께 했다. 복지관 학생들을 일찍 나오도록 하고 매주 수업 전에 가르쳤다. 학생들에게 집에 가서도 복습을 할 수 있도록 가르치다 보니 학생들도 좋아했다. 복지관에서 그것을 알고 아침에 교실에 찾아오더니, "다른 학급과 형평성이 맞지 않으니 그만 두라."고 해서 그만 두었다.

복지관에서는 1년에 두 번 자원봉사자들이 평가하고 점심을 대접해 준다. 또한 봄, 가을에 한 번씩 여행을 다녀오도록 위로해 준다. 나는 국화 축제, 부여 백제 축제 등, 다른 행사로 참석을 하지 못 했다. 2019년에는 200시간 이상을 봉사했다고 뺏지를 수여 받았다. 매년 22명씩 14년이니 총 308명을 가르친 셈이다. 또한 복지관 사진반 회원들에게 사진 저장하는 방법을 매일 두 시간씩 여름 방학 동안 가르쳤다.

(81) 자연의 이치, 풍수지리를 배우다

1997년도에 정년퇴직을 하고 1998년까지 2년 간 10여 명이 풍수지리를 배웠다. 매주 이틀에 걸쳐 하루 2시간씩을 배웠고 실습으로 많은 곳에 다녔다. 김대중 대통령의 부모를 이장한 여주에도 다녀왔다. 묘 자리가 너무나도 좋았다. 이해찬 총리의 부모 묘지에도 다녀왔다. 가보니 묘 앞의 넓은 돌에 재상이 나올 자리라고 씌어 있었다. 그런데 묘소 뒤 쪽이 낭떠러지인데 그 앞에 아파트가 들어섰고 옆 산에는 도로가 나 있어 허리가 잘린 상태였다. 그때는 이해찬 총재가 대통령에 출마했을 때이다. 실습생 모두가 그 분이 대통령에 당선되는 것은 불가능하다고 이야기했다.

노무현 대통령 탄핵문제가 제기되고 있을 때 노무현 대통령 집과 산소를 가보았다. 할아버지 산소는 과수원에 조그맣게 자리 잡았고 부모 산소는 물이 내려오다가 휘어감아 돌았다. 그래서 함께 간 사람들이, "절대로 탄핵은 이루어지지 않는다."고 말했다. 결과는 탄핵 부결이었다.

박정희 대통령 묘소에도 갔었다. 앞에 작은 산이 가로막혀 있다 보니 방향을 틀어서 썼다. 산이 가로막힌 것이 문제로 보였다. 풍수지리는 미신이라고 하는 사람도 있지만 통계학적으로 이루어진 것이어서 무시할 수 없는 법이다.

김종필 씨가 당 총재로 있을 때 집안의 산소를 이장했는데, 이장하고 나무를 베었다고 언론에 크게 보도된 적이 있었다. 우리가 가 본 결과 산꼭대기를 차 두 대 댈 수 있는 정도로 나무 몇 그루를 베어 낸 것 같았다. 일반 서민들이 했으면 문제도 되지 않을 일인데 그 난리를 쳤던 것이다. 산소를 보니 아주 작게 봉분을 만든 게 전부였다. 거기서 내려다보니 도랑이 앞으로 뻗어 나갔다. 그런 것을 보고 중수지리학에서는 당문직거라고 한다. 고관이고 해서 풍수지리로 훌륭하신 분을 모셔서 썼을 텐데, 어떻게 해서 당문직거의 자리에 쓰셨는지 모르겠다. 그 이후에 김종필 총재는 모든 것을 내려 놓으셨다.

내가 나중에 들어갈 자리를 찾기 위해 공주시 사곡면 유룡리 산에 선생님과 제자들 10여 명이 함께 갔다. 여러 사람이 잡은 장소가 남자로 따지면 2등자리요, 여자로 따지면 1등자리로 아주 좋은 장소였다. 아내의 묘소 자리도 함께 가 보았다. 장례사가 묘소 자리를 보더니, "어떻게 이런 장소를 잡았느냐?"며 가르쳐 달라고 했다.

우리가 예절을 배우고 있지만 조상을 잘 모시는 것은 효행의 연장이라 할 수 있고, 자기 존재의 보답이라 할 수 있다. 효는 예절의 으뜸이며 예절 중의 예절이라 할 수 있다. 삼국사기에는, "자식이 부모의 마음을 따를 수 없다."고 했다. 공자님의 말씀에도, "백성을 아는 데는 신하가 임금을 따를 수 없다."고 했다.

인생은 자연에서 태어나 자연으로 돌아가는 것이 하늘의 이치요 순리라 할 수 있다. 그런데 화장을 권유하다 보니 산에 돌로 납골당을 짓는 경우가 많다. 자연 경관을 훼손하는 사례가 발생하지 않도록 우리 모두가 노력해야 한다.

풍수지리를 배우면 부모님의 산소나 자신의 묘 자리를 좋은 곳으로 잡을 수 있다. 자식들의 마음을 안정시키고 후대까지 영향을 준다. 남들이 할 수 없는 일을 할 수 있고 여러 사람들로부터 존경을 받게 된다. 전문적으로 활동할 때에는 가사에 도움을 주기도 한다.

(82) 문인화를 배우다

1997년 정년퇴직을 하고 나는 취묵헌 인영선 선생님 서실에 다녔다. 거기서, "민태식 선생님이 시민회관에서 문인화를 가르친다는데 가지 않겠느냐?"고 해서 동봉 선생님과 서실에서 다섯 명이 함께 시민회관에 가서 등록을 했다. 거의 20여 명이 참석했다. 강사는 박순례 선생님이신데 나와는 평소 잘 알고 지내던 사이였다. 그 모임에서 자기소개를 했다. 나는, "금년에 정년퇴직을 하고 서실을 다니고 있는데 그림을 배우고 싶어 왔습니다."라고 했다.

처음에는 선 긋기부터 시작했다. 그것은 서예 공부할 때 해 보아서 조금만 공부하고 그림으로 들어갔다. 난부터 시작을 하는데 역입을 해서 끝이 쥐꼬리 형태로 나와야 한다고 했다. 얼마 있다가 서실에서 온 두 사람은 그만두었다.

초가을이 되었다. 전시회를 해야 한다고 하셨다. 선생님이 체본을 해 주시어 열심히 그렸다. 전시회를 하기 전에 도록을 만들어야 하기 때문에 그림을 초기에 완성해야 했다. 모두 좋은 것을 골라서 제출했다. 사진관에서 사진을 찍고 인쇄까지 책임지기로 했다.

전시회 날이 다가왔다. 도록도 도착하고 작품도 액자로 표구하여 시민회관으로 옮겼다. 오전에 모든 작품을 전시장에 걸었다. 오후 5시, 마침내 개관 시간이 되었다. 천안시장, 문화원장, 한국미협 충남지회장 등, 많은 인사들이 참석해 주셨다. 국민의례, 축사, 케이크 커팅, 작품 설명, 기념 촬영 등이 이어졌다. 1년이 지나자 다시 서실에서 함께 온 두 사람이 그만두었고, 나 혼자만 남게 되었다.

2005년에 선생님이 지금까지 전시회를 한 자료와 상장을 복사해서 한국미술협회에 등록을 하라고 하셨다. 그래서 팜플렛을 찾고 상장 등 관련 자료를 복사해서 서울 협회에 제출했다. 얼마 후 한국미술협회에서 등록이 되었다고 연락이 왔다. 한국미협에 등록할 때는 등록금을 내지 않았다. 그 후 충남미술협회에서도 등록하라고 연락이 왔다. 입회비 17만 원을 내고 등록을 했다. 이미 나는 한국미술협회에 등록되었기 때문에 입회비만 내면 되었다. 한국미협 및 충남미협에 여러 번 작품을 출품했다.

2009년 가을에 버들 6거리에 계신 김진국 선생님이 지도를 잘 하신다고 소문을 들었다. 그런데 박순례 선생님을 떠나려 하니 깊은 인연으로 떠나기가 쉽지 않았다. 2009년 9월 초에 김진국 선생님을 찾아갔다. 등록을 하고 나서 나는, "지난 12년 동안 박순례 선생님에게서 배웠습니다."라고 말씀을 드렸다. 선생님은 처음에는 목단을 가르치기 시작하여 나는 두어 달 동안 목단만 배웠다. 그 후에 체본을 해 주셔서 겨울 동안 그림을 그렸다.

시민회관에서 작품 활동을 하다 또 다시 몇 년이 흘러갔다. 충청남도 미술대전과 도솔대전에 출품했다. 체본을 가지고 열심히 공부하고 작품 몇 점을 출품했는데 모두 입선을 했다. 매년 출품을 하는데 한 번은 특선을 했다. 그 후 추사 김정희 추모 휘호대회에도 참석을 했다. 대회에 참석하여 현장에서 그려 냈는데, 그것도 입선이었다. 도전과 도솔전, 추사 휘호대회 특선 두 번, 그 외에는 모두 입선을 했다.

(83) 여러 곳에서 초대작가로 부름받다

2010년 봄이 오니 김진국 선생님이 각종 대회에 출품하라고 하셔서 일곱 개의 대회에 모두 출품을 했는데, 모든 대회에서 특선을 받았다. 그때 가르치는 선생님을 잘 선택해야 한다는 것을 알았다. 학생은 선생님을 닮아간다는 말이 있다. 박 선생님의 지도를 받을 때는 특선 두 번 하고 모두 다 입선 밖에 못 했는데, 김 선생님 지도를 받고 나서는 모두 특선을 하다 보니 그런 생각을 하지 않을 수가 없었다.

화실을 옮기고는 아침 반으로 화실에 도착하는 순서대로 체본을 받는다. 점심때가 되면 돌아가면서 식사를 낸다. 화실을 옮기고 여러 대전에 출품을 했다. 입선도 있지만 특선이 많았다.

도전은 성공의 초석이다. 도솔회는 2010년에 특선, 다음 해인 2011년에 삼체 상을 확보하고 점수를 따서 초대작가가 되었다. 아산에서 하는 한국고불서화대전에서 삼체상 3번, 삼체선 1번, 평택소사벌서예대전에서 삼체상

1회, 특선 2회, 입선까지 합해서 12점을 획득하여 나는 4년 만에 초대작가가 되었다. 세계서법문화예술대전은 15점인데 오체상 9점, 삼체상 5점, 특선 3점을 획득하여 3년 만에 초대작가가 되었고, 5년 만에 초대작가증을 받았다.

(84) 스포츠조선 '자랑스런 혁신 한국인'에 뽑히다

자암 김구 선생님 추모 서예대전에서는 삼 년차에 차상을 했고, 먼저 것과 나중 것이 특선을 했다. 일년 지나서 5년 되는 해에 최초 초대작가 두 명이 탄생되는데 나는 장원한 김혜정 선생님과 함께 초대작가가 되었다. 그렇게 해서 작가 증서를 딴 것이 2023년 현재 25개 대전의 초대작가증을 받았다. 현재 진행 중인 것도 5~6개 정도가 되는데 나는 수 년 내에 그것들도 다 딸 것이다. 연습은 나의 스승이다.

2020년 4월 20일 예산문화원장이 자암서예대전 초대작가 회원을 초청하여 회의를 했다. 문화원장이 자암 초대 작가협회를 조직하고 싶다는 의견을 내서 모두가 모인 자리에서 초대작가 협회 임원 선출에 들어갔다. 초대작가 초대 회장에 내가 선출되었다.

그 이후에 회장단이 예산에서 모임을 갖고 회칙을 만들었다. 그 자리에서 모든 회에는 기금이 없으면 오래 가지 못 한다고 하여 내가 50만 원을 기부하겠다고 선언했다. 그리고 나머지 임원을 선출했다. 카톡방을 만들어 회칙과 임원 선출 내용 회비 계좌를 공지하도록 했다. 문화원장에게 회칙을 보여 주고 수정 사항이 있으면 알려 달라고 했다. 협회 설립 목적에 자암 선생을 추모하는 내용을 추가하였다. 모두가, "내가 앞으로 초대작가 중에서 심사위원이 되어야 한다."고 했다.

추후에 자암 서예대전이 있는데 심사위원을 추천하라고 사무국장으로부터 연락이 왔다. 여러 가지 의논 과정을 거쳐 내가 심사위원을 하기로 했다. 문화원의 요청으로 이력 자료와 사진을 보냈다. 담당 팀장이 출품 수, 채점 점수는 소수점 이하도 가능하다고 심사 과정을 설명했다. 그리고 심사위원장을 선출하고 분과별 책임자를 선정하고 심사에 들어갔다.

문인화는 세 명이 심사를 했다. 채점을 하는데 출품작들의 수준이 아주 높았다. 갓 배운 사람들의 작품이 많았지만 낙선은 없다고 했다. 최종 장원과 차상을 결정하는데 몇 년간 문인화 부문에 장원을 안 주었으니 이번에 문인화에 주자고 문인화 책임자가 주장했다. 심사위원장은 서예 부분에 장원을 주기로 결정했다.

그간 추사 김정희 추모 휘호대회와 충주 김생 휘호대회를 다녔다. 추사 휘호대회는 추사 고택 앞에 천막을 쳐 놓고 시행하는데 접수처에서 접수를 하고 대회상으로 들어가면 좌석번호를 찾아가서 준비를 한다. 도장이 찍

흰 종이를 두 장씩 나누어 준다.

추사회호대회 때는 10시에 추사 묘에 내빈들이 제를 올리고 간단한 공연을 한다. 10시 반에 시작을 알리는 징이 울린다. 나는 김진국 선생님의 체본으로 연습한 것을 그렸다. 휘호를 다 쓴 사람은 작품을 놓아두고 나온다. 점심으로 국밥과 막걸리를 나누며 발표를 기다린다. 심사 결과가 발표되었는데 내가 특선 명단에 올랐다. 김진국 선생님 덕분에 입상이 되었다고 생각한다.

충주에서도 대회가 열렸는데, 개회식을 하며 내빈 소개, 충주시장의 축사 등이 이어지고 주의사항을 알려 주고 시작 징이 울렸다. 한 번은 연을 그리고 나왔는데 마음에 들지 않았고 발표 결과를 보지도 않고 주변의 경치와 박달재만 구경하고 집으로 돌아왔다. 그날 밤에 김진국 선생님이, "최 선생님이 최우수상을 받았다."고 알려주셨다. 의외였다.

2021년 1월 21일 오후에 파워코리아 안정희 편집국장으로부터 문인화 작품과 관련하여 인터뷰를 하겠다는 전화가 왔다. 나는, "제가 그럴만한 자격이 있겠습니까?"라며 완곡하게 거절의사를 밝혔다. 그런데 또 전화가 왔다. 선생님은 그럴만한 자격이 충분하다며 인터뷰를 요청했다. 1월 25일 오후에 인터뷰 팀이 집으로 찾아왔다. 그들은 내가 과거에 살아온 일부터 시작해서, 각종 취미활동 내용과 문인화를 배우는 과정 등, 여러 가지 내용을 인터뷰했다. 화실에 들어와서는 내가 그림을 그리고 있는 모습을 찍었다.

그들은 취재를 하면서 내가 살아온 삶을 들어보더니, "스포츠조선에서 2021년 신년기획으로 '자랑스러운 혁신 한국인 상'이 있는데 응모해 보시라."고 추천했다. 나는 며칠 후에 원고를 보냈다. 2월 말 명절이 지나고 서울에서 연락이 왔다. 사회 부문에서 대상으로 결정되었다는 것이다. 그 후 신문과 잡지가 집에 도착했다.

(85) 그림과 서예를 가르치다

2021년 2월에 예절교육협회 회의를 마치고 집으로 왔는데 협회 박현주 이사님으로부터 저녁에 전화가 왔다 그림을 배웠으면 좋겠다는 것이다. 그래서, "그림 배우기가 어려울 터인데 잘 생각해보시라."고 했다 그런데도 배우게 해달라고 해서 3월부터 일주일에 한 번씩 금요일에 오라고 했다. 그랬더니, "어제 밤에 너무 기대가 되어서 밤새 잠을 이루지 못했다."고 하시는 것이 아닌가.

박현주 이사님은 정기총회 때마다 차를 만들어 가지고 와서 회원들에게 나누어주는가 하면, 행사가 있을 때 타 지역에서 오시는 분들을 역에서 모셔오고 모셔다 드린다. 따라서 협회회원 및 이사진 모든 분들이 박현주 이사님을 협회에 없어서는 안 될 사람으로 알고 있다.

그러한 훌륭한 분이기에 나는 별도의 수강료는 받지 않고 수업을 시작하자고 했다. 그때만 해도 수업료가 월 10만 원씩 하던 때이다. 2022부터는 13만원으로 올랐다. 그랬더니 박 이사님은 계절에 따라 과일, 인삼 등을 여러 번 사오고 영양제도 사오곤 하셨다. 나는 여러 가지 교본을 사다드리며 즉석에서 그리게 하고 잘못된 부분을 바로 잡아주면서 그림 그리는 방법을 가르치기 시작했다.

박 이사님은 나로부터 7월까지 5개월 동안을 배웠다. 그런데 2021년 한국 고불서화대전이 7월 29일까지 접수 마감된다는 공고가 떴다. 나는 박 이사님에게, " 지금까지 배운 것만을 가지고 출품을 하자."고 해서 출품을 했다.

8월 9일에 삼체상이 7명, 삼체선이 4명으로 발표가 됐는데 박 이사님은 삼체선 4명 중 한 명으로 뽑혔다. 단 5개월을 배워서 삼체선을 받는다는 것은 전국에서도 없을 것이다. 여기서 용기를 얻어 그 다음 8월에 열리는 마한서예대전에 출품하기로 하고 준비해서 제출했다. 그것 역시도 입선이었다.

나는 1997년 2월부터 천안시민회관에서 문인화를 배우기 시작했다. 선생님을 모시고 12년을 배웠다. 그리하여 충남미술대전 특선 1회, 입선 여러 개, 도설미술대전 특선 1회, 입선 3개, 추사휘호대회 입선 4회 등이 나의 지난 12년간의 결과이다. 그에 비하면 박 이사님은 불과 2~3년 만에 이루어 낸 성적이 내가 10년 간 한 것 못지 않은 훌륭한 성적이다. 제자가 스승보다 낫다는 청출어람(靑出於藍)이라는 말이 딱 여기에 어울린다고 생각한다.

이제는 이왕 가르치는 김에 도자기에 그림과 글씨를 그리고 쓸 수 있도록 가르쳐 볼 생각으로 있다. 그래서 도자기 낙관부터 인쇄를 해놓고 시간이 허락하면 이천 도자기 공장으로 가서 초벌구이를 사서 그림을 그리고 글씨를 쓰고 하여 국제종합미술대전에 출품시켜보려고 한다. 도자기도 몇 년간을 해서 점수를 따야만 작가가 되기에 점수 따는 데에 전력을 기울여야 한다.

또다른 제자 한 분이 있는데 그 분은 예절교육협회 이사장님이시다. 한국예절교육협회 이사장의 중책을 맞고 있으면서 그림까지 배우시겠다니 참으로 놀라운 일이다. 이사장님은 성격이 활달하기 때문에 협회에서도 회원들로부터 많은 존경을 받는 분이다. 분명히 그림 그리는 수업도 잘 감당해 내실 것으로 믿는다. 남들로부터 존경받는 훌륭한 분들을 내가 지도한다는 것은 아무리 생각해 봐도 나 자신이 '행운아'라고 밖에는 할 수 없을 것 같다.

(86) 문인화의 대가 김진국 선생님과의 만남

1997년 3월부터 천안시민회관에서 문인화를 가르친다는 소문을 듣고 시민회관에 가서 민태식, 동봉, 백소자, 태묵 선생님 등, 5명이 등록하고 개학날부터 배웠다. 그 후로 충남도전, 도솔미술대전, 추사 김정희 휘호대회에 출품을 했다. 결과는 특선 2회와 여러 번의 입선이 고작이었다. 그래서 김진국 선생님에게 가려고 마음을 먹었으나 전 선생님의 동생과 나는 산악회 활동을 같이 했고, 또 전부터 선생님과는 잘 아는 사이라 쉽사리 떠나지 못하고 있었다.

2009년도 가을에 김진국 선생님을 찾아가 문인화를 배우겠다고 하니 즉석에서 등록을 하라는 것이었다. 그래서 바로 등록을 하고, 그때부터 체본을 그려 주시는 대로 집에서 10여 장을 그려 가지고 가서 검사를 받고는 했다. 겨울 동안 그려서 골라 두었다. 그 이듬해에 일곱 군데에 출품을 했더니 놀랍게도 일곱 군데 모두에서 특선을 받았다. 김정희 휘호대회에서도 특선을 받았다.

김진국 선생님은 말할 때도 작은 소리로 차분하게 말씀하신다. 잘못 그려가는 일이 있어도 단 한 번도 인상을 찌푸리거나 화를 내시는 일이 없었다.

김진국 선생님은 모든 회원들에게도 그렇게 친절하고 웃는 낯으로 대해 주신다. 또한 도자기를 그리러 나갈 때마다 선생님 차로 다니는데, 자비로 기름을 넣고 회원들을 태우고 다니신다. 선생님은 그림을 그려서 바로 그 자리에서 학생들이 보고 따라서 그릴 수 있도록 지도해 주신다.

회원전을 할 때에도 작품을 거는 일부터 철거까지 같이 하시는 분이다. 회원들이 체본 하나를 받아도 구도 잡는 데서부터 그려 나가는 것까지 세밀하게 신경을 써서 그려 주신다. 작품 출품을 할 때에는 여러 작품을 내놓고 작품을 구석구석 살피시면서 고르신다. 낙관을 찍을 때에도 바닥에 유리를 놓고 정성을 다하여 찍고, 접으면 인주가 묻지 않게 종이로 문질러서 발송하신다.

오늘날 내가 전국 유명 전시회에 많은 초청을 받아 출품할 수 있는 것과 서울국제비엔날레 대한민국 서화명인 특별작가로 등재된 것도 모두 선생님의 가르침 덕분이다. 참으로 존경하며 감사하게 생각한다.

(87) 효 강의를 시작하다

나는 현직으로 근무하면서 국가와 사회로부터 많은 도움을 받았다. 그래서 정년퇴직 여러 해 전부터, "어떻게 하면 받은 것을 돌려드릴 수 있을까?"를 계속 고민해 왔다. 여러 가지가 있겠지만 효(孝) 사상이 쇠퇴하고 있는 현실에서 효 강의로 사회를 회복시켜야 하겠다는 생각을 하게 되었다. 그 후로 신문 및 여러 매체에서 효에 관한 자료를 수집하기 시작했다. 수년간 모으다 보니 강의를 할 수 있을 정도로 자료가 충분히 모아졌다.

1995년 9월 28일 천성중학교 강당에서 새마을 어머니회 30명을 대상으로 '도덕성 회복을 위한 효도 교육'이란 주제로 1시간 강의를 했다. 그 강의는 학부모들로부터 대단한 호평을 받고 곧바로 인근 지역에 알려지기 시작했다. 1995년 11월 10일에도 천성중학교 새마을 어머니회에서 요청하여 다시 강의를 했다. 그 후에 한국도로공사 천안지사, 해주 최 씨 종친회 등등, 여러 곳에서 강의를 했다.

1996년에는 호서대학교 교육실습생 150명에게 '바람직한 교육실습생의 자세와 보람 있는 교육실습'이라는 주제로 90분 강의를 했다. 이어서 순천향대학교 교육실습생 120명, 단국대학교 교육실습생 120명에게도 강의했다. 그밖에 천안여상, 천안 여성회관 등, 수없이 많은 곳에서 강의를 했다.

어느 날 안용일 효 실천운동본부장님으로부터 독립기념관 강당에서 효에 대한 강의를 해 달라는 요청이 들어왔다. 그리하여 1996년 12월 24일에 국립민속박물관 직원 150명을 대상으로 1시간 동안 강의를 했다. 그로부터 얼마 후, 순회 강사를 맡아 달라는 부탁을 받아서 흔쾌히 승낙했다. 1997년 1월 10일에는 전국 순회 강사 위촉패를 천성중학교 직원 회의 시간에 전달받았다. 그 때부터 안용일 본부장님은 본부에 강의 요청이 있으면 나에게로 연락하였다.

그러다가 안 본부장님은 2011년에 효 실천운동본부의 권한 일체를 나에게 넘겨주셨다. 나는 적극적으로 회원모집을 하여 1년 만에 70여 명이 새로 회원가입을 했다. 회원이 많으니 행사를 하면 좋을 것 같아 효자 상 대상자 선발, 효부 상 대상자 선발, 사회봉사상 수여 등의 계획을 세웠는데 실현하지는 못했다. 이 사업들은 꼭 하고 싶었던 일이지만, 재정 상황이 여의치 않았기 때문이었다.

참으로 아쉽기만 하다. 이제는 나이가 많아 강의도 못 나가고 효 실천운동본부장으로 그 책무를 다하지 못하였기에 안용일 전 본부장님에게 대단히 죄송하게 생각할 뿐이다.

(88) 우취, 충효교육, 예절, 풍수지리 분야의 유명강사가 되다

1997년 2월 19일 성환 노인학교에서 '도덕성 회복을 위한 효도 교육'이란 주제로 강의를 할 때 농고 동창생 박상규와 함께 갔다. 1시간 강의를 하고 인사를 하니 난리가 났다. 전체가 일어나 강의를 또 해달라고 요청하는 것이었다. 교장 선생님과 박상규 친구가, "최 회장이 그렇게 인기를 끌지 몰랐네."라고 했다. 천안 노인대학 뿐만 아니라 가는 곳마다 내 강의가 끝나면 아우성들이었다.

천안시 유량동에 있는 행정자치부 산하 소방학교에서 내 소문을 듣고 강의 요청이 들어왔다. 3시간 강의를 하였는데 아는 제자들이 꽤 많이 있었다. 효를 잘하면 다른 일도 잘 할수 있다는 취지의 강의가 끝나자 여기저기서 박수가 터져 나왔다.

한번은 안동의 상지대학에서 풍수지리 강의를 하였다. 천안에서 대구까지 기차를 타고, 대구에서 안동까지 고

속버스를 타고, 또 안동에서 학교까지 택시를 타고 갔다. 2시간 강의를 하기 위해 아침 6시에 일어나서 밤 10시가 돼서야 집에 돌아왔다.

2007년 11월에는 서울 서빙고의 초등학교 자모회에서 강의 의뢰가 왔다. 1시간 강의를 했는데 학부모들이 너무 재미있다고 무척이나 좋아하였다. 이후 나는 서울 평생교육원, 인천 부개여자고등학교 등, 원거리 지역에도 강의를 많이 다니게 되었다.

강복환 충청남도 교육감을 알게 되면서 그 분의 소개로 서산시청, BBS충남연맹 공주지부와 충청남도 운수연수원에서도 강의하게 되었다. 강의는 사실 어려운 것이다. 강의의 주된 목적은 듣는 사람들이 무엇을 원하는지, 그들의 욕구를 잘 파악하여 가려운 곳을 긁어주는 일이다. 젊은 층과 노인들이 알고자 하는 것들은 서로 다르다. 그들 각 연령층에 만족감을 느끼게 하는 맞춤형 강의를 해야 좋은 평가를 받을 수 있다.

나는 1993년부터 지금까지 우표 취미생활, 충효교육, 예절 강의, 풍수지리 등, 다양한 분야에서 강의를 했다. 그 대상도 초·중·고 대학은 물론, 행정기관, 노인대학, 공공단체, 주부 등, 다양한 계층을 대상으로 강의를 했다. 교직 생활의 경험과 지식을 바탕으로 사회에 봉사하는 마음으로 강의를 해 온 것에 대해 나는 나름대로 큰 보람으로 느끼며 살아오고 있다.

(89) 내 인생의 귀한 작품들을 분실하다

내가 그 동안 살던 원성동 집이 재개발됨에 따라 이사를 해야했다. 짐이 많아서 웬만한 것은 박스에 싸서 큰아들 집의 옥상에 컨테이너 2동을 설치하고 보관해 두었다. 박스 표면에 '중요 자료' 표시를 하고 각급 학교 졸업장, 교사 자격증, 중학교 2학년 성적표, 문인화, 서예 작품, 그 밖에 많은 상장 및 표창장, 초대작가 증, 등의 자료가 옥상에 옮겨진 것으로 알고 있었다. 그리고 나는 터미널 뒤 쪽 신부동 대림 한내아파트에 전세로 살았다. 대림아파트에서 백석동으로 이사 올 때에도 그림 1박스와 기념품을 잃어버렸다.

2019년 9월, 서북구 백석3로의 현재 살고 있는 주공그린빌 아파트로 이사를 했다. 그 후에 찾을 것이 있어 옥상에 가서 3일을 세심히 찾아보아도 '중요한 자료'라고 쓴 것이 없다. 이삿짐 옮긴 날 잃어버린 것이 틀림없다

그리고 아들이 아파트로 이사할 때 서예 행촌 10폭짜

리 병풍 6틀, 예서 8폭 병풍 8틀, 행초 6폭 병풍 6틀, 취묵헌 선생님 글씨 작품 2장, 서울 유명작가 그림 병풍 작품 1틀, 도자기 등을 분실했다.

서울대법원 판사님과 연관이 있어 판사님에게 자세한 내용을 써서 보냈더니, 그분이, "아들이 중요하냐, 작품이 중요하냐?"라고 회신이 왔다. 그래서 찾는 것을 포기하고 말았다. 그 분은, 작품을 찾으려면 사돈과 관계있는 아들과 문제가 생길 것이 뻔했기 때문에 그런 조언을 하신 것이다

2020년 6월 어느 날, 아들의 집 옥상에 가서 자료를 찾는데 문인화, 상장, 졸업장, 교사 자격증, 초대작가증 등, 60~70여 장이 분실된 것을 알았다. 삼일 간을 찾아 보았으나 허사였다. 나에 대한 모든 근거 자료가 하나도 없다고 생각하니 화가 치밀어 가슴이 울렁거리고 잠을 잘 수가 없었다. 억울하다는 생각뿐이었다. 이사할 때 분실한 것이 확실한 것 같다.

이사할 때 중요한 것은 본인이 챙겨서 소중하게 가져와야 한다는 교훈을 얻었다.

(90) 2022년 자암 초대작가 정기총회 회장 퇴임식

회원 여러분, 안녕하십니까? 우선 총회에 들어가기 전에 몇 분 소개 말씀을 올리겠습니다.

첫 번째로는 김종옥 문화원장님이십니다. 문화원장님은 추사 휘호대회와 김구 서예대전에 대하여 각별히 신경을 써주시고, 지역사회에서 없어서는 안 될 만큼의 훌륭한 분이십니다. 특히 자암 서예대전에서 서예인에 관련된 여러 분들의 의사를 들어서 처리하셨습니다. 시상식 때 입상 작가님들에게 축하의 말씀을 올리고, "묵향 때문에 오늘의 결실이 있다."고 하셨습니다.

사람은 끈기가 있어야 하고 끈기가 없는 사람은 실패한다고 하셨습니다. 또한 천안시민의 상을 수상한 저 최승우를 회장으로 추대하게 된 것에 대하여, "예산 문화원과 자암 초대작가회에 경사스러운 일이다."며 기뻐하셨습니다. 저는 원장님께, "제가 초대작가회에 있는 동안 많은 인원이 심사위원으로 참여해 주셨으면 한다."라는 부탁을 드렸고, 원장님은, "최승우 회장님의 물심양면 협조에 감사한다."고 하시며, "원장으로서 할 수 있는 데까지 노력을 다 하시겠다."고 약속하셨습니다.

두 번째로는 문화원 이충환 팀장님이십니다.

이충환 팀장님은 팀장직을 맡으며 추사 김정희 휘호대회 및 자암 김구 서예대전에 대한 기획부터 원서, 전시회와 그 후의 작품 및 상장 등을 배송하는 모든 일처리를 담당하여 주셨습니다. 게다가 각종 행사의 뒷정리까지 깔끔하게 마무리 짓는 훌륭한 분으로 서예대전에서 없어서는 안 될 문화원의 중요한 일꾼이십니다.

세 번째로는 예산군 홍문표 국회의원님이십니다.

홍문표 의원님은 국사에 바쁘신 데도 불구하시고 추사 김정희 휘호대회 및 자암 서예대전 시상식 때마다 빠지지 않으시고 참석을 하십니다. 2022년도 자암 서예대전 시상식에서, "금년도 낙선하신 분들은 오늘을 계기로 삼아 열심히 노력하여 내년도에 좋은 성과가 있기를 바란다."고 격려하여 주셨습니다. 홍문표 의원님은 특히, "초대작가 최승우 회장님의 노고에 감사드린다."며 저를 격려하셨을 뿐만 아니라, 전시장에서 제 그림을 보시고는, "무궁화를 그리셨군요." 하며 그림보시는 넓은 식견을 보여주셨습니다.

네 번째는 최재구 예산 군수님이십니다.

최재구 예산 군수님은 추사 김정희 휘호대회 및 자암 김구 서예대전에 많은 금액을 지원해 주신 분입니다. 특히 추사 김정희 휘호대회 개최 시나 자암 김구 서예대전 시상식 때, 꼭 참석하시어 축사의 말씀을 하여 주셨습니다.

회원님들 반갑습니다.

초대작가회가 존재하는 이유는, 자암 김구 선생 추모 서예대전을 위해서 존재하는 것이라고 생각합니다. 아무 일을 하지 않으면 초대작가회가 존재해야 할 아무런 의미가 없는 것입니다. 새 임원진에게 몇 가지 부탁 말씀을 드리고자 합니다.

첫째로는, 단체로써 갖추어야할 서류는 다 갖추어 놓았으니 앞으로 잘 관리하도록 당부를 드립니다.

둘째로는, 남이 하지 않는 일을 하는 사람이 되시라는 당부입니다. 저는 제 사비를 들여 제 아이디어로 회원 뱃지를 만들어 자암 서예대전 시상식 때 달아드렸습니다. 그것이 초대작가들에게는 의미가 있고 보람이 있다고 생각했기 때문입니다.

셋째로는, 자암 김구 선생 추모 서예대전에 회장명의로 상장과 상금을 전달하는 것입니다.

넷째로는, 자암 김구 선생 추모 서예대전에 공이 있는 분들에게 공로패를 만들어 전달하는 것입니다.

회비를 걷는 것은 이와 같은 곳에 쓰기 위해서 입니다. 뜻이 있는 곳에 길이 있다고 했습니다.

제가 하지 못한 일들은 새로운 임원진이 꼭 이룩하여

주시기를 당부 드립니다. 감사합니다.

2022년 10월 19일

회장 최승우

(91) 한국예술문화단체총연합회 대한민국 서화명인으로 등재

나에게 '대한민국 서화명인'이라는 칭호를 준다고 했을 때, 나는, "과연 내게 그럴만한 자격이 있느냐?"고 스스로에게 물어보고 싶은 생각뿐이었다. 작가협회나 적어도 협회 이사회에서 논의가 되어 심의를 거쳐서 이루어지고, 협회 규정에 의한 모든 절차를 밟아서 준 것으로 생각하니 그저 감사할 뿐이다.

세상 일은 본인이 하고자 해서 되는 것만은 아니라고 생각한다. 그 분야에서 최선의 노력을 경주했을 때 사회가 인정을 해주는 것이라고 생각한다. 그림을 배운 사람이 얼마나 많겠는가. 그 많은 사람들 가운데 명인의 호칭을 받은 사람은 아마도 그렇게 많지는 않을 것이다.

나에게 부여된 '서화의 명인'이라는 호칭도 협회에서 나에게, "그림을 그려서 제출해 달라."고 요청해 왔기에 나는 그저 그림만을 그려서 제출했을 뿐이다. 무슨 상을 달라고 요청한 적도 없으며 감히 그런 생각을 할 수도 없다고 본다. 그런데 나는 협회에서 인정하여 초대작가

상, 최우수초대작가상, 감사장, 공로장 등, 수없이 많은 상을 받았다.

누구든지 열심히 하면 명예는 사회가 만들어 주는 것이라고 생각한다.

(92) 2023 천안시민의 상을 수상하다

나는 천안 시민의 상을 받기까지 2010년부터 2021년까지 세 번 서류를 제출하였으나 연거푸 낙방하였다. 첫해에는 양식이 어떻게 되어 있는지도 모르는 상태에서 주민복지센터에 내가 수상한 이력만을 모두 복사해서 주었으나 낙방했다. 두 번째도 낙방했다. 세 번째 시도인 2021년에는 제출 양식에 맞추어서 제출하였는데 또 떨어졌다.

2022년도에는 일 년 동안 꼬박 빠진 것 없이 철저하게 준비하였다. 마침내 네 번째의 도전 만에 시청에서 시민의 상 수상자로 결정되었다는 연락을 받았다. 그때의 기쁨이란 이루 말할 수가 없을 정도였다. '천안시민의 상' 받기가 그렇게나 어려운 줄은 미처 몰랐다. 여기에 내가 작성하여 제출한 공적 내용을 간추려 적어 본다.

〈천안시민의상 공적조서〉

주소: 충남 천안시 서북구 백석3로69 주공그린빌 101동 804호

생년월일: 1931년 11월 10일생

성명: 최승우

1. 봉사활동의 시작: 어려서 공부할 때 가정형편 때문에 어렵게 공부를 했기에 봉사활동을 많이 하게 되었다. 그 한 예로 젊어서부터 농촌계몽 연극을 안진원 친구와 함께 지도하였다.

2. 직산고등공민학교 시절:

2-1, 교감으로 취임하여 당시 월급으로 쌀 한 가마니 값을 받으며 11년간 봉사했다.

2-2, 미군부대 원조를 받아 교실 1칸을 지었고, 철제 책걸상으로 교체하였으며, 트럭 한 대 분량의 송판을 원조 받았다.

2-3, '한국교육문화상'이란 큰 상을 생전 처음으로 수상하였다.

3. 성환 동성권장중학교 시절:

3-1, 성환에 있는 동성권장중학교의 책임자(교장은 서

울에만 있음.)로 전근하였다. '권장중학교'란 시설이 부족하여 학력은 인정하되 정규중학교는 아니라는 뜻이다.

3-2, 교직원들 모두가 얼마 되지 않는 봉급을 받고 있기에 내가 나서서 봉급 문제를 해결하였다.

3-3, 제2798부대와 자매결연을 맺고 장학생 3명에게 장학금을 지급하였다. 1명은 고등학교 동창인 박무웅 친구에게 부탁하여 해결하였다.

3-4, 부대의 협조를 받아 운동장을 확장하였고, 미완성 교실 4칸을 완성하였다.

3-5, 학생과장으로부터 여학생이 임신했다는 보고를 받고 아무도 모르게 평택 산부인과에 데리고 가서 그 문제를 해결하였다.

3-6, 우리 학교 학생들을 평택공고에 매년 장학생으로 여러 명 입학시켰다.

3-7, 평택공고 부설중학교와 서점의 협조를 얻어 전교생에게 교과서를 무료 배부하였다.

3-8, 교사 중 여러 명을 중학교 정교사로 교체하였다.

3-9, 성환중학교와 동성권장중학교를 합병코자 하는 것을 부결되도록 하였다.

3-10, 4년 동안 봉사한 공로를 인정받아 2798부대장, 평택고 이사장, 동성권장중학교 이사장으로부터 감사패를 받았다.

4. 천성중학교 시절

4-1, 학력을 최우선으로 하는 교육을 실시한 결과 전국학력고사에서 우리 학교 학생이 3위를 차지하였다.

4-2, 학생 및 직원에게 기념우표를 사다 배부하는 등, 10년간 봉사하였다.

4-3, 보이스카우트 기본 및 상급훈련을 받았고 23년 동안 봉사하였다.

4-4, 토요일과 일요일이면 천안시내 학생 행사에 참석하여 초, 중, 고 교사 및 교감들에게 기본훈련을 교육시켰다.

4-5, 여름방학 기간 중에 아태 잼버리대회 및 세계 잼버리대회에 학교 책임자로 참석하여 보이스카우트 총재로부터 은장, 동장 및 봉사상을 수상하였고, 문교부장관으로부터 표창장을 받았다.

5. 우표에 관한 일

5-1, 천안우취회장을 역임하였다.

5-2, 2005년 ~ 2023년에는 충청우표회장으로서 충청체신청 직원 연수, 천안 초,중, 고등학생 충남 지역 우체국 및 천안시민을 위한 무료강의를 진행하였다.

5-3, 23년 동안 우표 관련 봉사를 하였으며, 우표 작품 만들기 교육을 천성중학교에서 무료로 실시하였다.

5-4, 천안우체국 우표전시회 등, 각종 우표전시회를

개최하였다.

5-5, 아세아 및 세계 올림픽 스포츠과학 학술대회 때 단국대에서 14일간 무료로 우표전시를 주관하였다. 그 공로로 스포츠과학학술대회 조직위원장 감사패 2개, 범민족올림픽추진중앙협의회 추진본부장 특별회원증 및 체육부장관 올림픽기장증을 받았다.

5-6, 천안전국체전 우표 및 수석전시회를 개최하여 문화관광부장관 표창장, 천안시장 감사패를 받았다.

5-7, 본인의 소장 우표전시회를 개최하여 천안우표전시회 금상, 충청우표전시회 금상 2회를 수상하였으며, 우정사업본부장 상 4회, 체신청장 상 13회, 전국우표전시회에서 대금은상, 대은상 등 13회, 체신부장관 상을 9회 수상하였다.

5-8, 충청우표전시회 심사도 6~7회 하였다.

6. 수석, 문인화, 서예, 사진, 예절교육 등으로 사회에 봉사하다

6-1, 문인화는 정년 후부터 배우기 시작하여 자암 서예대전에서 차상, 충주 김생 휘호대회에서 최우수상, 아세아미술상 대상 등을 받았다.

6-2, 서예는 일본 국제서화대회에서 대상, 충주 김생 휘호대회에서 최우수상, 아세아미술상에서 대상을 받았다.

6-3, 수석 활동은 천안수석연합회를 조직하여 천안수석연합회장을 맡고, 한국 수석회 충남지역 수석회장 직을 맡아 활동하였다.

6-4, 한국수석회 이사장 및 회장 감사패를 3회 받았으며, 5년간 한국수석회 정기탐석회에 심사위원으로 활동하였다.

6-5. 예절교육은 초, 중, 고, 대학, 대학원, 노인대학, 시청, 회사 등에서 173여 회 특강을 실시하였다.

6-6, 인성예절국가자격 3급, 2급, 1급 수강생들을 교육시켰다.

6-7, 컴퓨터 교육은 천안시 노인종합복지관 사진반 수강생들을 대상으로 사진 옮기는 방법 등을 강의하였다.

6-8, 천안시 노인종합복지관에서 2008년 2월부터 2022년 11월까지 15년 동안 컴퓨터 도우미로 무료 봉사하였다.

6-9, 사진은 천안 12경 전국 사진 공모전에서 금상, 한국 국제미술종합대상전에서 금상, 음성 사진촬영대회에서 동상을 수상하였다.

6-10, 예절대학원 1급 교육 수료자들을 대상으로 풍수지리 강의를 173회 실시하였다. 연인원 18,473명에 연시간 292시간이다.

6-11, 문인화 분야에서는 (사)한국예술문화난제 총연합회 주최 서울국제비엔날레에서 대한민국 서화명인 특

별작가로 등재되었다.

7. 기증 및 기부활동

7-1, 한국예절교육협회에 그림 작품을 7년 동안 매년 30장씩 기증하였다. 호당 40만 원으로 계산하면 몇 천만 원이 넘는다.

7-2, 지난 23년 동안 각종 강의와 시험감독을 무료로 하여 줌으로 해서 많은 기부를 하였다.

7-3, 전국교도소에 수많은 작품을 헌정하여 여러 군데의 교도소장으로부터 17장의 감사장을 받았다.

7-4, 직산면 군동리 전 가구에 서예작품을 기증하였다.

7-5, 무료로 우표 순회강사를 하였다.

7-6, 효실천운동본부의 본부장으로 전국을 돌며 예절과 충효, 청소년지도 등 다양한 강의를 하였다.

7-7, 꽃동네 등에 처음에는 1만 원(지금 화폐로 10만 원도 훨씬 넘는 금액)으로 시작하여 나중에는 20만 원을 47년 동안 꾸준히 기부하였다.

7-8, 천안사진협회 사무실 마련모금 운동에 200만 원 이상을 기부하였다.

7-9, 자암 김구 선생 서예대전 초대작가 회장으로 선임되었을 때, 협회기금 조성을 위해 50만 원을 기부하였고, 뺏지 200개 및 회장직인을 사비로 제작하였다.

7-10, 천안시민의 문화향상을 위하여 수석, 우표, 도자기, 문인화, 서예, 사진 등, 각종전시회만 110회 이상을 개최하였다.

7-11, 국제에어로빅 대회의 성공을 위하여 협력하였으며, 유관순 열사 추모웅변대회에도 무료심사로 봉사하였다.

7-12, 수지침으로 축농증, 급성위염, 관절염 등으로 고생하는 천안시민들의 고통을 덜어주는 봉사를 하였다.

7-13, 상고에서 이사 가며 버린 걸상 한 트럭분을 수거하여 수석전시회 때 사용한 후, 목천청소년수련원에 기증하였다.

8. 위와 같은 공로로 수많은 상장, 상패, 감사패, 공로패, 표창장을 수여받았다.

8-1, 캐나다교민회장, 필리핀교민회장, 문화관광부장관으로부터 감사패를 받았다.

8-2, 유엔으로부터 사회봉사 표창장을 받았다.

8-3, 문교부장관 표창장을 받았다.

8-4, 국민훈장 동백장을 받았다.

8-5, 교육감 공로패를 받았다.

8-6, 충남사립중고등학교장회 표창패, 천안시 교육회장 표창패. 대한사립중고등학교장회 표장패들 받았나.

8-7, 천안전국체전 공로로 문화관광부장관 표창장과

천안시장 감사패를 받았다.

8-8, 국제에어로빅 회장 및 웅변연맹 총재 감사패를 받았다.

8-9, 단국대학교 총장으로부터 감사패를 받았다.

8-10, 아세아태평양 웅변연맹 발기인으로 활동하였다.

제4부
가족과 함께 하는 삶

"내가 사회적으로 성공하고 많은 사람들로부터
존경을 받으며 살게 된 것은 오로지 아내의 덕이다.
그야말로 현모양처였던 아내가 없었더라면 결코 오늘날
나의 영광도, 자식들의 성공도 없었을 것이다."

(93) '그녀' 이야기

1956년에 한양공대 중등교원양성소를 졸업하고 국민학교 친구들과 어울려 놀았다. 친구들과 농촌계몽 연극을 공연하는 계획을 세웠다. 동국대 국문과를 졸업한 안진원이라는 친구가 시나리오를 써 왔다. 그는 성격이 소탈하여 동네 총각 처녀들에게 인기가 좋았다. 연습은 우리 집에서 하기로 했다. 연극 연습을 하고 공연 준비를 하면서 자연스럽게 한재호라는 친구를 만났다.

연극을 할 때 처음 봤지만 그때는 아무 생각 없이 지냈다. 그런데 임봉순 친구의 집에서 거의 매주 그녀를 만나 함께 놀았다. 해가 가면서 갈수록 더욱 더 아름다워 보였다. 마치 보름달같이 아름다웠다. 1960년도 봄 어느 날 봉순네 집에 놀러 왔을 때, 시간과 장소를 적은 쪽지를 남모르게 그녀에게 건네주었다.

그날 저녁에 설레는 마음으로 약속한 곳으로 갔더니 그녀가 나와 있었다. 그녀는, "왜 만나자고 했어요?"라고 물었다. 그래서 나는, "우리 서로 사랑할 수 있을까?"

라는, 마치 노래 제목과도 같은 질문을 했다. 그녀는, "나는 괜찮지만 삼촌에게는 안 되지 않아요?"라고 했다. 그녀는 전부터 나를 삼촌이라고 불러오던 터였다. 그녀는 그전부터 내가 좋아하고 있다는 사실을 다 알고 있는 것 같았다. 나는 솔직히 "당신을 사랑합니다."라고 고백했다. 그녀는 한참을 묵묵히 있더니, "나는 좋지만……."하고 말을 흐렸다. 그녀도 나를 좋아하고 있다는 것을 금방 느낄 수 있었다.

그때부터 같은 장소에서 자주 만나고 헤어지는 '본격적인 연애'가 시작되었다. 그렇게 세월이 지나다 보니 다른 처녀들도 알게 되었다. 나중에는 동네에서도 완전히 소문이 났다.

그 동네에 유지로 전직 천안경찰서장이 살고 있었다. 경찰서장의 부인도 이 소문을 들어서 알고 있었다. 그녀는 딸에게, "너는 저런 사람과 연애도 못하느냐?"며 딸을 꾸짖었다고 들었다. 물론 '저런 사람'이란 나를 가리킴이다.

그런데 문제가 생겼다. 큰형님이 우리 둘의 사이를 아시고 우리들이 가까워지는 것을 절대 반대하고 나섰으니 그야말로 큰 벽에 가로막힌 것이었다. 큰형님은 거의 아버지와 동격이었다. 큰형님의 말씀은, "네가 한양공대 교원양성소까지 나왔는데, 그 처녀는 겨우 초등학교 졸업이 전부 아니냐?"는 것이었다. 그러면서 한사코 결혼을 반대했다.

그러나 우리 둘의 사랑은 그 누구도 막을 수가 없었다. 드디어 우리는 갖은 고난 끝에 1962년 12월 9일 일요일 11시에 결혼식을 하기로 했다. 당시 내가 33세였고 아내는 9살 아래인 24세였다. 모든 동창들에게 결혼 날짜를 알렸다.

성환에서 제일 알아준다는 성환미장원에서 신부 화장을 하고 예식장까지는 택시를 타고 오기로 했다. 주례는 학교 육성회장이신 김익수 회장님께 부탁을 했다. 회장님은 직산읍내에서 소창 공장을 경영하셨는데, 아내도 그 공장에 다닌 적이 있어 회장님과도 절친한 사이였다. 예식장은 직산고등공민학교에서 하기로 했다. 축사는 국민학교 동창 전경하와 이재영이 하기로 했고, 축가는 조희분 학생이 불러주기로 했다. 사회는 우리 학교의 직원이 보기로 했다.

예식 시간이 되자 친구들과 많은 학생들이 왔다. 동네 분들이 많이 참석하셨고, 장인 장모님도 참석하셨다. 그렇지만 아버지와 어머니는 물론 큰형님도 끝까지 결혼을 반대하시고 참석하지 않으셨다. 참으로 섭섭한 일이었지만 어쩔 수가 없었다. 그래도 작은 형님들만은 참석해 주셨다. 예식이 끝나고 학교에 피로연 장소를 준비하고 하객들에게 국수를 대접했다.

택시를 타고 직산읍내 중앙 도로를 거쳐 집에까지 왔

다. 우리는 대청마루 건넌방에 신혼 방을 차리고 살았다. 그때만 해도 신혼여행은 유행되지 않은 때라 가지 않았고 갈 돈도 없었다.

큰형님은 재혼을 하셨다. 조강지처가 40세에 아이를 낳다 하혈을 많이 하여 돌아가신 것이다. 우리는 큰형수님으로부터 모욕을 당하기도 했다. 형수님은 아내가 안방의 장롱에서 담요를 꺼내갔다는 터무니없는 소리를 하며 아내를 구박하기도 했다. 우리는 그렇게 눈총을 주는 것도 참고 견디었다. 비록 같이 오래 살지는 않았지만 여러 가지로 불편했다. 그럼에도 불구하고 안식구는 동기간에게 잘 대해 주었고, 그래서 모든 친척들로부터 사랑을 받았다.

큰형님이 부모님을 우리 부부에게 맡기고 장사하러 송탄으로 이사했다. 그 옛날에 성환에 갔을 때 무당이 한 말이 생각났다. 그 당시 기억으로는, "너는 양 부모 모실 팔자야."라고 한 말이 점점 현실이 되어가고 있는 것이었다. 대개 무당이 하는 말은 미신이라며 믿지 않는 것이 보통이었는데 나의 입장에서는 무당의 말이 헛 말이 아닌 것 같았다.

(94) 자식들의 탄생

1963년 7월 16일 아내가 배에 통증이 온다고 해서 처갓집으로 데리고 갔다. 통증이 가라앉다 심해지기를 반복했다. 급기야 통증이 너무 심하다고 호소했다. 이튿날 새벽에 첫째 아들이 태어났다. 장모님이 아기를 받고 수건으로 깨끗이 닦아주셨다. 그 다음날 큰형님 친구의 아내 조길수 어머니가, "애기가 돌덩이 같고 아버지를 닮았네."라며 칭찬을 하셨다. 아내는 처갓집에서 한동안 몸조리를 하다가 집으로 왔다. 부모님께서 아기를 보시며 무척이나 좋아하셨다. 결혼식장에 오시지 않아서 한참 동안이나 서운했지만, 그런 마음이 일시에 사라지는 느낌이 들었다.

1965년 12월 11일에 아내가 가게에서 진통을 겪으며 새벽에 첫 딸을 출산했다. 그런데 애가 머리가 툭 튀어나오고 얼굴도 참으로 못생겼다. 내가 아내에게, "딸인데 저렇게 못생겨서 어떻게 하느냐?"고 석성을 했다. 동네에서도 잘 생겼다고 하는 사람이 하나도 없었다. 그런데 딸아이는 자라면서 점점 예뻐지더니 커 갈수록 애가 달라졌다. 나중에 국민학교 학생들이 물건을 사러 와서도, "어쩌면 애기가 이렇게 예쁠 수가 있어요?"라고들 했다. 그 때부터 우리 집이 '이쁜이네 집'으로 소문나기도 했다.

1968년 5월 26일, 아내가 둘째 딸을 낳았다. 자식을 두 번이나 낳아 봐서인지 이번에는 별로 고통을 겪지 않고 낳았다. 그런데 둘째 딸은 태어나면서부터 예뻤다. 그러자 '이쁜이네 집'이라는 소문은 더욱 더 크게 났다.

1979년 9월 2일, 둘째 아들을 낳았다. 이번에도 셋째와 같이 별 고통 없이 순산을 했다. 당시 사람들은 아들 둘, 딸 둘이 가장 이상적이라고 생각했다. 나 역시도 그런 시대관에 동의한다. 두 사람 주고, 두 사람 데려오니 결국은 플러스 마이너스 제로가 아닌가 말이다.

(95) 가게를 짓다

직산초등학교 동쪽 문 앞에 채소밭이 있었다. 거기다가 문구점을 차리면 잘 될 것 같다는 생각이 들었다.

1964년도 봄에 주인을 찾아가서, "여기에다 집을 짓고 장사를 해보려고 하는데 땅을 빌려 줄 수 있겠습니까?"라고 했더니, 주인은, "먹고 살겠다는데 어떻게 하나. 그냥 무상으로 사용해라."고 허락해 주셨다.

옛날부터 집을 지으면 동네 분들이 보통 하루씩은 봉사로 일을 거들어주었다 그 동네에 제자가 있었는데 내가 집을 짓는다는 소문을 듣고 하루 일을 해주겠다고 자청하였다. 그 제자의 아버지는 다음 날 아침 우마차를 가지고 와서 하루 종일 직산지소 옆 공터에서 흙을 실어 날랐다. 그리하여 그날 저녁 무렵에는 터를 다 메울 수 있었다.

그런데 땅의 서쪽 면에 급경사가 생겼다. 나는 다음 날 아침부터 장인어른과 함께 우마차를 가지고 인근 산에서 돌을 캐어다가 시멘트로 축대를 쌓아 올렸다. 저녁 무렵에는 군동리 동네 청년들이 와서 큰 돌을 동아줄로 묶어 여러 사람이 함께 높이 들었다가 놓았다가를 수없이 반복하며 땅 다지기 작업을 해주었다. 터를 재어보니 가게 두 칸, 방 두 칸 그리고 반 칸 방과 작은 부엌은 세울 수 있을 정도로 보였다.

직산 버스 정류장 아래쪽으로 논이 있는데, 논 주인에게 벽돌을 찍겠다고 양해를 구하여 승낙을 얻어냈다. 당시만 해도 인심이 좋을 때라 이웃에서 무엇을 하겠다면 반대하는 경우가 별로 없었다. 그저 상부상조가 미덕인 줄로만 알고 지내던 때였다.

나는 학교수업이 끝나면 큰 학생들을 데리고 논으로 와서 흙벽돌을 찍어냈다. 그리고 어느 정도 마르면 퇴근 후에 벽돌을 한줄로 높게 쌓고서 이엉(볏짚)으로 위를 덮어 놓았다. 그런데 그 해 봄에는 유난히도 비가 많이 와서 싸놓은 벽돌이 모두 비에 무너져 버렸다.

다시 학생들과 함께 벽돌을 찍어 놓았는데, 이번에도 큰 비가 와서 벽돌이 또다시 다 망가져 버렸다. 왜 이러한 혹독한 시련을 주는지 참으로 하늘이 원망스럽기만 했다. 나는 너무도 억울한 생각이 들어서 한동안을 울었다.

세 번째 도전을 할 때에는 나도 학생들에게 영 미안한 마음을 금할 길이 없었다. 그래서 아이들에게, "정말 미안하구나." 그랬더니 아이들은 이구동성으로, "선생님,

걱정 마세요."라고 대답하며 열심히 벽돌을 찍었다. 마침내 세 번 시도하여 완벽하게 말린 벽돌을 집터 현장에 옮겨다 놓았다.

재료를 살 돈이 없으니 동네에서 하루씩 봉사로 일을 해주어서 근근이 해나가는 공사였다. 지붕을 이을 짚을 동네에서 얻었는데 많이 부족했다. 양당리 작은 아버지 댁에 가서 짚을 우마차로 실어 오는데 짚을 어디서 조금 더 얻으면 좋을 것 같았다. 그때 마침 국민학교 청강생 때 함께 배웠던, 직산면 중리에 사는 친구가 생각났다.

그 친구네 집은 부자였다 오는 길에 들러서 내 사정을 이야기하고 짚을 좀 달라고 했는데 단칼에 거절하는 것이 아닌가. 그때 나는 내 인생에서 최고의 모멸감을 느꼈다. 얼굴이 화끈거리고 열이 나며 분을 이기지 못한 채로 짚 한 동만을 싣고 왔다. 그 이후로는 그 친구를 사람으로 생각하지도 않고 상대도 하지 않았다. 그가 못 사는 사람이라면 이해를 할 수 있겠지만, 그는 부자로 사는 사람이었다.

다행히도 동네 분들이 이리 저리로 잘 도와 주셔서 짚 준비는 완료되었다. 안성군 청룡사 인근 동네에 서까래가 있다는 이야기를 듣고 달려갔다. 주인에게, "직산고등공민학교 교감인데…." 하면서 사정 이야기를 했더니 그 분은 군말 없이 목재를 싸게 주셨다. 그 밖에 모든 목재는 사이스를 계산해서 적어갔다. 목재상 사장에게 그대로 달라고 했더니, "이것을 어떻게 알았느냐?"고 하기에, "1 사이스는 1치 각목에 12자가 아닙니까?" 했더니, "대단하십니다."라고 했다. 모든 것을 알고 가니 속지 않았고 천장에 댈 합판까지 필요한 것은 다 사왔다.

마침내 본격적인 집짓기가 시작되었다. 동창생 중에 전경하 친구의 작은 아버지가 목수였다. 그분이 오셔서 하루 종일 문틀을 짜고 가게 정문 기둥을 세워가면서, 다른 사람들과 벽돌을 쌓고 하여 그 다음 사흘 되는 날까지 다 끝낼 수 있었다.

하루 쉬었다가 그 다음날에 서까래까지 걸었고 지붕을 이엉으로 입혀 나가서 저녁이 되어서야 지붕을 다 끝마쳤다. 다음 단계는 방바닥에 구들을 놓는 것이다. 나는 전에 아버지께서 구들을 놓는 것을 본 적이 있었다. 먼저 공기가 굴뚝으로 잘 나갈 수 있게 나 혼자서 뒤쪽에 골을 깊이 판 다음에는 흙벽돌로 구레를 만들어 놓고, 그 위에 산에서 지황성이라는 친구와 함께 떠다 놓은 구들을 판판하게 수평으로 놓았다. 구들이 움직이지 않게 작은 돌을 틈새에 박았다.

안방은 가게 출입구에 연탄 아궁이를 만들고 뒤에 있는 방은 출입문 밑에다 연탄 아궁이를 만들었다. 굴뚝은 지붕높이 보다 높게 쌓아야 공기를 잘 빨아낸다. 봉사로 온 분과 함께 쌓는데 말리고 쌓다보니 삼일 걸려서야 다 끝낼 수 있었다.

시멘트와 고운 모래를 섞어서 내부 벽과 외부 벽 마감을 바르는데 또다시 이틀이 걸렸다. 전에 목수를 하셨던 분이 오셔서 가게에 출입문을 달았다. 이제 도배하는 일이 남았다. 나는 성환 장에 가서 벽지와 비닐장판을 사다가 안식구와 둘이서 천장과 벽에 도배지를 붙였다. 천장에 종이를 붙이는 일은 고개를 들고 해야 하기 때문에 한참을 하다보면 고개가 엄청 아프다. 건너 방까지 해서 이틀이 걸렸고 방바닥은 비닐장판을 깔았다. 건너 방까지 이틀이 걸려서 완성했다.

전에 목수를 하셨던 분이 오셔서 가게에 바닥까는 일을 해주었다. 각목을 수평되게 돌 위에 세우고 가로 세로 각재를 박고 송판을 깔았다. 안방 아궁이는 가게에서 올렸다 닫았다 하게 문을 짜서 달았다. 안방 천장과 작은방 천장에 합판을 붙이는데 가로 세로로 단단하게 대고 합판을 입혀 나간다. 봉사하는 사람과 둘이 하루 걸려서 완성했다.

가게를 짓는데 내 생애에 최고의 모멸감을 받았으며 최고로 고생했기에 잊을 수 없는 일이다. 오죽하면 김준용 친구가, "최형, 가게 짓는 과정을 소설로 쓰면 책 몇 권을 쓸 수 있을 것이다."라는 말까지 했겠는가.

(96) 마침내 이사하다

부모님을 집에 두고 맏아들 광섭이와 안식구, 이렇게 셋이서 간단한 살림을 가지고 이사를 했다. 원래 큰형님이, "내 집에서 아무 것도 갖고 가지 말라."고 하셨기에 우리 것만 갖고서 이사를 했다, 이사를 했어도 아내는 아래 윗집을 다니며 부모님을 봉양해야만 했다.

그때 마침 먼저 정인용 교장 선생님으로부터, "그 동안 월급도 못 받고 고생만 했으니 돈을 조금 준다."며 쌀 한 가마니 값을 돈으로 보내 온 것이 있어 그 돈으로 천안에 가서 물건을 사왔다. 아직도 가게 문은 해 달을 만한 경제적 여유가 없었다.

이튿날 아침 일찍 물건을 가게 마룻바닥에 펼쳐 놓았다. 등교 시간이 되니까 학생들이 가게로 몰려와 물건을 사기 시작하더니 금세 물건이 꽤 많이 팔렸다 저녁이 되면 물건을 다시 다 걷어서 방에 들여 놓았다.

물건이 떨어지면 천안에 가서 물건을 사오는데 그 짐을 가게까지 옮기는 것이 여간 힘든 일이 아니었다. 천안에서 물건을 사면 그 가게에서 천안 버스터미널까지는 실어다 주었다. 그런데 거기서부터 직산까지 만원 버스에 몇 보따리나 되는 물건을 싣고 탄다는 게 여간 힘드는 일이 아니었다. 어느 때는 버스를 못타고 놓치는 경우도 있었다. 그러면 그 다음 버스까지 또 한참을 기다렸다가 타고 와야 했다.

가끔은 내가 다녀오기도 하지만, 대개는 아내가 다녀올 때가 더 많았다. 나는 평일에는 학교 근무를 해야 하기 때문이다. 그때 아내의 고생은 이만저만이 아니었다. 그래도 아내는 오직 자식들을 잘 먹이고 가르치려는 마음 하나로 그 힘든 일을 마다 않고 해주었다.

가게 장사는 잘 되어서 얼마 지나지 않아 사람을 사서 문짝도 해 달았다. 가게가 번창하다보니 아내가 쌀 계도 들고 돈 계도 들고 해서 나날이 돈이 모이기 시작했다.

(97) 어려웠던 결혼 생활과 가족들의 애환

아내는 없는 집에 시집와서 형수님으로부터 고된 시집살이를 해야만 했다. 가게 집을 짓고 양가 부모를 봉양하느라 고생도 많이 했다.

천안에서 학용품을 사 오는데, 사람이 많아 버스를 타지 못타고 다음 버스까지 기다렸다가 타고 와야 하는 경우도 수없이 많았다. 말이 그렇지 그 고통이란 겪어보지 않은 사람은 모른다. 아내가 그렇게 억척스럽게 일 했기에 아이들만큼은 남부럽지 않게 사서 입히고 먹는 것도 잘 먹였던 것으로 기억된다.

아내는 원래 사교성이 뛰어나고 사람을 끄는 힘을 갖고 있어 모든 사람들이 좋아했다. 모든 가정의 경조사에 단 한 번도 빠진 적이 없을 정도였다.

둘째 형이 순천향병원에 입원했을 때도 여러 번 다녀왔고, 둘째 형수님이 치매로 안산 병원에 입원했을 때도 아이들을 데리고 다녀오기까지 했다. 큰형님이 담석증으로 서울 병원에 입원했을 때와 큰형수님이 무릎 수술을 했을 때에도 여러 번 다녀왔다. 셋째 형님이 폐암으로 단국대 병원에 입원했을 때에도, 큰처남이 당뇨병으로 고생할 때에도, 처남댁이 평택병원에 입원했을 때에도 여러 번을 다녀왔다

큰형님 돌아가시기 한 달 전부터는 하루걸러 송탄 병원을 다녀왔다. 청주에 사는 사촌 여동생의 남편, 매부가 아플 때에도 병문안을 다녀왔다. 2014년에는 사촌 여동생이 치매로 누워 있는 것을 알고 갔다 오자고 해서 같이 다녀오기도 했다. 친인척 경조사와 가족의 병원 입원 등, 기쁜 일이나 어려운 일이 있을 때 함께하는 것은 각자의 의무라고 생각한다.

아내는 내가 하는 일이 그렇게 많았어도 단 한 가지도 반대를 한 적이 없다. 내조를 잘 해준 아내에게 참 감사하다는 생각을 해 본다.

아내는 머리가 비상하다. 내가 국민학교 동창생들의 이름을 대지 못하는 경우 아내가, "그 사람 아무개 아니냐?"고 이름을 알려 주는 때가 많이 있었다. 그래서 나는, "머리 좋은 사람도 치매에 걸리는구나."하는 생각을 했다. 전 한일고등학교 교장이셨던 서인경 선생님의 머리도 아주 비상했는데, 그분 역시도 치매로 요양원에 입원했다는 소식을 들었다.

광섭이가 어렸을 때의 일이다. 한 번은 남산에 사는 국민학교 아이들끼리 싸워서 옷이 더러워진 것을 보고 아

내가 그 아이를 집으로 데리고 와서 깨끗이 씻어준 다음에 새로 하얀 셔츠를 입혀서 보냈다. 그랬더니 다음날 그 학생의 어머니가 집으로 찾아와서 감사하다고 인사를 하고 간 적이 있었다. 아내는 누구에게나 잘 해주려고 하는 마음씨를 가지고 살았다.

(98) 부모님이 돌아가시다

어머니는 해수병으로 오래 고생하셨다. 항상 누워서 기침을 하곤 하셨는데, 집 근처에는 가까운 병원도 없고 천안병원까지 모시고 가기도 힘들어서 병원을 자주 가지는 못하였다. 기껏해야 병원에 오래 근무하셨던 분을 불러 주사를 놓는 정도였다.

어디선가 미꾸라지에 얼음사탕을 끓여서 먹으면 해수병이 낫는다는 이야기를 들었다. 큰 형님, 셋째 형님과 내가 산직촌 가까이에 있는 웅덩이에 가서 물을 퍼내고 미꾸라지를 많이 잡았다. 얼음사탕이란 이름을 가진 사탕이 있었는데 성환 시장에서 제일 큰 만화 상회에만 있었다.

집에 돌아와서 미꾸라지와 얼음사탕을 함께 고아서 드렸다. 그랬더니 소문대로 많이 좋아지셨다. 몇 번을 해 드렸던 기억이 난다. 그 때문인지 어머니는 몇 년 동안은 잘 지내셨다. 그러다가 몇 해를 지나니 병이 다시 도셔서 기침을 심하게 하셨다. 그 다음 해에도 미꾸라지를 해 드렸지만 별로 효과가 없었다. 어머니는 심한 기침 때문에 많은 고통을 겪으셨다. 내가 어머니를 닮은 것 같다. 기관지가 좋지 않으니 말이다

셋째 형이 송탄으로 먼저 이사 가고 후에 큰형님마저 장사를 한다고 송탄으로 떠나셨다. 큰집에는 아버지 어머니만 계셔서 나와 아내가 왔다 갔다 하면서 돌보게 되었다. 어머니는 큰 병원 한 번 가보지 못하고 1973년 3월 1일에 향년 77세로 돌아가셨다. 해수병으로 오랫동안 고생하신 것이 너무 마음 아프다. 지금도 어머니가 돌아가시기 전에, "좀 더 살고 싶구나."하고 하시던 말씀이 뇌리에서 떠나지 않는다.

형제들에게 모두 알리고 방축리 뒤 둘째 형님의 밭에 산소 자리를 마련했다. 그 당시에는 장례식장이 따로 없던 때라서 모든 장례 절차를 집에서 치러야 했다. 지금은 모두 죽었지만, 염은 이각근 친구와 윤석필 친구가 맡아서 했다. 상여를 메는데 사람들이 달려들지 않았다. 큰형님이 메겠다고 달려들었더니, 그때서야 사람들이 상여를 메게 되었다. 그때 나는 애경사에도 잘 살고 못사는 것이 뚜렷이 차별이 되는 세상이라는 것을 깨달았다.

3월인데 밭 사이에 눈이 하얗게 쌓여 있었다. 상여를 출발하면서 여러 번 상여 메는 사람들에게 노잣돈을 주었다. 그런데도 도랑을 넘어야 하는데 가지 않으면서 돈을 더 내놓으라고 장난을 치고 있었다. 준비한 봉투를 모

두 주었는데도 더 달라고 하는 것이었다. 그들은 노잣돈을 외상으로 하라고까지 했다. 어쨌든 우여곡절 끝에 장례를 무사히 마치고 삼우제까지 치렀다. 형제들은 돌아가고 아버지만 혼자 남으셨다.

아버지가 큰 집에 혼자 계시고 나와 아내가 왔다 갔다 하면서 보살펴 드렸다. 얼마 후 아버지가 둘째 형님 댁으로 들어 가셨다. 아버지는 백내장 때문에 고생을 하고 계셨다. 큰형님과 상의해서 수술을 하시도록 결정했다. 큰형님과 내가 아버지를 모시고 평택 도고 안과병원에 가서 수술을 해드렸는데 수술 경과는 좋았다.

아버지는 어머니가 돌아가시고 난 후 충격을 많이 받으신 것 같았다. 식사도 안 하시고 누워만 계시더니 나중에는 곡기를 아예 끊으셨다. 그러더니 1974년 10월 19일에 향년 83세로 눈을 감으셨다. 어머니가 돌아가신 후 꼭 1년 6개월 후에 아버지도 돌아가신 것이다.

자식으로서 임종을 하지 못했다. 자식된 도리를 하지 못해 애달픈 생각이 든다. 큰형님과 셋째 형님에게 알렸다. 큰형님이 전에 나에게 돈을 좀 달라고 했는데 사정이 있어 드리지 못한 일이 있었다. 그 일로 큰형님은 매우 서운해 하셨다. 정작 장례 당일에도 큰 아들이 장례를 치룰 생각은 안하고 오히려 형제간에 싸움이 벌어졌다. 형이 나를 죽인다고 하고, 나는 담을 뛰어 넘어가 숨고 하는 일이 벌어졌다. 나중에는 서로 이성을 되찾아 겨우 장례를 마칠 수 있었다. 아버지의 묘소는 어머니의 묘소에 합장을 했다.

'천성중학교 최 교감 부친 사망'이라는 소식을 듣고, 당시 현직에 있던 고등학교 최종철 교감 선생님의 아버지가 돌아가신 줄 알고 천안경찰서 보안과장을 비롯한 몇 사람이 조문을 온 해프닝도 있었다. 그들은 할 수 없이 인사만 하고 그냥 돌아갔다.

둘째 형님네 밭에 산소를 썼는데 형님의 사정에 의하여 밭을 팔게 되었다. 할 수 없이 화장을 하기로 결정하고 4월 5일 청명 일에 묘를 해체하고 현장에서 짚불에 화장을 하고 남산에 가서 뿌렸다. 부모님의 묘가 없다는 사실에 가슴이 아팠다. 내 산에 사당이라도 짓겠다고 형님에게 이야기했지만, 결과적으로 지금까지 못하고 있다. 효심이 부족했다는 생각도 들지만, 이제는 내 나이도 90을 넘기다 보니 할 능력도 없고, 그 일 해놓지 못한 것이 부모님에게 무척 죄송스럽기만 하다.

(99) 아들이 두 번이나 죽을 뻔 하다

큰 형님의 둘째 아들인 재섭이가 우리 가게에 놀러 왔다. 자고 나더니 새벽 일찍 재섭이가 광섭이를 구루마(현재의 캐리어)에 태우고 할아버지와 할머니를 뵈러 간다고 했다. 그런데 조금 있다가 숨이 턱에까지 차서 광섭이를 안고 달려오는 것이 아닌가. 어린 광섭이는 기절한 상태였다.

금성리를 갈려면 경사가 심한 곳이 있었는데, 구루마에 애를 태우고 내려가다 구루마가 굴러 떨어진 것이었다. 마침 집 아래쪽에 의사 선생님이 사셨다. 급히 애를 안고 달려갔다. 의사 선생님이 주사를 놓고 나서, "기절해서 잠시 정신을 잃은 것 같다."고 하셨다. 주사를 맞고 지어 준 약을 먹고 나니 얼마 후 정신이 돌아왔다. 천만다행이었다. 어린 아이가 죽는 줄 알고 온 집안 식구들이 크게 놀란 사건이었다.

조그마한 구멍가게를 하면서 아내는 아래의 가게로, 위의 살림집으로 종종거리고 다니면서 부모님 식사를 차려드려야 하고, 우리 식구 식사 준비도 해야 하니 여간 고달픈 일이 아니었다.

게다가 아버지는 약주를 무척이나 좋아 하셨다. 지금은 됫병 소주을 볼 수 없지만 그때만 해도 사람들은 됫병 소주를 많이 마셨다. 많은 양에 비하여 값이 쌌기 때문이다. 아마도 요즘 슈퍼에서 파는 '담금 소주'가 여기에 해당할 것이다.

아버지는 내가 됫병 소주를 한 병 갖다 드리면 한 잔 드시고 잠깐 나가셨다가 오시면 또 한 잔 드시고 해서 이틀 만에 다 드신다. 그러면 또 갖다 드린다. 그렇기에 성환 무당이 양 부모 모실 팔자라는 말을 했던 것 같다. 나는 두고두고 그 무당 할머니를 앞으로 일어날 일을 정확히 맞추시는 분이라고 생각했다. 미신이라고 할지는 모르지만 그냥 무시할 수 없는 일이었다. 또한 당시 무당 할머니가 하신 말씀 중, "90세 이상 살 거야."라는 말도 내가 지금 93세이니 결과적으로는 맞는 말이 되었다.

하루는 아침에 자고 일어났는데 몹시 어지럽고 매스꺼웠다. 아들 광섭이와 아내를 살펴보니 모두 정신을 못 차린다. 연탄가스 중독임을 직감하고 문부터 활짝 열어 놓았다. 그리고 밖으로 데려 나왔다. 시원한 공기를 마시게 하는 방법 밖에는 어떻게 대처할 방법이 없었다. 두 세 시간을 그렇게 맑은 공기를 마시니 모두 정신이 되돌아왔다. 참으로 위험한 고비를 잘 넘겼다. 아들은 두 번째

로 죽을 고비를 넘겼다,

최중식이라는 사람이 우리 가게가 잘 되는 것을 보고 자기도 가게를 하고 싶어 했다. 길 옆 방을 헐어 가게를 냈다. 그래도 친구인데다 먹고살려고 하는 일이라 미워하지 않았다. 그러다 보니 한 쪽에서 팔고 있던 것을 두 군데에서 나누어 파는 꼴이 되었고, 결국은 구멍가게 두 군데 모두 장사가 시원치 않았다. 물건을 해 놓으면 잘 팔리지 않고 나중에는 물건을 해 올 돈조차 없게 되었다.

.

(100) 큰 아들의 성장과 결혼 생활

큰아들 광섭이는 어려서부터 염소 소리 흉내를 잘 내서 어른들에게 인기가 있었다. 광섭이는 천안상고와 호서대 음대를 졸업했다. 광섭이 사촌형이 자동차 부품회사를 운영하고 있었다. 큰형님의 장손인 최완찬이 광섭이와 회사를 동업하고 싶다고 했다. 나는 초기 사업자금으로 2천만 원을 주고 동업을 허락했다. 얼마 후 사업자금이 부족하다며 광섭이가 집으로 내려왔다. 그 편에 5백만 원을 더 보내 주었다. 그로부터 또 얼마 지나지 않아 다시 아들이 내려왔다. 다시 5백만 원을 보내 주었다. 몇 달 동안에 무려 3천만 원을 날려 버린 것이다. 당시가 1980년대였으니까, 지금 돈으로 치면 몇 억 원도 넘는 거금이다.

광섭이가 집에서 놀고 있을 때 중학교에 같이 근무하던 김재순 체육선생님을 만나 취직을 부탁했다. 덕분에 양우중기에 취업이 되었다. 광섭이는 사교술이 좋아서 회사 성장에 크게 기여한 것 같았다. 몇 년 후 아들의 혼사 이야기가 오고 가고 하였다.

당시는 잔치 음식을 집에서 만들었고, 식당에서 국수, 술과 음료수를 준비하는 때였다. 집에서 동네 이웃 분들과 음식을 준비했다. 청첩장을 1,200장 돌렸다.

1991년 1월 20일 천안 목화예식장에서 예식을 올렸다. 시내버스를 한 대 전세 내어 직산 고향에 보내 고향 분들을 오시게 했다. 그날 1천 명 가까이 오신 것으로 알고 있다. 천안시청 총무과장이었던 박학재 친구가, "손님이 그렇게 많이 오신 결혼식은 처음이야."라며 "중학교 교감이 그렇게 대단한 줄 몰랐다."고도 했다.

아이들은 전세 얻은 집에 독립해서 살림을 차렸다. 나는 큰 아들의 결혼식을 치루고 나서, "그 동안 이런 저런 애경사에 열심히 쫓아다닌 보람이 있구나."하는 생각이 들었다. 부조라는 것이 없는 사람들에게는 서로 상부상조하는 것으로 좋은 문화가 아닌가 하는 생각이 든다.

지금까지 지내보니 큰며느리를 참 좋은 사람으로 점지해 주셨다는 생각을 자주 하게 된다. 내가 93세이다 보니 아무래도 거동이 불편하다. 며느리는 내가 서울을 가거나 원거리를 여행할 때면 꼭 나와 동행하며 나를 보살펴 준다.

지금의 이 자서전도 사실은 큰 며느리 덕에 세상에 나오게 된 것이다. 나는 그전부터 자서전을 쓰려고 했으나 엄두가 나지 않아 차일피일 미루고 있던 것을 며느리가,

"써보시라."고 해서 쓰기 시작한 것이다. 박사 며느리가 될 만한 사람임을 진작에 알았더라면 그때 반대하지도 않았을 것이다.

(101) 천안중기 회사를 인수하다

얼마 후 며느리는 첫 딸을 낳았다. 집안에 애가 없다가 생기니 온 식구가 손녀에게만 관심을 갖게 되었다. 그래서 학교에서 근무가 끝나면 손녀를 보려고 다른 일은 보지 않고 집으로 달려와서 손녀를 보았다. 그런데 손녀딸은 한 번 울기 시작하면 끝이 없었다. 하도 심하게 울어 충무병원에 데리고 갔던 일도 있었다. 하루 이틀이 아니었다. 자라면서 서서히 좋아지기 시작했다. 그 이후에 두 번째로는 아들을 낳았다. 대를 이을 손자를 봤으니 기쁘기 그지없었다.

하루는 아들이 서산에 중기회사가 있는데 동업을 하겠다고 돈을 마련해달라고 했다. 나는, "동업은 절대 안 된다."고 단호히 거절했다. 동업은 망하는 첫 걸음이라는 생각 때문이었다. 아들은 시무룩해 하더니 그냥 끝났다.

얼마 후 천안중기를 판다는 정보를 얻었다. 아들은 그것을 사서 운영했으면 좋겠다고 했다. 사업을 단독으로 한다기에 1억 원을 사업자금으로 대 주었다. 사업이 잘 되어서 1년 만에 대출금을 다 갚았다. 아들이 사교술이 좋은 덕분이라고 생각된다.

(102) 박사 부부 탄생하다

광섭이는 공부를 더 해보겠다고 하여 호서대학교 대학원을 졸업하고 박사과정에 들어가 5년 만에 박사 학위를 받았다. 직산면 군동리에서 처음으로 박사가 나왔다. 집안의 경사가 아닌가. 나는 고향 분들에게 크게 잔치를 베풀기로 했다. 메뉴 문제로 아내와 의견 차이가 있었다. 나는 국수로 하자고 했고, 아내는 밥으로 하자고 했는데 결국은 아내 말대로 밥으로 하는 것으로 결정을 했다.

고향에 전화로 며칠에 가겠다고 약속을 했다. 아내가 쌀, 고기, 과일, 음료수 등을 준비하여 갔다. 마을회관에서 주부들이 점심 식사준비를 하기로 했다. 고향 분들이 마을회관에 많이 모였다. 반가이 인사를 나누고 있던 중에 큰아들과 며느리가 도착했다. 큰아들은 박사 학위를 받은 후 회사 운영과 호서대 강의로 바쁘게 살았다. 아들에게는 딸과 아들이 있다. 딸은 호주에서 고등학교를 다니고 한국에 와서 연세대 동아시아 국제학부에 들어가서 졸업했다. 지금은 결혼해서 아들을 낳아 내게 증손자를 안겨주었다. 손자 최준호는 나사렛대학교 항공비지니스 학과에 다니다 2022년 11월 군에 입대하여 제대하고 지금은 모 회사에 다니고 있다.

큰며느리는 결혼을 하고 전셋집에 살았다. 아들이 천안중기를 사서 운영할 때는 회사 일을 도왔다. 그러더니 야간 대학을 졸업하고 호서대학원 청소년문화상담학 석사를 마쳤다. 그 후에 호서대학원 인재개발학 청소년문화상담전공 박사과정에 들어갔다. 졸업 논문 실험 연구를 하기 위해 천안, 서산, 세종의 다문화 외국인 여성과 자녀들에게 '동작을 통한 비언어적 의사소통'에 관하여 손녀 딸 가족과 온 가족이 함께 직접 실험 연구를 했다.

큰며느리는 2019년 2월에 교육학박사 학위를 받았고, 그렇게 하여 마침내 박사 부부가 탄생하였다. 큰 며느리는 박사 과정을 공부하면서도 시어머니를 정성껏 간병하였다.

아마도 2021년의 일이었을 것이다. 한국연구재단에서 공고한 연구지원사업에 큰며느리의 논문이 선정되어, "미래에 희망이 있는 논문으로 연구할 가치가 있다."는 평기를 받고 1,400만 원을 지원받았다. 끊임없이 연구를 하며 노력하는 큰며느리의 모습이 대견하기만 하다.

(103) 첫째 딸 영미와 둘째 딸 경미

첫째 딸 영미는 단국대학교 천안캠퍼스에서 국문학을 공부했다.

손녀딸들은 모두 미국에서 공부를 잘하여 UC Davis와 UC Irvine을 졸업하였고, 지금은 직장생활을 하고 있다.

둘째 딸 경미는 순천향대학을 졸업하였고, 손녀딸은 미국에서 대학을 졸업하고 한국으로 돌아와서 현재 외국 회사에 근무하고 있다.

(104) 둘째 아들 주섭의 가정생활

1977년 5월 5일 광섭이에게 가게를 맡겨 놓고 영미, 경미, 주섭이와 우리 부부가 에버랜드로 놀러 갔다. 주섭이에게는 형한테 이야기하지 말라고 했는데 바로 형에게 일렀다. 그런데 광섭이는 화도 내지 않고 잠시 서운한 기색만 비칠 뿐이었다. 그 다음에는 가게 문을 닫고 애들 넷을 데리고 현충사를 다녀온 일이 있었다. 아이들 모두 솔직하다는 것을 다시 한 번 느꼈다.

주섭이는 순천향대학교 환경공학과가 신설되었는데 여기에 지원하여 합격하였다. 그리고 대학 졸업 후에는 대학원 환경공학과에 들어갔다. 학교를 다니면서 공사 현장에 다니며 검사 업무를 하였다. 교수님이 출장 처리를 하면서 활동할 수 있는 경비를 지원해 주셨다. 학비는 아들이 스스로 벌어서 해결했기 때문에 학비 걱정은 하지 않았다.

주섭이는 학교를 졸업하고 법인회사를 차렸다. 그런데 이사들과 의견이 맞지 않아 회사를 넘겨주고 나와서 다시 법인회사를 차렸다. 하루는 아들이 결혼을 하겠다고 했다. 축산 농협에 근무하는 아가씨였다. 양가 부모가 상견례를 하면서 신부감을 보았다. 아가씨가 참한 것 같았다.

2001년 3월 18일 일봉예식장에서 결혼식을 올렸다. 둘째는 회사를 운영하면서 모은 돈으로 집을 샀다. 모자란 돈은 큰아들 광섭이가 보태 주어 해결하였다. 막내까지 결혼을 시켰으니 이제 큰일은 다 치렀고 그저 자식들이 잘 살기만 바라는 심정이었다.

주섭이가 첫째 딸을 낳았다. 나는 내심 아들 낳기를 바랐지만 어디 그게 사람의 마음대로 되는 일이던가. 감사하게도 두 번째는 아들을 낳았다. 나는 너무 기뻐서 꽃다발을 사 들고 산부인과에 찾아갔다. 며느리에게 꽃다발을 주면서 효도했다고 칭찬해 주었다.

며느리는 집에서 10년간 육아에만 힘쓰다가 극동유화주식회사에 취업하여 일과 육아를 병행하며 살았다. 그러던 중 2020년 6월 10일에 새 집을 사서 이사를 했다. 살던 집을 팔아보니 처음 살 때보다 2억이 오른 것 같았다. 올해에는 대학원에 입학을 했다. 아주 잘한 일이다.

손녀딸은 서울 성신여대 자연과학대학 수리통계데이터사이언스학부 3학년 학생이고 작은 손자는 수원 아주공대 산업공학과 1학년 학생이다. 그런데 우리 아이들은 부모님들이 어떻게 하자고 하면 거절한 적이 없을 정도로 부모의 말에 적극적으로 순종하고 있다. 지금까지 부모의 말이라면 천금같이 생각하며 따라주고 있어, 할아버지의 입장에서 그저 감사하게 생각할 뿐이다.

(105) 자식들 모여 식사하기

아이들이 결혼을 하고 따로 살다 보니 자주 모이기가 어려웠다. 자식들 간의 우애와 할아버지 할머니와의 친숙한 관계를 유지하기 위하여 매주 토요일에 우리 집에서 모여 다함께 저녁을 먹기로 했다. 그러다 보니 사촌 간의 우애도 좋아졌고, 할아버지 할머니와 손자들 간에도 친숙해 질 수 있게 되었다. 그래서 나는 그 후에도 이것만은 철칙으로 알고 지켜 왔다.

손자들과의 관계를 돈독하게 하기 위해 한 달에 한번은 손자들에게 용돈을 주었다. 2017년부터 우리 집이 재개발로 들어가는 관계로 더 이상은 하지 못했다. 지금 생각을 해봐도 너무도 아쉬운 일이다. 독자 여러분들도 한 번쯤은 생각해볼 문제이다.

(106) 아내와 함께한 여행

결혼을 하고 신혼여행을 가지 못한 것이 결혼 생활 내내 마음에 걸렸다. 날을 잡아 아내와 여행을 하기로 했다. 무작정 버스를 타고 강원도로 떠났다. 어디인지도 모르는 무슨 동굴에 들어갔다. 동굴을 구경하고 식물원, 광산, 관광단지를 돌아보았다. 여관에서 하루 잠을 자고 다음날 발걸음 내키는 대로 갔다. 3일간 관광코스를 다니며 많은 곳을 다니고 집으로 돌아왔다.

1975년 10월 초에는 부여 부소산에 올라가서 삼천궁녀가 떨어져 죽었다는 낙화암과 고란사를 관광하고, 대전 만수대를 거쳐 동학사를 관람했다. 1977년 10월에는 속리산 법주사를 거쳐 산길을 걸어 만장대까지 올라갔다. 속이 뻥 뚫리는 기분이었다. 아내가 경주를 가자고 해서 불국사 다보탑을 구경하고 석굴암에도 올라가고 첨성대와 왕릉을 구경하였다.

1997년 12월 29일에는 통일교회의 협조로 아내와 미국으로 떠났다. 밤새워 비행기를 탔다. 통일교회에서 운영하는 호텔에 숙박하였고 국회의사당 등을 들러보며 10박 11일의 일정을 마치고 돌아왔다. 그 일로 통일교회 여행 책임자를 잘 알게 되었고, 다음 해 서울역 앞의 호텔에서 통일교 전 세계 모임 행사에 참여했다. 문선명 교주가 인사말을 하고 세계 각 나라의 전직 대통령들이 축사를 했다. 그 일을 통하여 통일교회가 대단한 것을 알게 되었다.

천성중학교 교무과장으로 있던 오홍식 선생님 내외가 함께 제주도에 여행을 다녀오자고 했다. 오 선생님의 차로 완도에 가서 배에 차를 싣고 제주도까지 갔다. 여관에서 하루 밤을 지내고 다음 날 한라산에 올라갔다. 한라산 정상까지 걸어 올라가니 백록담에 물이 고여 있었다. 기념사진을 찍고 다시 내려왔다. 내려오는데 무릎이 아프기도 했다 .하루 밤을 자고 해변도로를 일주했다. 배를 타고 완도에 와서 차로 천안으로 왔다. 오 선생님이 차를 계속 운전하느라 수고를 많이 하셨다.

(107) 아내의 고달픈 투병 생활

아내는 2010년경부터 골다공증이 있었고 무릎 관절 때문에 고생을 많이 했다. 서울 영등포에 무릎 관절 치료를 잘 한다는 병원이 있었다. 천안에서 전철을 타고 영등포역에 하차하여 시내버스를 타고 한참 가야 한다. 병원에서 정밀 검사를 하고 치방전을 받고 병원 옆의 약국에서 약을 조제 받는다. 근처 식당에서 점심을 먹고 다시 시내버스를 타고 영등포역에서 전철을 타고 천안까지 내려온다.

약은 보통 두달 분을 한꺼번에 주는데 약이 떨어지면 아내를 데리고 병원에 가서 처방받아 약을 지어온다. 1년 이상 다녔는데도 잘 낫지 않았다. 온양에서 병천가는 방향에 우리들병원이 있었다. 그 병원에 몇 번 다니니 수술을 하라고 하는데 하지 않았다. 아내가 치매 걸려서 입원했을 때에도 무릎 관절에 좋다는 주사를 몇 번 맞았다.

2008년 아내가 보건소에 들러 진료를 받았는데 치매

가 올 수 있으니 큰 병원에 가서 진료를 받으라고 했다. 바로 단국대병원 정신과에 들러서 보건소 진료내용을 전달하며 검사를 했다. MRI를 찍어 보고 뇌를 분석해 보자고 했지만 아무런 변화도 없었다.

중국한의원에 가서 기운이 없고 탈진 상태가 오면 진찰하고 침을 맞고 약을 지어 먹었다. 아내는 약을 먹을 때에는 좀 괜찮다가 또 아프곤 했다. 진찰과 침 맞기, 약 지어먹기를 수차례 반복해서 다녔다. 천수당 한약방에도 다녔다. 한의사는 육촌 동서이기도 하다. 근력이 없을 때 여러 번 보약을 지어 먹었다. 치매에 걸린 후 치매 치료를 위한 침도 많이 맞았다.

2008년경에 아내가 오른 쪽 귀가 아프다고 해 단국대병원 이비인후과에 갔다. 검사를 하고 수술을 해야 한다고 해서 수술을 했는데 잘 들리지 않는다고 했다. 어쩔 수 없다는 것이다. 보청기를 130만 원을 주고 맞춰 끼워 주었는데 그것도 분실하고 말았다. 그 후에는 해 주어도 별 소용이 없었다. 그 후에 또 130만 원을 주고 해주었는데 그것도 혜강병원에서 분실했다. 그 후에는 더 이상 해주지 않았다. 병이 심해서 소용이 없어서이다.

아내는 귀 때문에 고생을 많이 했는데, 귀만 문제가 아니었다. 눈도 좋지 않다고 해서 천안의 김안과에서 진료를 받았다. 눈동자에 황반변성이 생겨서 치료를 받으라고 했다. 2주에 한 번씩 병원을 다니면서 1년 동안 치료를 해도 좋아지지 않았다. 아내는 참으로 병치레를 많이 했다.

아마도 많이 배운 사람을 얻었다면 오늘의 나는 없었을 것이다. 못 배운 사람이 효도한다고, 많이 못 배웠기에 동기간에게 잘하고 나에게도 잘한 것이다. 나는 아내를 만난 것을 후회해 본 적이 없다. 참으로 심성이 고운 사람이다. 그저 고마울 뿐이다.

(108) 가장 몹쓸 병, 치매

2013년 쯤에 천안시 노인종합복지관에서 사진 수업을 받고 있는데 전화가 왔다. 그날은 초겨울 첫눈이 내린 날이었다. 아내가 스포츠댄스를 하러 가다가 천안중앙도서관 앞 빙판길에 넘어져 팔이 부러졌다고 한다. 한마음 정형외과에서 응급조치를 하였는데, 큰 병원으로 가라고 했다. 아들과 며느리가 단국대병원 응급실로 와서 수속을 밟았다. 응급실에서 수술실로 이동해서 전신 마취를 하고 수술을 했다.

수술 후 이상한 행동을 하기에 간호사에게, "환자가 마취제를 맞으면 엉뚱한 짓을 하는 경우가 있나요?"라고 물어 보았더니, "그런 일이 간간이 있다."고 했다. 그런데 그것이 치매로 인한 행동이었다는 사실을 나중에야 알았다. 치매는 충격을 받을 때마다 심해지는 병이라고 한다. 약 일주일 후에 퇴원을 했다.

2014년에 아내의 치아가 안 좋아서 아들 친구가 하는 치과 병원에 가서 이를 해 박았다. 그런데 말을 더듬는 것이다. 아내는 이를 해 박아서 그렇다고 하고, 의사 선생님은 이 때문에 그런 것이 아니라고 하니 누구 말이 맞는지 모르겠다. 아내는 그 때부터 말을 더듬었다. 친구들로부터 서울 어느 치과병원이 말 더듬는 환자들을 잘 본다고 해서 아내를 데리고 서울로 찾아갔다. 여러 가지 검사를 하더니 의사는, "치과와는 관계가 없는 병입니다."라고 진단했다. 허탈한 마음이 들었다.

2014년 하반기에 치매가 심해져서 단국대병원에 입원해서 검사를 했다. 담당 의사는 치매라고 하지 않았는데 보조 의사는 나에게 오더니, "치매가 확실합니다."라고 했다. 보조 선생님에게, "치매라고 말을 하면 본인이 놀랄 수 있으니, 그 말은 하지 말아 달라."고 부탁했다. 의사는, "그렇게 할 수 없습니다."라고 단호히 거절했다. 아내는 10여 일 입원했다가 퇴원했다.

2014년 연말에 퇴원한 지 얼마 안 되어 다시 입원을 했다. 입원 도중에 침대에서 떨어져 허리를 다쳤다. 사람은 아프다고 난리를 치고 의사 선생님은 오지 않아 간호사에게 항의를 했다. 사람이 아파 죽겠다고 하는데 와보지도 않고 당신들이 할 도리를 다 했냐고 호통을 쳤다. 기자회견을 요청해 세상에 알리겠다고 했다. 원장 선생님 면회를 하자고 해도 안 되었다. 의대 2층으로 가 보라는 것이었다.

단국대학교 의과대학 2층으로 올라갔더니 무슨 일로

오셨냐고 물었다. 전후 사정을 이야기 했더니 1시간 만에 시술실로 옮기라는 지시가 떨어졌다. 침대에서 떨어질 때 충격을 받았으니 더 심해지는 것은 당연했다. 한 시간 이상 지난 다음에 병실로 다시 왔다. 그때부터 아내의 치매는 더 심해지기 시작했다. 아내는 다시 10여 일 만에 퇴원했다.

아내는 밤이면 자지도 않고 이불보에 모든 옷을 싸서 밖으로 나가려고 한다. 이불보를 풀어 놓으면 또 싸고……. 참으로 안타까운 일의 반복이었다. 밤에도 자지 않으니 그런 아내를 돌보느라고 밤을 꼴딱 새고 나면 나도 지친다. 그러면 사진으로 찍어 다음날 단국대병원 담당 의사에게 사진을 전달해 드린다. 일거수일투족을 사진으로 찍어 병원에 제출해야 했다.

하루 이틀 하는 것도 아니니 화가 나는 때도 있었지만 그래도 본인 정신으로 하는 것이 아니니 어찌할 수가 없었다. 아내가 제 정신이 아닐 때에는 힘이 장사다. 아마도 무슨 초인적인 힘이 나오는 모양이었다. 옷을 싸서 밖으로 나가려고 하면 말릴 수가 없다.

그런 증세는 날이 갈수록 점점 더 심해져 갔다. 뻔히 제 정신이 아니라서 그러는 것을 알면서도 나도 모르게 욕이 나온다. 큰아들에게 전화하여 병원에 입원시켜야 되겠다고 하여 다시 입원을 시켰다. 이 고통을 누가 알까? 간병하는데 참으로 말할 수 없을 만큼이나 고생했다.

(109) 이별이 가까워졌다

2014년 12월 말일 경이었다. 다시 입원을 시켰다. 이제는 간병인과도 다투며 심지어 욕설까지도 한다. 요양병원에 가기로 하고 성정동에 있는 요양 병원으로 옮겼다. 건강보험공단 담당자가 와서 여러 가지 정황을 살펴보고 치매 3급으로 판정했다. 거기서 보름 정도 있다가 혜강요양병원으로 옮기기로 했다.

혜강병원으로 옮기려 하니 병실이 없다고 하는 것을 병원 업무과장을 잘 알고 있어서 연락하여 입원시킬 수 있었다. 원장 선생님이 진단해 보았는데, 그동안 약을 먹어서인지 안정을 찾는 것 같았다.

그때 작은 아들이 치매 보험을 들은 것이 있어 보험을 신청했다. 6개월간 치매약을 먹은 증거가 있어야 한다고 한다. 그래서 단국대병원에서 지금까지 몇 년간 치료한 기록부를 전부 떼어 와서 서울 보험사에 제출했더니, "단국대에서 지금까지 치매 약을 단 하루도 쓴 적이 없다."는 것이 아닌가. 결과적으로 보험료를 타지 못했다.

요양병원에 입원해서부터는 가능하다고 했다. 그 후에 혜강병원에 입원해서 치료를 받았다. 요양병원에서부터 시작하여 혜강병원까지 6개월 약 먹은 기록을 모두 떼어 제시하고 보험금 2천만 원을 탔다. 그 뒤로는 약을 올바로 썼는지 아내는 더 이상 엉뚱한 짓은 하지 않았다. 퇴원을 하고 집에서 요양했다.

내가 예절 교육 관계로 서울에 가면 전화를 해 본다. 그러면 아내는 전화를 잘 받는다. 저녁때가 되면 아내를 데리고 집 옆에 있는 둑으로 가 운동을 시킨다. 몸이 한쪽으로 쏠린다. 그럴 때는 의사 선생이 처방해 준 약을 먹인다.

하루는 내가 잠이 안 와서 아내가 먹던 잠 오는 약을 먹었더니 다리가 후들거리고 떨렸다. 그때까지만 해도 약 때문에 몸이 한 쪽으로 쏠리는 것을 몰랐다. 내가 약을 먹어 본 뒤에서야 늦게 깨달았다. 그 이후 의사 선생님이 바뀌었다.

주간보호센터에서 연락이 왔다. 매일 아침 9시면 모셔가고 저녁 5시에 모셔 오는 곳이다. 아침 저녁은 집에서 내가 밥을 지어 생선과 같은 반찬을 마련하여 같이 먹었다. 집에 있을 때는 체중이 올라간다. 내가 먼저 일어나 밥을 짓고 있으면 아내는 늦게 혼자 일어나다 넘어지기도 하고 이마가 터지기도 한다. 그런 모습을 보면 안타깝고 속이 상할 때가 많다. 어느 때는 너무 속이 상해 욕이 나올 때도 있다. 그러고 나면 바로 후회가 뒤따른다.

참으로 고통스러운 세월의 연속이었다. 연애를 할 때에는 백년해로 하자고 굳게 약속을 했건만, 어찌하여 우리들의 운명이 이렇게 바뀌었는지 모르겠다. 통탄할 일이다. 주간보호센터에 거의 2년 동안 다닌 것으로 기억한다. 주간보호센터에 다닐 때 식사에 신경을 많이 썼다. 그래서 석산장 돼지갈비 집에 많이 데리고 다니며 고기를 먹도록 했다. 아내는 갈비를 잘 먹었다. 수시로 데리고 다니면서 먹였더니 아내의 체중이 늘었다.

내가 서울에 가고 없을 때였다. 아내 혼자서 승합차를 타려고 내려갔다가 넘어져 다른 분들이 파출소에 신고를 했다. 파출소에서 아내를 병원에 데리고 가서 치료를 해 주신 적이 있다. 나는 늘 세밀하게 단속을 하지만 사고는 그야말로 눈 깜박할 사이에 일어난다. 치매환자는 어느 때 사고가 일어날지 예측할 수가 없다.

2018년 10월에 다시 혜강병원에 입원시켰다. 아내의 몸은 쇠약할 때로 쇠약해져 있어 이제는 말도 잘 못했다. 내가 누구냐고 하면 어떤 때는 "남편이요."라고 제대로 답변하는 때도 있었다.

매일 오후면 병원에 들러 요구르트나 딸기 같은 간식을 준비하여 먹이고 데리고 나와서 병원 복도를 서른 바퀴씩 운동을 시키고 돌아왔다. 내가 해 줄 수 있는 것은 그것이 전부였다. 나는 하루도 거르지 않고 병원을 다녔다. 그러자 병원에 소문이 났다. "여기 계신 분 중에 선생님 같이 매일 오시는 분은 한 분도 없다."며 간호사들도 아내에게 잘 해 주었다. 나도 무척 고맙게 생각하여 여름에는 수박도 몇 통 사다 주고, 어떤 날은 바나나를 사다 주곤 했다.

아내 간식을 사다 주면 간호사들이 냉장고에 보관 후 꺼내주곤 했다. 나로서는 고맙기 한이 없었다. 매일 개미 쳇바퀴 돌듯하는 일상생활이다. 88세 나이로 매일 간병을 하다 보니 나도 힘에 겨웠다. 자식들은 아버지가 그렇게 힘든 줄은 꿈에도 생각하지 못했을 것이다.

그렇게 6개월이 흘렀다. 하루는 큰아들하고 큰며느리가 집에 왔기에, "늙은이가 매일 간병하기가 너무 힘이 드니 너희들 형제가 주말은 맡아 주었으면 좋겠다."고 했다. 아들이 동생하고 상의해 보겠다고 했다. 그래서 그때부터 주말과 주일에는 내가 가지 않고 아들들과 며느리들이 돌봐 주었다.

(110) 아내와의 영원한 이별

2018년 10월경에 바나나를 사서 가지고 갔다. 그런데 아내가 바나나를 먹다가 목에 걸리고 말았다. 당황하다 보니 옆에 수도가 있는데도 물을 먹일 생각을 하지 않고 간호사에게 연락을 했다. 간호사가 급히 담당 의사를 부르더니 호스를 목에 넣는데 숨을 쉬지 못하니 얼굴이 하얗게 변하였다. 해 넣은 이까지 빠졌다. 호스를 목에 넣어 바나나를 빨아내자 얼굴 색깔이 원상대로 회복되었다. 죽는 줄 알고 얼마나 놀랬는지 모른다.

아내는 큰 충격을 여러 차례 겪으면서 운동도 제대로 하지 못했다. 점점 몸은 쇠약해지고 급기야 병원에서 오라고 해서 갔더니 여기서 더 있기가 무리하며 호흡기 시설이 되어있는 내과 병원으로 옮기기를 권유했다.

11월경에 앰뷸런스가 와서 한마음요양병원으로 모셔 갔다. 병실을 옮기고 매일 오후에 들려 본다. 간병사가 식사는 잘 하신다고 했다. 거의 한 달이 되자 어느날 갑자기 식사를 잘 하지 못한다는 말을 들었다. 바나나 사고

만 없었더라면 그렇게까지 나빠지지는 않았을 것이라는 생각에 후회가 밀려왔다.

2018년 12월 3일 집에서 잠을 자고 있는데 큰아들이 전화를 했다. 급히 병원으로 오라는 연락이었다. 일은 났다고 생각하고 급히 병원으로 달려갔다. 큰며느리가 어머니 손을 잡으라고 해서 손을 잡았다. 4년 이상을 고생한 보람도 없이 밤 11시 57분에 원장 선생님이, "숨을 거두셨습니다."라고 말했다.

큰아들에게 하늘공원 장례식장으로 연락하게 했다. 거기에 제자가 근무하고 있었고 교통이 편리해서 그곳으로 가려고 했다. 그런데 빈소가 없다고 했다. 할 수 없이 단국대병원 영안실로 연락을 해서 특실로 가기로 했다. 여러 해 동안 자식들이 고생을 많이 했다.

아내가 세상을 뜨고 보니 인생이 허무하다는 것을 느꼈다. 초년에는 앞날이 멀게만 생각되었고 인생이 짧다는 생각은 해 보지 않았는데, 막상 당하고 보니 인생이 짧다는 것을 알게 되었다. 사람을 떠나보낸다는 것이 이렇게까지 어려울 줄은 몰랐다. 가슴이 찢어지는 고통이란 바로 이런 심정이리라.

부모님이 돌아가셨을 때에도 이러한 마음이었나 하는 생각이 들었다. 앞으로 자식들이 잘해 주겠지만 아내가 옆에서 보살피는 만큼이야 하겠는가. 연애 시절에는 영원토록 살 것만 같았는데 그 행복했던 시간은 그야말로 순식간에 흘러갔다. 서로 사랑할 때에는 뜨거운 몸이었는데 지금은 싸늘하게 식은 시체로 변해 있으니 말이다.

그동안 안식구가 가족들을 위해 고생을 한 장면들이 주마등처럼 떠오른다. 첫째로는 자식들을 잘 먹이고 잘 입히고 잘 가르치고, 둘째로는 내가 하는 일이면 반대 한 번 해 본 적이 없는 아내였다. 그 덕분에 내가 이만큼 사회적으로 알려졌음을 고맙게 생각하고 연신 속으로 기도가 터져 나왔다.

"감사합니다. 하늘나라에서 편안히 계십시오. 저도 머지않아 당신의 뒤를 따라갈 것입니다. 다시 만난다면 그때에도 당신과 결혼을 할 것입니다."

(111) 아내의 장례식 풍경

2018년 12월 4일 상복을 대여 받고 연락을 시작했다. 한국예절교육협회 김원동 학회장은 연락이 안 되어 안타까웠다. 천성중학교, 천안상고 친목회, 사진작가협회 천안지부, 수석회, 석향회, 도솔회 등에 연락을 했다. 가족들은 관계된 사람들에게 서로 연락을 했다. 그 이튿날부터 손님들이 오셨다. 조화들이 끝없이 들어왔다.

공주시 사곡면 유룡리 사람들에게 묘지 조성을 위한 장비와 사람들을 부탁했다. 아침에 장의사와 만나 산에 가서 산소와 좌향, 그리고 몇 가지 당부사항을 알려주었다. 6일 아침에 묘역을 만들기로 약속했다.

염습은 아내가 불교 신자여서 불교식으로 했다. 가족 모두 엄숙한 마음으로 끝까지 지켜보았다. 염하는 순간 앞으로 그 아름다웠고 착한 사람의 얼굴을 다시는 볼 수 없다는 생각을 하니 더욱 가슴이 아프기만 했다. 5일 저녁에 손님들이 몰려왔다. 장의사가 장시묘역은 장의사들이 하는 게 좋겠다고 했다.

6일에 일어나니 흰 눈이 소복하게 쌓였다. 아침 식사를 하고 발인이 시작되었다. 발인을 끝내고 고속도로로 해서 산으로 출발하여 산에 도착하니 우리 산 옆에 집을 조성하려고 터를 닦아 놓은 넓은 장소가 있었다. 그곳을 임시 식당 자리로 썼다.

작은 아들 친구들이 시신을 운구해서 묘지로 옮겼다. 하관을 하고 관 위에 불교식으로 꽃을 늘여 놓아 아름답게 만들었다. 꽃으로 불교 마크와 상하에 꽃 장식으로 만들어 놓으니, 보는 이로 하여금 마음의 안정을 주는 느낌이 들었다. 폐백을 올리고 묘지 조성을 하고 산소에 봉분을 만들고 제를 올렸다. 유룡리 산소를 주관한 사람을 산으로 올라오게 했다. 부인이 올라왔는데 인사를 하고 극구 거절하는 데도 일당 금액 50만 원을 드렸다.

삼우제 날에도 눈이 왔다. 장례 날과 삼우제 날 모두 눈이 온 것은 우연의 일치가 아니라 살아서 순결하고 고결했던 사람의 마음이 담겨 있지 않나 하는 생각이 들었다. 음식을 준비하고 가족들끼리 갔다. 조촐하게 삼우제를 지내고 오다가 중국요리 잘 하는 데가 있다고 경미 신랑이 이야기해서 맛있게 먹고 집으로 돌아왔다.

장례식 결산을 해 보니 조화가 90여 개, 조문객이 900여 명이 왔다. 9월 17일에 천안시 서북구 백석3로 69, 주공 그린빌 101동 804호로 이사 왔다. 아내가 죽지 않고 함께 왔으면 얼마나 좋아 했을까 하는 생각을 했다.

아내가 세상을 떠나고 난 후 2019년 12월 22일 천안사랑 전국사진공모전에서 금상을 수상을 수상하고 상장과 상패를 들고 아내의 묘소를 찾아 갔다. 술을 한 잔 올리고 당신이 뒷바라지를 잘 해 주어 오늘의 영광이 있었다고 고맙다는 인사를 하고 집으로 돌아왔다.

(112) 가족들이 바라본 아버지의 모습

(111-1) 첫째 아들 광섭이 아버지께 올리는 감사의 말씀...

충남 천원군 직산면 군동리 325번지. 직산초등학교 정문 앞 문방구의 주소이며 아버지와 어머니, 나 그리고 세 명의 동생들이 살던 곳이다. 아버지가 직접 지으셨다는 스레트 지붕의 집. 아버지는 중학교에 교사로 근무하셨고 어머니는 문방구를 운영하셨다. 덕분에 시골이었지만 다른 친구들보다는 훨씬 유복한 환경에서 유년시절을 보냈다.

초등학교에 입학하기 전에는 아버지를 따라 중학교 수학여행에 동행하여 경주, 부여, 설악산 등 여러 곳 들을 다녔던 기억이 생생하다. 정말 잊혀 지지 않는 것은 4남매가 모두 초등학교부터 고등학교까지 12년 동안 결석이나 조퇴를 한 번도 하지 않고 개근상을 탔다는 것이다. 아버지의 엄격하고 철두철미한 성격을 극단적으로 보여주는 예이기도 하다.

그런 아버지이셨지만 인생에서 단 한 번 실수를 하신 적이 있다. 죽마고우였던 친구 분에게 거의 전 재산을 사기를 당하신 일이다. 그 일로 인해 어머니는 화병까지 얻어 힘들어 하셨고 경제적 상황도 좋지 않았었던 기억이 있다. 나는 이 일로 인해, 사람을 너무 믿지 않아야 한다는 교훈을 얻었다. 그리고 자신의 인생에서 남에게 피해를 주는 일을 하지 않을 것을 다짐해 본다. 다른 사람에게 막대한 재산 피해를 주면서 자신은 편하게 살 수 있을까 생각해 본다.

그 후 과수원과 모든 재산을 정리하여 빚을 갚으시고 천안으로 이사를 나오셨다.

그 집이 천안시 원성동 241-5호로, 중학교 때부터 내가 결혼하기 전까지 살던 집이다. 지금은 재개발로 인해 아파트로 변해서 추억의 모습이 사라져 버렸지만 마음속에 그리운 곳으로 남아 있다.

아버지는 여러 가지의 취미를 가지고 열정적으로 활동하셨다. 모두 단순한 취미로 시작하였지만 각 분야의 전문가로 발전하셨다. 아버지의 열정적인 모습을 닮고 싶다. 사진, 우표수집, 서예. 문인화 이외에도 여러 가지로 기억한다.

그동안 박봉의 월급에도 4자녀를 훌륭하게 성장하게 해 주신 아버지와 알뜰하게 가족을 돌봐 주시고 울타리가 되어주신 어머니에게 감사드리고 싶다. 건강한 모습으로 100수를 누리시며 취미활동을 하시길 진심으로 바랄 뿐이다.

아버지! 존경하고 사랑합니다. 건강하시고 오래오래 사세요.

- 장남 최광섭 드림.

(111-2) 둘째 아들 주섭이가 아버지께 올리는 편지...

저는 아버지의 2남 2녀 중 막내로 천원군 직산읍 군동리 135번지에서 태어났습니다. 어린 시절 아버지께서 겨울철에 썰매를 만들어 주셔서 함께 썰매타고 놀았던 때가 기억납니다. 어린 시절 아버지께서 학교 수학여행에 저희와 동행하게 하시어 부여 낙화암 등을 여행했던 것이 즐거움으로 남아 있습니다.

그리고 아버지께서 우표수집을 하셨는데 기념우표가 나오면 우리 4남매를 데리고 줄을 서서 우표를 샀던 기억이 생생합니다. 그 당시에는 우표를 1인당 몇 장인지는 모르나 할당을 하여 우체국에 줄을 서서 샀던 모습이 떠오릅니다.

초등학교 2학년 때에 천안으로 이사 와서 천성중학교에 다녔을 때의 일입니다. 1학년 때 청소하다가 자전거 사고로 인해 다리에 골절상을 입었을 때 아버지가 눈물을 흘리며 우시는 모습을 처음 봤습니다. 당시 아버지께서는 같은 학교의 교감으로 계시면서 한 달 이상 저를 데리고 학교에 출퇴근을 하셨습니다.

아버지께서는 아름다운 강과 자연을 벗 삼아 수석을 많이 하셨습니다. 하루는 형과 저에게 수석을 하러 가자고 하신 기억이 납니다. 산중턱에서 묘비같이 큰 수석을 가지고 힘들게 내려온 적도 있었습니다. 지금 생각해도 엄청나게 너무나 큰 돌로 아직도 형님이 살고 있는 집 옥상에 있습니다.

아버지께서는 우표, 수석, 서예, 사진 등, 취미생활을 많이 하고 계십니다. 또한 아버지는 본인에게 맡겨진 일은 철두철미하게 하시는 분입니다. 어머니께서, "너의 아버님은 할머니가 돌아가셨을 때도 학교에 출근하고 오셨다."고 하신 말씀을 들었습니다. 정년퇴직하실 때까지 지각 한 번 안하신 걸로 알고 있습니다. 저희 4남매 모두 엄하게 키우셨고, 그런 가정교육 덕분에 저도 모든 일에 책임감 있게 잘 살고 있습니다. 아버지께서 모든 것을 삶으로 보여 주셨기 때문입니다.

중학교 시절에 마라톤의 이봉주 선수와 친구들이 선생님들과 함께 축구를 하며 놀던 때가 생각나기도 합니다. 적은 월급에 문구점을 운영하며 우리 4남매를 키워 주신 아버지, 어머니께 진심으로 감사드립니다.

오래오래 저희와 같이 생활하셨으면 좋겠습니다. 아버지 사랑합니다.

- 막내 최주섭 올림.

(111-3) 첫째 며느리가 아버님께 올리는 감사의 마음...

전 세계적으로 코로나19가 시작된 무렵 아버님께, "자서전을 써보시면 어떨까요?"하며 〈자서전 작성 예시〉와 〈아버지 자서전 노트〉라는 책을 사서 드렸습니다. 1991년 결혼을 하면서 아버님을 지켜 본 저로서는, 사무엘 울만의 '청춘'에 나오는 글귀처럼 열정과 이상을 펼치는 모습이 참으로 존경스러웠습니다.

아버님은 우표 수집을 취미로 시작하여 수석 채취, 서예, 문인화, 풍수지리, 예절, 수지침. 도자기. 사진 등 전국으로 특강을 하시며 여러 가지 취미 활동을 열정적으로 하셨습니다. 우표 전시회 심사위원. 서예 심사위원 및 심사위원장, 문인화 심사위원. 수석 심사위원. 웅변 심사위원, 예절 자격시험 감독 및 실기 심사위원과 강의를 하시며 활발하게 활동하셨습니다. 취미로 시작하시어 다른 사람들에게 인정을 받는 작가의 자리까지 오르셔서, 아버님만의 깊이 있는 예술 작품 활동과 창작을 하시는 예술가의 모습은 이 시대에 혁신가라는 생각이 들었습니다.

결혼 이후 큰 아이를 출산하고 추석 명절 이전에 시댁에 혼자 있었는데, 밖에서 어느 남자 분이 "여기가 최승우 교감 선생님 댁이 맞나요?" 하시며 사과 한 박스를 놓고 가셨습니다. 아버님께서는 그날 저녁 퇴근을 하시면서 사과 박스를 보시고 시어머님과 남편에게, "당장 갖다 주라."고 화를 내셨습니다. 그래서 어두운 밤에 돌려준 기억이 납니다. 처음 있는 일이라 난처했고 당황스러웠습니다. 그 이후로는 어떠한 선물도 받으면 안 된다는 것을 알게 되었습니다.

저는 그 일을 겪으면서, 청렴한 교직생활을 하시는 아버님의 모습에 많은 감동을 받았습니다. 신뢰 받는 교직문화를 만들기 위해서 선물을 사양하시는 모습과 초지일관 끈기 있게 나아가시는 모습이 참으로 존경스러웠고 이 시대 보기 드문 청렴의 모습이었습니다.

90이 넘은 연세에 처음엔 자서전 쓰기를 부담스러워 하셨지만. 출생부터 오늘까지 걸어온 인생의 길을 '자서전 작성 예시'를 보시며 날마다 정리하시어 이렇게 완성하시는 모습은 정말 대단해 보였습니다.

존경하는 아버님이 평생을 땀 흘려가며 일구어 놓으신 '임천 개인 전시관'을 못해 드려 한편으로는 죄송스럽기 그지없습니다. 그래도 이렇게 후손들에게 귀감이 되고 도움을 줄 수 있는 책, 〈배워서 남주는 인생을 살다〉를 발간하게 되어 참으로 다행스럽게 생각합니다.

아버님의 인생 마무리를 잘 하실 수 있도록 옆에서 작은 힘이나마 도와 드리고 싶습니다. 감사합니다.

- 큰 며느리 김태연 올림.

(111-4) 둘째 며느리가 아버님께 올리는 감사의 글...

"예술 활동이란 속세의 혼란함을 뒤로 할 수 있는 가장 훌륭한 벗"이라는 〈뉴스앤 매거진〉에 실린 아버님의 글이 떠오릅니다.

매주 일요일 점심, 아버님 댁 현관 비밀번호를 누르고 집에 들어서면 늘 아버님은 서재에서 작품 활동을 하고 계십니다. 오늘은 수묵화를 그리고 계셨습니다. 아버님의 연세가 93세이십니다. 그런 연세가 무색하리만큼 아버님의 뒷모습이 건강하고 아름답게 느껴졌습니다.

막내 며느리인 제가 바라 본 아버님은 이런 분이십니다.

"노력 없는 대가는 없다."는 것이 당신의 철학이시니만큼, 본인의 일에 무한한 열정과 사랑이 넘치는 분이십니다. 원하는 것을 목표로 세우고 그것을 기필코 이루어내는 큰 어르신이십니다. 그리고 젊은 저희들이 부끄러울 만큼 늘 배우고 공부하시는 분이십니다.

서예, 우표, 수석, 문인화 등등의 일들을 한시도 손에서 놓지 않으신 아버님, 그러기에 지금까지도 건강하고 아름다운 삶을 살아가고 계신 것이 아닌가 싶습니다. 우리가 아버님을 통해 배우고 느껴야 할 부분이라고 생각됩니다.

제가 바라 본 아버님의 또 다른 모습은 이렇습니다.

시어머님께서 치매로 많이 편찮으셔서 요양병원에 계

신 적이 있었습니다. 아버님께서는 그런 어머님을 위해 단 하루도 빠짐없이 매일 병원을 찾아 가셨습니다. 병원에서 오전 내내 간호하시고, 살뜰히 챙기시는 아버님의 모습에 저는, "어머님은 행복하신 분이시다."라는 생각을 하게 되었습니다. 당신이 하시는 일에만 충실하셨다면 소홀히 할 수밖에 없었을 터인데도, 아버님은 어머님의 간호에도 늘 최선을 다 하셨습니다. 그런 아버님이 계셨기에 저희들도 각자의 삶을 성실하게 살아갈 수 있었던 것 같습니다.

아버님, 지금처럼 하시는 모든 일과 열정 잃지 않으셨으면 좋겠습니다. 늘 감사하고 존경합니다. 그리고 사랑합니다!

- 둘째 며느리 정현정 올림.

제5부
후배들에게 권하는 삶의 좌우명

"나는 인생을 치열하게 살아왔다.
일제치하를 거쳐 한국전쟁 등,
그야말로 격변의 시대를 온 몸으로 견디어 냈다.
93년째로 접어든 지금까지도 배우기와 가르치기를 쉬지 않고
하고 있다. 이제 오랜 세월 쌓아 온 나의 지혜와 경륜을
압축하여 후세들에게 전하고자 한다."

첫째, 취미를 잘 선택하면 행복하다

나는 일생을 통하여 취미 생활을 많이 하며 살아 왔다. 취미 생활을 하다 보면 그 분야에 대한 전문지식을 쌓게 되고 활동의 폭이 그만큼 넓어진다. 다시 말해서 취미로 시작한 것을 공부하고 연구하면 전문가로 바뀔 수 있다는 말이다. 취미를 선택할 때에도 늙어서까지도 할 수 있는 것, 죽어서도 흔적을 남길 수 있는 것들을 고려하여 선택하면 행복하게 살 수 있다.

나는 지금 93세를 향해 가고 있지만, 2023년도 전국사진 공모전에서 입선, 우표작품을 만들어 충청우표전시회에 출품하여 금상을 받았고, 전국우표전시회에서 두 단계 높은 대금은상을 수상했다. 아직도 전국 유명 서화 전시회에 초청을 받고 그림을 그려 출품하기 바쁘다. 바쁘다는 말은 곧 행복하다는 말이다.

둘째, 책을 많이 읽으라

수불석권(手不釋卷)이라는 말 그대로, 손에서 책을 놓지 말라. 책속에 인간을 만드는 초능력이 있기 때문이다. 내가 93세라고 자랑하지만, 인간은 아무리 오래 살아보아야 고작 100년이다. 그 100년의 세월 동안, 그야말로 24시간을 총 동원하여 경험을 해 본들 얼마나 많은 지식을 쌓을 것이며 얼마나 많은 곳을 돌아볼 수 있겠는가? 그러나 인류가 발명한 가장 위대한 발명품인 '책'을 이용하면, 이 지구촌의 어디라도 갈 수 있고, 천 년 전의 과거 세계로의 여행도, 100년 후 미래 세계로의 여행도 가능하다.

주변을 둘러보라. 훌륭한 인물들은 거의 다 독서에 미친 사람들이었다. 세계 명문가에서는 자녀가 어릴 때부터 책을 읽는 습관을 들이고 있다. 특히 인문학 관련 책을 폭넓게 읽는 것이 중요하다. 요즘 많은 사람들이 스마트 폰에 중독되어 책을 거의 읽지 않는다. 참으로 안타까운 일이다.

셋째, 남을 너무 믿지 마라

이 책을 읽어 보면 내가 돈도 떼이고 수석, 우표, 도자기, 서예, 문인화, 각종 자격증 등을 도둑맞은 것을 알 수 있으리라 생각한다. 이사할 때에 졸업장, 상장, 통지표, 자격증, 그림, 도자기, 서예작품, 인쇄물, 기념품 등을 분실한 사건도 읽었으리라 본다. 이 모두는 한마디로, "내가 남을 너무 믿었기 때문에 일어난 일"이었다. 따라서 후배 여러분들에게 나는, "남을 너무 믿지 말라."고 부탁하고 싶다.

그렇다고 해서 이 말이, 곧 "모든 사람들을 의심의 눈초리로 보아야 한다."는 뜻은 결코 아니다. 인간사회는 서로간의 신뢰를 바탕으로 하여 형성된다. 가족이 그렇고, 친구가 그렇고, 사회가 모두 그런 바탕 위에서 형성된다. 내 말의 핵심은, "사고는 항상 예상치 않게 터질 수 있다."는 경각심을 가지라는 것이다. 그리고 이런 경각심은 친구 사이에도 유효하다는 말이다.

넷째, 사회와 국가에 봉사하는 인물이 되어라

나는 평생을 국가와 사회에 봉사하면서 살아 왔다. 돈은 있다가도 없고 없다가도 있는 것이라고 생각한다. 따라서 돈이 있을 때에는 과감하게 국가와 사회에 봉사하기 바란다. 돈이 아깝다는 생각을 하면 봉사를 할 수가 없다. 내가 모은 돈은 국가와 사회로부터 나온 것이다. 그러기에 국가와 사회에 되돌려준다는 마음을 갖는 것이 중요하다.

나는 92세에 '천안 시민의 상'을 받았다. 천안 지역에서 크게 봉사하였다는 뜻이다. 이 얼마나 영광스러운 일인가. 항상, "국가와 내가 하나다."라는 생각을 갖고 살아가다 보면 여러분들에게도 언젠가 나같이 좋은 일이 생기게 마련이다.

다섯째, 청렴하게 살기 바란다

나는 90여 년이 넘는 세월을 살아오는 동안, 주변에서 잠깐의 실수로 일생을 망치는 사람들을 수없이 보아왔다. 그들도 한 때는 잘 나가던 사람들이었다. 그러나 순간의 실수로 그 동안 쌓아 온 공든 탑을 자기 스스로 일순간에 무너뜨린 것이다. 공직생활 하시는 분은 특히 뇌물에 마음을 두어서는 결코 안 된다.

주변에서 깨끗하게 살아 온 사람들이 있다면, 그런 사람들을 본받으면 된다. 더 많이는 독서를 통하여 위대한 사람들의 행동양식을 간접 체험하면 된다. 내가 요즘 걱정하는 것은, 시중에 넘쳐나는 자기계발서들이 지나치게 '성공' 만을 강조한다는 사실이다. 그런 책들보다는 오히려 고전을 통하여 자기의 양심을 지킨 사람들의 이야기를 읽는 편이 더 낫다고 본다.

여섯째, 앞만 보고 달려라

자기가 하고 있는 일만 신경을 쓰면서 앞만 보고 달려야 할 것이다. 옆으로 달린다는 말은 결국 딴 짓을 한다는 말이다. 한 눈을 팔면 넘어지듯, 다른 짓을 하다 그것이 잘못되었음을 알고 다시 돌아가면, 결국 시간 낭비가 되는 것이다. 직선으로만 달려가도 부족한 인생이다. 이것저것 각종 실패를 경험하고 살 만큼 인생은 한가하지가 않다.

내가 지금까지 살아보니, 90년이 넘는 세월도 그야말로 '눈 깜짝할 사이'에 흘러버리고 말았다. 앞만 보고 달려라. 바로 그것이 성공의 지름길이다.

일곱째, 덕을 많이 쌓아라

국어사전에는, "덕(德)이란 공정하고 포용성 있는 마음이나 품성, 그리고 도덕적 이상 또는 법칙을 따라 확실히 의지를 결정할 수 있는 인격적 능력"이라고 되어 있다. 다시 말하면, 의무적으로 선(善)한 행위를 선택, 실행하는 습관이라고 해도 좋겠다. 따라서 도덕은 사회생활에서는 없어서는 안 될 중요한 덕목이다. 그러기에 초등학교 교과서에 도덕이 있는 것이다.

살면서 나도 모르게 음으로 양으로 좋은 일을 많이 하다보면 자연스럽게 덕이 쌓인다. 덕을 많은 쌓은 사람은 얼굴에서 광채가 난다. 왜냐하면 평소 덕을 많이 쌓았다는 말은 선한 일을 많이 했다는 말과 동의어인데, 결국 그런 사람은 양심이 떳떳하기 때문에 얼굴에 어두운 구석이 있을 수가 없기 때문이다. 평소 주변에서 그런 인물들을 발견하려고 애를 쓰고, 그런 분들을 존경하고 그들의 행동을 따라하려고 노력해야 한다.

여덟째, 부모님에게 효도하라

효는 "만복의 근원"이다. 부모님에게 효도를 잘하는 사람은 절대로 남에게도 악하게 하지 않는다. 또한 모든 면에 있어서도 어긋나는 행동을 하지 않는다.

아홉째, 포기하지 마라

자기가 선택한 일이라면 끝까지 하려고 하는 의지가 있어야 한다. 나는 지금까지 살아오면서 어려움이 다가오면 포기부터 하려는 사람들을 수없이 보아왔다. 결국 그런 사람들은 모두 실패했다. 왜냐하면 한 번 포기한 사람은 두 번째, 세 번째도 쉽게 포기하기 때문이다.

내가 수석을 처음 시작할 때 천성중학교와 천안상고 교직원들이 학교 버스 한 대에 타고 함께 탐석을 다녀왔다. 40명이 넘었다. 그렇게 학교버스를 이용해서 두 번 다녀왔다. 모두가 처음에는 수석을 해 보겠다고 마음먹은 사람들이었다. 하지만, 끝까지 포기하지 않고 수석을 계속한 사람은 나 한 사람뿐이다. 그래서 어떻게 되었는가? 나는 수석 분야의 전문가라는 명성도 얻었다.

문인화도 서실에서 다섯 명이 처음 시작했는데, 나 혼자만이 끝까지 남았다. 그래서 문인화와 관련된 상은 다 타 보았다.

열째, 아낌없이 베풀라

누구나 아는 말이지만 공수래공수거(空手來空手去)라는 말이 있다. 빈손으로 왔다가 빈손으로 가는 것이 인생이다. 열심히 살고 재산도 부지런히 모으되 항상, "남에게 주려는 마음"을 지니고 사는 것이 중요하다. 연말이면 구세군 자선냄비를 그냥 지나치지 말 것이며, 주변에 어려운 사람을 보면 외면하지 말 것이다.

이것은 측은지심(惻隱之心)의 다른 표현이다. 맹자는 제자 공손추와의 대화에서 "어린아이가 우물 속으로 빠지는 것을 보게 되면, 누구라도 측은한 마음을 갖게 된다. 이러한 마음은 그 어린아이의 부모와 친해지고 싶어서도 아니고, 주변 사람들로부터 칭찬을 듣기 위해서도 아니며, 구해주지 않았다는 비난을 받고 싶지 않아서도 아니다."라고 했다. 그는, "측은히 여기는 마음이 없으면 사람이 아니다."라고도 했다. 결론적으로 이러한 마음을 가진 사람들이 많은 사회는 밝고 명랑하며, 아귀다툼만을 일삼는 사회와는 정반대가 될 것이다.

책을 마치며: 웰다잉을 생각한다

90여 년의 파란만장한 삶을 살아 돌아보니 생로병사, 새옹지마, 일희일비의 사건으로 가득 찬 것이 우리의 삶이라는 생각이 든다. 나와 영원히 함께 살 것만 같았던 부모님, 장인 장모님이 돌아가셨다. 어려운 살림에 한 솥밥을 먹던 나의 형제자매들이 떠났다. 친하게 지내던 벗들이, 나와 불편하게 지내고 마주 치기 싫었던 사람들도 떠났다. 가장 아끼고 소중히 여겼던 아내마저도 내 곁을 떠나갔다. 나 역시도 죽음에서 멀리 있지 않다.

부모님과 친척, 아내를 떠나보내면서 웰다잉에 관심을 가지게 되었다. 이 시대의 수많은 시니어 여러분들도 함께 고민해 보았으면 좋겠다는 생각을 해 본다. 우리는 그동안 웰빙(Well-being), 웰리빙(Well-living), 웰에이징(Well-aging)이라는 말을 익숙하게 들어 왔다. 점차 웰다잉(Well-dying)에도 관심이 고조되고 있는 추세이다. 2009년 2월 선종한 김수한 추기경은 생명연장 치료를 거부하고 자연스럽게 죽음을 받아들이며 존엄하고 아름다운 죽음을 실천하셨다.

많은 사람들이 중풍, 당뇨, 암, 기타 원치 않는 질병으로 고통을 겪고 있다. 질병을 가지면서 오래 산다는 것은 견디기 힘든 재앙이다. 그러므로 젊었을 때부터 매일 적당한 운동을 하며 자신의 건강을 관리하는 일은 아주 중요하다.

인생의 막판에 자식들 간에 상속 문제로 다툼을 겪는 가정을 보게 된다. 그러므로 내 재산을 자녀들에게 어떻게 상속하고 나누어 줄지 미리 준비하는 것이 좋다. 나는 주변에서 부모의 갑작스런 사망으로 자식들이 재산 분쟁에 휘말린 경우를 수없이 보아왔다. 유언장도 미리 준비하여 분쟁의 소지가 없도록 해야 한다. 자신의 장례 방법도 미리 알려주면 좋을 것이다.

사람은 언제 죽음을 맞이할지 모른다. 의식이 없는 상태에서 단순하게 생명 연장만을 계속한다는 것은 당사자 뿐 아니라 가족 모두에게 재앙이다. 따라서 건강할 때

사전연명의료의향서를 준비하여 가족 간의 갈등을 미리 예방해야 한다.

살아 있는 동안에 자신의 삶을 정리하고 회고하면서 자서전을 쓰는 것이 중요하다. 나도 의향이 있었지만 막상 발을 내딛지는 못하고 있었다. 그러던 차에, 큰며느리의 권유로 3년 전부터 자서전을 쓸 자료를 정리해 왔다.

80년, 90년, 어쩌면 100년 동안 이 세상을 살다가 아무 기록도 남겨 놓지 않고 떠난다는 것이 너무 안타깝지 않은가? 사람들이 자서전 쓰는 것을 너무 어렵게 생각하고 있는데, 그렇지 않다. 90이 넘은 나도 자서전을 쓰고 있지 않은가. 당신도 충분히 쓸 수 있다. 당장 지금 시작하라.

남은 생애를 위해 버킷리스트를 작성하라. 남아 있는 삶 동안에 하고 싶은 것, 하지 못한 것을 목록으로 정리하여 실천하도록 노력하라. 인간 한계에 도전하는 꿈도 가질 수 있다. 그렇게 함으로써 자신의 멋진 모습을 인생

후배들에게 보여 주시기 바란다.

이 책을 읽어주신 독자들에게 무한 감사를 드린다.

- 2023년 11월 7일 최승우 배상